剣聖悪役令嬢、異世界から追放される
勇者や聖女より皆様のほうが、
わたくしの強さをわかっていますわね！

「竜《トカゲ》の倒し方、
剣聖悪役令嬢
アーデルハイト
（愛称：アデ公）
LIVE
剣聖悪役令嬢 VS ドラゴン

教えて差し上げますわ！」
メイド
クリス
配信サポート
汀《みぎわ》

ADK
異世界金髪縦ロール巨乳剣聖
感謝の正拳突き

剣聖悪役令嬢、異世界から追放される
勇者や聖女より皆様のほうが、わたくしの強さをわかっていますわね！

しけもく

illustration ゲソきんぐ

the swordmaster villainess who was banished from a fantasy world

口絵・本文イラスト
ゲソきんぐ

装丁
木村デザイン・ラボ

もくじ

本書は、二〇二四年にカクヨムで実施された「第9回カクヨムWeb小説コンテスト　現代ファンタジー部門」で特別賞を受賞した「元剣聖悪役令嬢の異世界配信～パーティを追放され、気がつけば現代でした。仕方がないのでダンジョン配信でお金を稼ぎつつ、スローライフを目指して頑張りますがもう遅い～」を改題、加筆修正したものです。

プロローグ

一人の少女が、パソコンのディスプレイに齧《かじ》りついていた。

「さっきのあの子の配信ページは、っと……あ、これかな？」

少女が何度かパソコンを操作し、そうしてディスプレイを見つめること暫《しば》し。

ぽつり、と少女は呟《つぶや》いた。

「……凄《すご》い」

ディスプレイに映っていたのは、とあるライブ配信だった。陰鬱《いんうつ》とした薄暗い洞窟《どうくつ》の中、目も覚めるような黄金の髪が華麗に躍る。

「凄い‼」

興奮するように身を乗り出す少女。

それは彼女が今までに見てきた配信や、彼女自身が行ってきた数々の配信、そのどれとも異なるものだった。

「嘘⁉　あはははは‼　何それ！　なんでそうなるの⁉」

長い脚を振り抜けば、いとも簡単に魔物の首が飛ぶ。武器もなしに、ただの蹴《け》りで魔物を倒すなど、普通はあり得ないことだ。まして蹴り飛ばした魔物の頭部で、次の敵まで倒してしまうなど。

確かに、金髪の美女が倒したのは最下級の魔物に過ぎない。こうして配信を見ている少女自身、数え切れないほどに屠《ほふ》ってきた相手。だが腐っても魔物だ。少なくとも、これと同じ真似《まね》は少女には出来ない。

そう。ダンジョン大国と呼ばれるここ日本で、トップ配信者に名を連ねるこの少女でさえも、だ。

数時間前に出会った時は、新人配信者の一人に過ぎないと思っていた。芋臭いジャージに、安物の配信用カメラ。ビジュアル面で言えば確かに、同性だというのに言葉を失ってしまうほど飛び抜けていた。だが、それだけだった。それだけだと思っていた。

「ちょ、やば！　あり得ないって‼」

あっという間に三体のゴブリンを倒し、カメラに向かって満足気にドヤる金髪の美女。それを見た瞬間に、少女はすっかりこの配信のファンになってしまっていた。

初配信故か、登録者数も視聴者数もまだまだ少ない。だがそれでも、画面の中の彼女には人を惹き付ける魅力があった。

「アーデルハイト……アデ公……あはは！　ひっどい愛称‼」

こちらの世界では侮蔑《ぶべつ》ともとれそうな、酷《ひど》い愛称だった。だが異世界出身を名乗る金髪の美女は、視聴者達からのそんな呼び名に、何故《なぜ》だか満足そうな表情を浮かべていた。

「いやぁ……凄い子見つけちゃったかも！　彼女は絶対伸びる‼」

そう言って少女――日本有数の探索者パーティ、『魔女と水精《ルサールカ》』に所属している枢《くるる》は、探索者専用掲示板へと画面を切り替える。そうして高揚した気分を抑えられぬまま、こう書き込んだ。

『凄い新人見つけた‼』

第一章　剣聖令嬢、現代へ

鬱蒼《うっそう》とした樹々《きぎ》、苔生《こけむ》した岩。

足の踏み場もないほどに広がるのは、名前すら分からないような湿った蔦《つた》。湿っぽい空気と水の匂い。陽《ひ》の光さえも届かない、そんな鬱々《うつうつ》とした森の中を、一人の女が歩いていた。

良く整った柳眉《りゅうび》に、羽二重肌《はぶたえはだ》。鼻筋の通った綺麗《きれい》な顔立ち。まるで獅子《しし》の鬣《たてがみ》を思わせるような輝く金の髪は、縦に巻かれていた。切れ長の目に、髪と同じ黄金の瞳《ひとみ》。目元の泣き黒子《ぼくろ》がえも言われぬ色気を感じさせる。

ちらと見ただけで、その見目の麗しさに誰もが目を奪われる、そんな女だった。

しかし、満身創痍《まんしんそうい》であった。

歩みは牛歩のごとく。覚束《おぼつか》ない足取りは、彼女がいつ倒れてもおかしくないことを如実に物語っている。額からは血を流し、右腕は骨が折れているのか、力なく垂れ下がっている。右脚も同じように、自らの身体《からだ》を支える役割を放棄しており、ただ左脚のなすがままに引き摺《ず》られるばかり。

陶器のように美しい肌は土と砂、泥に塗《まみ》れて見る影もない。

「っ……何が聖女ッ！　何が神の使徒ッ！　あんな女、色欲に塗れたただの無能ですわッ！　忌々《いまいま》しいッ！」

彼女は思い返す。思い返す度に、腸《はらわた》が煮えくり返る。

あの時の、あの女の、あの表情。仮にも、同じパーティの仲間であったあの女。

目指す理想は違えども、平和を望む気持ちだけは同じであると信じていたのに。

連戦に次ぐ連戦、疲れ果てた勇者パーティ一行は、崖《がけ》を背に束の間の休息をとっていた。彼女もまた、地面に突き立てた剣を杖代《つえ》わりに一息ついていた。魔族領に近づくにつれ、立ちはだかる魔物はより強く、より狡猾《こうかつ》になってゆく。さしもの彼女とて、涼しい顔をしてはいられなかった。

よりにもよって、そんな時だった。

神妙な顔をして近づいてきた勇者は、疲れ果てた彼女に向かって、事もあろうにこう言った。

――君の独断専行は目に余る。申し訳ないがクビだ。僕のパーティに和を乱す者は要らないんだ。

――しかも君、社交界では『悪女』だなんて呼ばれているらしいじゃないか。

――そんな君を連れては行けない。ここでお別れだよ。

刹那《せつな》、脳が理解を拒んだ。何を言われたのか分からなかった。

私が要《クビ》らない？　このイカレた男は何を言っているんだろうか。私抜きで一体どうやって魔族領まで征《い》くつもりなのか、と。

先の戦闘もそうだった。

そこの聖女《バカ》が余計なことをしたばかりにパーティは危機に陥った。私が敵陣に穴を開ければ、離脱すらままならなかっただろう。こうして今、息をしていられるのは、偏《ひとえ》に私が血路を開いたが故だ。そう声高に主張したかった。

更に言えば、彼女単身であればこんな場所、とうに抜けているのだ。一体誰が足手まといを抱え、ここまで引率せしめたと思っているのか。勇者の持つ聖剣がなければ魔王は倒せない。故に、そのためだけに。彼女は渋々、命を受けてこの男をここまで連れてきているのだ。

聖女や魔法使いに手を出しているのは彼女も知っていたが、さりとてこれほどまでに馬鹿な男ではなかった筈《はず》だった。

そう考えた彼女は、勇者の横に立つ聖女へと視線を向ける。

聖女の表情を見た時、彼女は苦虫を百匹以上噛《か》み潰《つぶ》したかのような顔になってしまった。そこにあったのは淫欲《いんよく》と冒涜《ぼうとく》、嘲《あざけ》りと嘲笑《ちょうしょう》。これが仮にも『聖女』などと呼ばれる女のする顔だろうか。

畢竟《ひっきょう》、この女は彼女が邪魔で仕方なかったのだろう。

彼女は一度たりとも、この勇者をそういった目で見たことはなかった。想像するだけで怖気《おぞけ》の走る思いだ。彼女からすればあり得ない話だが、しかし聖女はそれで満足しなかったのだ。

彼女の常人離れした異質の美しさは、聖女を嫉妬《しっと》させ、聖女の不安を掻《か》き立てた。

人は自らの領域を侵す危険性のある者を排除したくなる。自らの心の安寧のためならば、平気で友人をも殺す。そういう生き物だ。

だから勇者《マヌケ》を唆《そその》かした。

だから私は今、解雇《クビ》を突きつけられている。

事ここに至り、彼女は何もかもがどうでもよくなってしまった。これまでの旅路も、これからの試練も。無為に気づいてしまったのだ。

項垂《うなだ》れるように俯《うつむ》き、諦《あきら》めてしまった。だから気づかなかった。

気づいた時には、彼女の身体は既に宙空へ放り出されていた。虚空を彷徨《さまよ》う右手と、何かを掴《つか》もうと藻掻く左腕。その伸ばした手の先にあった聖女の顔は、満身創痍となった今でも、彼女の脳裏から離れなかった。

目を覚ました時に感じたのは、全身を苛《さいな》む激痛。痛い、などというものではない。痛みを通り越して熱い。まるで焼鏝《やきごて》で骨の髄を抉《えぐ》られているかのような、堪え難い痛みであった。右腕は使い物にならない。右脚も同じだ。頭は割れるような痛みを絶えず伝えてくるし、内臓がねじ切られるようにギリギリと悲鳴を上げている。それでも彼女は歯を食いしばり、軋《きし》む身体で歩き出した。

彼女、アーデルハイト・シュルツェ・フォン・エスターライヒは、帝国公爵家の一人娘であった。幼少の頃より、蝶《ちょう》よ花よと育てられていた彼女は、しかしある日を境に剣を握る。

それは彼女がまだ六歳になったばかりの頃だ。彼女の家からすればどうということはないが、しかし決して少なくない金額を支払い、公爵家が私兵の調練を『剣聖』に依頼した。そこで見学をしていた彼女は、なんと『剣聖』に才を見出《みいだ》された。彼女の才を誰よりも喜んだのは他でもない、己の後継を探し旅を続けていた『剣聖』だった。

それからずっと、ただ剣だけを振り続けてきた。剣を振ることは楽しかった。真綿が水を吸うように、彼女は受けた教えをすぐに自分のものにした。努力も怠らなかった。毎日朝から晩まで、手の豆が潰れて血が滲《にじ》む手でひたすら剣を振ってきた。おかげで年頃の女とは思えないような、ごつごつとした手になってしまったが、彼女にとってはそれもどこか誇らしかった。

公爵家の令嬢としてデビュタントを終えてからは、社交の場にも顔を出した。彼女の美貌《びぼう》に多くの令息達が声をかけたが、しかし剣の修業で忙しい彼女はその全てを素気《すげ》なく袖《そで》にした。それが悪かったのか、貴族の子女達から疎まれるようになっていた。そうしてどこをどう捏《こ》ね回したのか、いつの間にやら、男を取っ替え引っ替えする『悪女』などと呼ばれるようになっていた。

それでも彼女は脇目も振らず、剣の道を邁進《まいしん》してきた。その甲斐《かい》あってか、あれから十年。彼女が十六歳になった頃には、二代目『剣聖』として師から認められたのだ。ダンジョンを踏破したこともあった。街を襲撃した魔族を単身で滅ぼしたこともあった。実力を示せば示すほど、彼女の名は世界中に広まっていった。

そうして彼女は勇者パーティに同行することとなった。いわば成長途上である勇者のお守《も》りだ。だがその仕事を引き受けてしまったことが、彼女の運の尽きだったと言えるだろう。その結果がこのボロ布状態だというのだから、恨み言のひとつやふたつくらいは口を衝《つ》くというものだ。

「こんな任務、断るべきでしたわね……」

今の彼女では、もはや剣を振ることなど叶《かな》わない。こんな魔族領にほど近い田舎《いなか》に、彼女を回復してくれる神官など居るはずもない。常備していたエリクサーも、落下の際に瓶ごと粉々になってしまった。公爵家から連れてきた、回復魔法にも長《た》けた侍女は二年前に死んでしまった。よく仕えてくれた、出来る侍女だった。

そういえば彼女が死んだ理由も、崖から転落してのことだった。思い返せばその時も、あの聖女《ビッチ》の余計な行動が原因だった。結局アーデルハイトの言葉通り、任務を引き受けたこと自体が間違いだったということだろう。

血を流し、遅々とした歩みで進む彼女は魔物にとっては格好の餌だ。魔物は通常の獣に比べ何倍も鼻が良い。このままでは早晩、血の匂いに惹《ひ》かれた奴《やつ》らに見つかるだろう。故にまずは血の匂いをどうにかして落とさなければと、彼女は水場を探し求めた。

何時間歩いただろうか。気の遠くなるような時間を必死に進んだつもりであったが、しかし距離にすれば大したものではなかった。幸運にもこれまで魔物と遭遇しなかった彼女だが、しかし遂にその時がやって来た。普段の彼女であればどうということもない、雑多な魔物の群れ。しかし今の彼女には、それらが死神の使いに見えた。

「ふぅ……まぁ、死ぬ時はこんなものですわね」

諦観《ていかん》と共に瞳を閉じる。

瞼《まぶた》の裏に蘇《よみがえ》るのは、楽しかった幼少の日々と、一心不乱に剣を振るっていた記憶が半々であった。

「……もしも生まれ変わることがあるのなら、次は田舎でのんびり暮らそうかしら。そこにクリスも居てくれれば上々ですわね」

今は亡き侍女を思う。しかしほんの数瞬後には、アーデルハイトも同じ場所へとゆくだろう。誰に言うでもなく呟いた言葉は、樹海の中へ消えていった。

そうして瞳を閉じたまま、魔物の牙《きば》に身を委ねようと待つこと数分。その身を引き裂くはずの、やって来るはずの痛みは、待てど暮らせど来なかった。もはや痛みを感じることすら出来なくなったのかと、アーデルハイトはゆっくりと瞳を開いた。

＊＊＊

最初に飛び込んできたのは眩《まばゆ》い光だった。

煌《きら》びやかに周囲を彩るのは千紫万紅《せんしばんこう》の灯《あか》り。魔物よりも、余程速い速度で駆ける怪しげな箱。濁った匂いに、不味《まず》い空気。

彼女の瞳に映っていたのは摩天楼だった。

天を衝くほどの巨大な塔が所狭しと並び、そのどれもが卑俗に光り煌めいている。道を行くのは人間だろうか。見たこともない服を着て、或《ある》いは、見たこともない乗り物に乗り。誰もが足早に過ぎ去ってゆく。しかしここが現代日本であることなど、彼女は知る由もない。

「……コレは一体、どういうことですの？」

夢でも見ているのだろうか。或いは、ここが死後の世界とでも言うのだろうか。周りを見回してみても、まるで見覚えのないものばかりで。彼女の胸中はただ困惑にのみ支配されていた。ふと、先程までぴくりとも動かせなかった右腕と右脚が動くことに気がついた。見れば血は止まり、折れた骨も見事に治っていた。破けたドレスアーマーも、砕けた鎧《よろい》も、伝線したストッキングも。全てが元通りであった。

「……なんですの？　意味が分かりませんわ。ここは何処《どこ》ですの？」

道行く人々の会話も、何故か理解出来ていた。聞いたこともない言語であるというのに、だ。耳をすませば、やれ仕事がどうだの、酒がどうだのと。彼女が常から身をおいていた戦場のものとはとても思えない、平和なものばかりであった。

そうして呆気《あっけ》に取られ、路地に立ち尽くすこと数分。焦燥や困惑など、様々な感情は未《いま》だ頭に残っている。しかしそれらを全て頭の端へと追いやり、アーデルハイトは前を向いた。何ひとつ理解が及ばない現状であったが、こと戦場に於《お》いて思考停止は命取りとなる。ここが戦場であるようには見えないが、しかし剣聖たる彼女がいつまでも呆《ほう》けているわけにはいかなかった。そうしてアーデルハイトが現実と向き合った時、周囲から浮きに浮いたドレスアーマー姿の彼女へと声をかける者が居た。

「こんばんは。お姉さん、ちょっとお話いいですか？」

「……？　わたくしに話しかけていますの？」

「そうそう。お姉さん外国の方？　日本語上手《じょうず》だね。ほんの数分で終わるから、ちょっと協力お願いします」

青いシャツに黒ベスト。何かしらの紋章が入った帽子を被《かぶ》った、そんな男だった。警官である。それは紛《まが》うことなき職務質問であった。今のアーデルハイトは、夜の都会に一人佇《たたず》むドレスアーマーフル装備の金髪縦ロール美女だ。当然目立っており、職質されるのも至極当然のことと言えるだろう。しかしそんなことはまるで知らない彼女は、当然のようにこう言った。

「お断りしますわ。貴方《あなた》はどなたですの？　わたくしが誰だか分かりませんの？　貴方のような下男が軽々に話しかけていい相手ではありませんのよ？」

「げ、下男？　あーっと……ははは。面白い方ですね……」

公爵令嬢である自分の顔を知らぬ者など、領民ではあり得ない。礼儀も弁《わきま》えず不躾《ぶしつけ》に話しかけてくる者など、ヤケになった罪人か、或いは物を知らぬ下男のどちらかだろう。そう考えたアーデルハイトは、目の前の警官を下男呼ばわりした。

一方、初対面の怪しい女から下僕扱いを受けた警官は、ヒクヒクと頬を引き攣《つ》らせていた。任意とはいえ、非協力的な態度を取り続ければ非常によろしくないことになるのだが、アーデルハイトは普段の調子で言いたいことを全て言ってしまっていた。

しかし警官も、アーデルハイトの持つ傾城と言っても過言ではない容姿のせいか、辛抱強く職務質問を続けようとする。

「えっと、これから何処か行かれます？」

「しつこいですわね……知りませんわ、そんなこと。わたくしはここが何処かも分かっていないんですもの」

「あ、道に迷っちゃった感じですかね？　お名前教えてもらえます？」

「わたくしに名乗れと？　貴方のような下男に？」

「い、いやぁ。ホント、大人しく答えてくれれば悪いようにはしませんから」

「仮にわたくしが名乗るとしても、まずは貴方が先ではありませんの？」

恐れを知らぬアーデルハイトは徐々に苛立《いらだ》ち、ヒートアップしてゆく。通常の職務質問であれば、この時点で小競り合いが発生していてもおかしくはない状況であったが、やはり美人は何かと便利である。

「ああ、すみませんね。私は佐藤《さとう》と言います。見ての通り警官ですね」

「……警官？　察するに、衛兵のようなものですの？」

「ああ、まぁそんな感じです」

「『まぁ』だとか『そんな感じ』だとか。ハッキリと話しなさいな」

「あはは……それでですね、その腰の……ソレ、剣ですよね？　見せてもらって良いですか？」

アーデルハイトの腰には、先代剣聖から受け継いだ細身の剣が提げられていた。幼い頃より剣を振り続けてきた彼女にとって、それは己の分身であり魂そのもの。見ず知らずの、彼女曰《いわ》く下男である佐藤某《なにがし》に見せる謂《いわ》れなどなかった。

「お断りですわ。分を弁えなさい」

その一言で、遂に美人パワーが決壊した。

ここまで、如何《いか》に柔和な態度で接し続けた佐藤とはいえ、失礼に失礼を積み重ねた挙げ句、それを蹴《け》り飛ばしてぶち撒《ま》けるアーデルハイトの態度は、流石《さすが》に我慢の限界であった。

「あのねぇ！　そっちがそういう態度取り続けるなら、こっちも考えがありますよ⁉」

「あら、ではどうするというんですの？　さぁ、やってご覧なさい。ブチのめして差し上げますわ」

「この……ッ！」

青筋を立て、佐藤がアーデルハイトに詰め寄ろうとしたその時であった。アーデルハイトから見て前方、佐藤の後方から女性の声が聞こえてきた。

「お嬢様⁉」

アーデルハイトを驚愕《きょうがく》の表情で見つめ、彼女のことを『お嬢様』と呼んだ女性は、息を切らして、何事か叫びながら大急ぎで二人のもとへと駆け寄った。二人の眼前で前かがみになりながら息を整えた女性は、アーデルハイトを庇《かば》うように警官との間に割って入った。

「あのっ！　すみません、彼女が何か失礼なことを言いましたか⁉」

「ああ、いえ……どちら様でしょうか？　彼女のお知り合いですか？」

「は、はいっ！」

「そうですか。いえ、二、三質問をしていたんですが、非協力的な態度でしたので署でお話を伺おうかと思っていたところでして……」

「す、すみません、彼女はその……少し残念な方でして」

「そう……ですか？　この格好は？　本物の鎧に見えますけど」

「あ、えっとこれは、その……レイヤー‼　そう、彼女コスプレが趣味なんですよ！　ほら、彼女美人じゃないですか！　それでその、人気があって！」

しどろもどろになりながらも、なんとかアーデルハイトを庇おうとする女性。その言い分は少々無理があるように思われたが、どう見ても日本人ではないアーデルハイトをちらりと見た佐藤は、もはや面倒になったのか、それで納得することにしたらしい。

「……って彼女は言ってますけど？　本当ですか？」

しかし、ここまで黙って女性と警官のやり取りを眺めていたアーデルハイトは、事もあろうにこう言った。

「そんな端女《はしため》、知りませんわ。誰ですの貴女《あなた》？」

当然訝《いぶか》しむ佐藤であったが、差し伸べた手を素気なく振り払われた女性からすれば、堪《たま》ったものではなかった。確かにこの二年で、多少なりとも彼女の外見は変わっていた。こちらの世界では、元の青髪では目立つからと暗い色に染めている。しかし、しかしだ。顔を見れば分かるだろう、と。

そうして女性は涙目になりながら、背後のアーデルハイトへと抗議の声を上げた。

「ええ⁉　酷《ひど》っ⁉　私、私ですよ！　クリスです！　クリスティーナ・リンデマンです！」

目の前の女性が告げた名前。それは二年前、あの聖女《ビッチ》の失態によって死亡したと思われていた、アーデルハイトと最も親しかった侍女の名前であった。

そうして警官と問答を続けることしばらく。

「まぁ今回は良いですけど、今後は気をつけて下さいよ」

「はい、すみませんでした」

自らをかつての侍女、クリスであると名乗る女性に庇われ、漸《ようや》くアーデルハイトへの職務質問が終わろうとしていた。その代償としてクリスの住所と名前が差し出されたが、ひとまずは保護者扱いで乗り切ったというわけだ。

「何様ですの？　態度がデカすぎますわ」

「わぁぁぁぁあ！　すみません！　すみません！」

警官に対してペコペコと頭を下げ、仁王立ちするアーデルハイトを急《せ》かすようにその場を離れようとするクリス。無論アーデルハイトは頭など下げない。それどころか警官を睨《にら》みつける始末であった。漸く解放されたというのに、また要らぬ問題を起こされては堪ったものではない。その上、アーデルハイトの優美な容姿は非常に周囲の目を引くのだ。オフィスビルや飲食店が立ち並ぶ、この雑踏には場違いなドレスアーマーも相まって尚更《なおさら》である。というよりも、既に目立ち始めていた。

何はともあれ、クリスは一刻も早くこの場から離れたかった。

積もる話もあったが、このような場所では落ち着いて話も出来はしない。しかしそこらの店に入ろうものなら、またしても注目を浴びてしまう。クリスに許された選択肢など、あってないようなものだった。

クリスがタクシーを捕まえようとすれば、ものの十秒ほどで、彼女の目の前に一台のタクシーが停まった。

「……馬車、ですの？　その割には牽《ひ》く馬が……」

「似たようなものですよ。いいからつべこべ言わずに乗って下さい」

訝しむアーデルハイトを座席へ押し込み、運転手へと行き先を告げ。そうして漸く、クリスは一息つくことが出来た。

「……貴女、本当にあのクリスですの？」

「はい、お久しぶりですお嬢様」

しかしアーデルハイトは目を細め、じっとクリスを睨みつける。

自らの記憶を遡行《そこう》しているのか、時折眉《まゆ》を顰《ひそ》めては顎《あご》に手をやり、何かを思案するような表情を見せる。

「……クリスは明るい青髪だったと記憶していますわよ？」

「あ、これは染めてます」

「……クリスは死んだ筈《はず》ですわ」

「それは私にも、どういうわけか分かりません。二年前のあの日、崖《がけ》から落ちたと思った次の瞬間には、この世界に居ました」

「……わたくしとクリスしか知らない話をしてみなさい」

「お嬢様は十五になっても生えてこないことを悩んで――」

「死にたいようですわね？」

そう、彼女もまたアーデルハイトと同じように、何も分からぬままにこの世界へとやって来た。

降り立った場所はここではなかったが、それ以外はアーデルハイトと同じだ。

見たことのない景色、聞いたことのない言語、嗅《か》いだことのない匂い。

見ず知らずの場所へ単身放り込まれるというのは、恐怖以外の何物でもなかった。そういう意味では、早々にクリスと出会えたアーデルハイトは幸運だったと言えるだろう。

「それを知っているということは、本物のクリスのようですわね……いいでしょう、信じますわ」

「顔で信じて欲しかったです……」

「それで、ここは何処ですの？　この乗り物はなんですの？　馬車とは比べ物にならない速度ですわね。我が公爵家にも一台欲しいですわ」

「お嬢様、積もる話は後ほど。今私の家に向かっていますから、私を信じて付いてきて下さい」

どこか気落ちするクリスを他所《よそ》に、矢継ぎ早に投げかけられるアーデルハイトからの問い。しかしクリスは静かに首を振る。困惑するアーデルハイトの気持ちは、クリスにはよく分かる。彼女もこの世界に来た当時、今のアーデルハイトと同じような状態であった。しかしここには運転手も居るのだ。故に、詳しい話は後でまとめて行うつもりであった。聞かれては不味い話も多々あるのだ。

己が最も信を置く侍女が、神妙な面持ちでそう言うのであれば、という理由で、アーデルハイトは口を噤《つぐ》んだ。聞きたいことは山ほどあったが、そんなクリスの態度を見てもなお騒ぎ立てるような、そんな聞き分けのなさは持ち合わせていなかった。

そしてクリスの『この世界』という言葉から、見たことも聞いたこともない光景や乗り物から、今居る此処《ここ》が、元居た世界とは別の場所であろうことも薄々理解し始めていた。秘密を暴露されたせいか——自分から問うたのだが——微妙に機嫌は悪そうであったが。

短い間に彼女が見せた尊大な態度から忘れがちだが、アーデルハイトは淑女としての教育もしっかりと受けている。無論教養もある上に、礼儀作法も完璧《かんぺき》だ。公爵家令嬢なのだから地位もある。

『帝国の宝石』と称された容姿に関してはもはや言わずもがなだ。まさに文武両道、才色兼備のスーパーお嬢様である。天は二物どころか、与えられるだけの目一杯を彼女に与えた。強いて言うならば、最後の最後で運だけが唯一欠けていただろうか。

アーデルハイトがムスッとした顔で腕と脚を組み、後部座席で大人しくタクシーに揺られていた時だった。一見して分かるほどに善良そうな運転手が、後ろの二人へと声をかけた。

「お嬢さんたち、探索者かい?」

お嬢さん。探索者。言われ慣れない言葉と、聞き慣れないその言葉に、アーデルハイトは眉を顰めた。そもそも、アーデルハイトは今年で十九になる。帝国では成人年齢が男女共に十四であることを考えれば、この年になってお嬢さんなどと呼ばれるのは心外であった。訂正させようと、つい言葉が喉元《のどもと》まで出かかったが、隣に座るクリスがアーデルハイトの方を見ながら勢いよく首を振っていた。

既所《すんでのところ》で言葉を呑《の》み込んだアーデルハイトは、鼻で息を吐き出しながらシートへと背中を預け直す。そうしてもう片方の聞き慣れない言葉へと思考を移した。

探索者。アーデルハイトの元居た世界には、冒険者と呼ばれる者達が居た。言葉の響きは似ているが、字面から察するに恐らくそれぞれ別物だ。何故《なぜ》自分が見たこともないこの世界の文字を知っているのかは甚だ疑問であったが、それはひとまず脇に置いておくことにした。

冒険者とは、読んで字のごとく冒険するものだ。危険を冒す者とも言える。

未知を求め、リスクを承知で未知を切り拓《ひら》く。彼等《ら》の仕事は主に、依頼を受けて魔物の討伐を行ったり、ダンジョンの攻略、資源の回収から地質調査まで。ありとあらゆることを請け負ういわば何でも屋といったところだ。

一方で探索者とは。

恐らくは知識、或《ある》いは何かしら物品を探し求める者なのだろう。冒険者とは似て非なるものではあるが、仔細《しさい》を抜きにすればそう大差ないように聞こえる。何《いず》れにせよ、現時点で予測を立てるには情報に欠けていた。

「いやぁ、私の娘がよくダンジョン配信を見てるんですよ。その影響で、年甲斐《としがい》もなくすっかり私もハマってしまいましてね」

そんな運転手の言葉を聞いたクリスは、まるで雷にでも打たれたかのようにはっとした表情を見せた。隣に座るアーデルハイトでさえも気づかないほどの小さな声で、『その手があったか』などと呟《つぶや》いていた。

実のところ、クリスは悩んでいた。現在このタクシーはクリスの自宅へ向かっているのだが、アーデルハイトを自宅まで連れて帰ったところで、その先の展望がなかったのだ。

クリスは現在、この世界の全ての言語が理解出来る、という全く原因の分からない能力を活《い》かし、通訳のようなアルバイトをしていた。その傍ら、こちらに来てからすっかり趣味となってしまった『薄い本』を描き、販売することで生計を立てている。しかし趣味の方は、コアなファンこそ居《お》れど人気作家というほどではない。故に、二人分の生活費ともなれば些《いささ》か心許《こころもと》ない稼ぎしかなかった。

どうにかしてアーデルハイトにも生活費を稼いでもらわなければならなかったが、戸籍もなく、住所もなく、身分を証明する物など何もないアーデルハイトには荷が重い。そもそもこちらの世界に来て一日と経《た》っていない彼女だ。本人に言えば怒り出しそうだが、出来ることなど何もないというのが現実だった。

そんな彼女にかけられた運転手の言葉は、まさに天啓であった。

「はい、そんなところです。どうして分かったんですか？」

「そりゃあ、そんな鎧《よろい》を着てたらね。信じられないくらい別嬪《べっぴん》さんだし。レイヤーさんかなとも思ったけど、それにしては衣装のクオリティが高すぎる」

「成程……」

妙にオタク文化に詳しい中年運転手の、その指摘は尤《もっと》もだった。先程は咄嗟《とっさ》にレイヤーだと嘘をついてしまったが、探索者と答えれば良かったか。そう考えたところでクリスは思い直す。それでは探索者証の提示を求められてしまう。そうなれば嘘がバレて詰んでいた。

しかし逆を言えば、探索者登録さえ済ませてしまえば、大抵のことには誤魔化しが利くということだ。探索者登録に必要な物は身分を証明出来る資料と、登録費用だけ。身分証はネットで画像を探して、錬金魔法を使えばどうとでもなる。クリスは幸いにもその手の錬金魔法が得意であった。自身が戸籍を取る時も、偽造まみれの書類で乗り切ったのだから。

「実は私達、近々配信を始めるつもりなんですよ」

「そうなのかい？　それじゃあオジサンがファン第一号かな？　ハハハ。もし始まったら絶対に娘と見に行くよ。自慢じゃないけど、オジサンは超投げるよ」

「ホントですか？　期待してますね！」

和気藹々《わきあいあい》と盛り上がる二人の会話が、アーデルハイトには何ひとつ理解出来なかった。

そうしてしばらく、タクシーから降りたアーデルハイトが目にしたものは、比較的築年数の浅い五階建てのマンションであった。この一室がクリスの部屋なのだが、マンションなどというものを知らないアーデルハイトは『随分と大きな家に住んでいるな』などと考えていた。

　オートロックなどという上等なものはなかったが、こちらに来て二年程度で住むにしては十分すぎるマンションであった。

　廊下を照らす照明には虫が集《たか》っていたが、元居た世界では野営も経験しているアーデルハイトだ。殊更騒ぎ立てるようなこともなく、きょろきょろと、物珍しそうに周囲を窺《うかが》いながらではあったが、静かにクリスの後に続いていた。

「ここが私の住んでいる部屋です！」

「狭……え、豚小屋？」

　鍵《かぎ》を開け、この二年の健闘を誇るかのように扉を開くクリス。そんなクリスの部屋を見たアーデルハイトの一言がコレであった。彼女の部屋は一般的なワンルームマンションだ。特別狭くはないし、なんとなれば少し広い方ですらある。公爵家でメイドをしていた際に与えられていた部屋と大差のない広さだ。

　しかし超お嬢様であるアーデルハイトにしてみれば、こんなものはおよそ人が住む部屋とは思えなかった。

「酷ッ！」

「わたくしもね、通路を歩いている時から、ここは寮のようなもので、この一室が貴女《あなた》の部屋なのだろうとは予想していましたわ。けれど流石《さすが》にこれは……」

「こっちの世界ではこれが普通なんです！　この部屋を借りるのだってどれほど苦労したか……」

「借りる？　では貴女の部屋ですらないんですの？」

「あっちでもお部屋は公爵家の貸出でしたよッ！」

「クリス、貴女……奴隷根性が滲《にじ》み出《で》ていますわよ」

「わぁぁぁぁ！　宿なし金なしの癖にぃぃぃ！　あッ！　お嬢様、靴！」

文句を言いながらも部屋に足を踏み入れるアーデルハイト。当然のように土足、あちらの世界から履きっぱなしのブーツである。慌ててクリスがアーデルハイトの脚にしがみつき、なんとか一歩分の汚れだけで済ませることに成功する。

「家に入る時は靴を脱いで下さい！」

「……？　まぁ構いませんけれど、おかしなしきたりですわね」

怪訝《けげん》そうにしながらも大人しく靴を脱ぎ、アーデルハイトがいよいよ入ったその部屋はきちんと整理されており、それでいて彼女が見たことのない物で溢《あふ》れていた。部屋の中央にはローテーブルが設置され、その上にはノートパソコンと液タブが置かれている。シングルベッドに、二人掛けの小さなソファ。部屋の隅には積み上げられた大量の書籍。それらはクリスの趣味、つまりは同人活動に使用されるものだ。

「ふぅん……知らない物ばかりですわね」

「私も最初はそうでしたよ――と、それよりもお嬢様」

「なんですの？」

「とりあえずシャワーを浴びて下さい。臭いです」

「……」

「臭いです」

アーデルハイトの感覚では、つい先程まで戦闘をしていたのだから仕方ないだろう。それも勇者《マヌケ》と聖女《アバズレ》の所為《せい》で最悪の状況からの脱出、いわば死闘であった。汗臭いのも当然である。とはいえ淑女としては自らの不潔は見過ごせる筈もなかったし、その上で従者から二度も『臭い』などと言われれば否応《いやおう》もない。それにアーデルハイトは入浴好きだった。湯に浸《つ》かる風習のない元の世界でも、彼女は湯に浸かって何時間も出てこないほどだ。

クリスに案内されるがままに、すごすごとシャワーへ向かうアーデルハイト。それほど広くはないが、女性の一人暮らしと考えれば十分な浴室であった。

「〝解除〟」

アーデルハイトが一言呟けば、彼女が纏《まと》っていた鎧は光の粒子となって霧散する。あとに残ったのは下着と、その豊満な肢体のみであった。

流麗な曲線を描き、長く美しくも、筋肉と脂肪が程よく付いた魅惑的な脚。すらりと細い腕は、女性的な柔らかさをしっかりと残している。身じろぎするだけで弾む尻《しり》と豊満な胸は、同性であるクリスから見ても劣情を抱いてしまいそうになる。

「お嬢様、また大きくなりました？」

「そうですの？　自分ではよく分かりませんわ」

そう言いながらアーデルハイトは、鏡に映る自らの身体《からだ》を眺める。彼女は自分のスタイルに自信を持っている。無論体型を維持するための努力も怠ってはいない。公爵令嬢たるもの、常に自信と誇りを持ち、誰に見られても恥ずかしくないよう常から気を配りなさい、とは彼女の母の言である。

「ところで、どうして貴女も服を脱いでいますの？」

「だってお嬢様、使い方分からないでしょう？　シャンプーとか」

「しゃんぷー……？　確かに聞き覚えがありませんわね」

「良いですか？　これがシャンプー、こっちがトリートメント。最後にコンディショナーです。今言った順で、髪に使うんですよ」

「……全部同じではありませんの」

「私がやってあげますから、ほら入って下さい！」

クリスに背中を押され、浴室の椅子に座らされるアーデルハイト。元より洗体や洗髪も含め、入浴中の全てを彼女は自分で行う。貴族や王族にありがちな、従者に全てを任せるタイプではない。しかしその後のアーデルハイトはクリスの為《な》すがままであった。

それからおよそ一時間。浴室での一から十までをクリスに叩《たた》き込《こ》まれたアーデルハイトは、すっかり上機嫌で入浴を終えた。

「すべすべですわ！　素晴らしいですわ！　連戦で傷んでいた髪も、元通りどころか更に輝きを増していますわ！」

「お気に召したようで何よりです。はい、腕上げて下さい」

「苦しゅうないですわ！」

「はい、じゃあとりあえずこれ着て下さい。下着は明日買いに行きましょう」

クリスがアーデルハイトに手渡したのは、近くの衣料量販店で購入したジャージであった。上下共にシンプルな黒色で、側面には白ライン。ごく一般的なジャージだ。

「なんですのコレ！　どう見ても入らない筈《はず》なのに、生地が伸びますわ！　楽ですわ！　動きやすいですわ！　胸だけキツいですわ！」

「はいはい。良かったですねー……え、最後のは要らなくないですか？」

　クリスのサイズなので当然ではあったが、少し小さめのジャージに袖《そで》を通したアーデルハイトの姿はそこはかとなく犯罪臭のする装いであった。本人は初めて見る素材にえらく上機嫌であったが、はち切れんばかりに服を押し上げる胸部は健全とは言い難い。

　普段は巻いている分、少し長さの伸びた髪を揺らしながらソファへと腰掛けるアーデルハイト。その横にはクリスが座り、二人で水を飲みながら一息入れる。そうして数分休んだところで、クリスが簡単な説明と、そしてこれからの話を始めた。ここが元居た世界とは異なる場所の、日本という国であることも。

「さて……お嬢様は一体どうしてこちらに？」

「そんなこと、わたくしにも分かりませんわ。ただ魔物に襲われて、気がつけば先程の場所に立っていましたの」

　ここが別世界であるという荒唐無稽《こうとうむけい》な話に、しかし意外にもアーデルハイトは騒ぐようなこともなかった。これまでに見た光景から、ある程度は予想していたのかもしれない。

「ふむ……私と似たような感じですね。まぁ、今はそんなことどうだっていいんですけど。色々あってお疲れのこととは思いますが、早急にやって頂かなければならないことがあります」

「自分から聞いておいて……一体何ですの、改まって。初めは馬鹿にしていましたが、ここも存外居心地は悪くありませんわよ？」

　アーデルハイトとクリスが別れてからの二年間。何があったのか、どうしていたのか。お互いに話したいことは多くあったが、しかしそれらを置いても、まずは決めなければならないことがあった。それは当然クリスの部屋の感想などではなく、もっと重要なことである。

「この世界でも、生きていくにはお金が必要になります」

「まぁ当然ですわね」

「当面は私の貯蓄でどうにかなりますが、二人で生活するとなると、そう遠くない内に尽きるでしょう」

「あら、それは困りますわね」

「はい。ですので──」

　すぅ、と大きく息を吸ったクリスが、神妙な面持ちで告げる。

　こうして、わけの分からぬままに異世界からやって来たアーデルハイトの、新たな物語が幕を開けた。

「お嬢様にはお金を稼いで頂きます」

＊　＊　＊

「まぁ、致し方ありませんわね」

「はい、そう言うと思ってました。でも──え？　よろしいのですか？」

　クリスは当然、アーデルハイトは嫌がるだろうと考えていた。しかし、そんなクリスの予想に反して、アーデルハイトの答えは『了承』であった。

わけも分からぬまま見知らぬ世界に放り込まれ、仔細《しさい》の説明もなく、右も左も分からぬうちから『働け』などと言われれば、誰だって困惑し拒否することだろう。少なくともクリスはそう考えていた。

しかし、アーデルハイトは了承した。それも二つ返事で、だ。

「よろしいも何も、お金が足りないのなら仕方ありませんわ。あ、ちゃんと説明はしてもらいますわよ？」

「あ、それは勿論《もちろん》」

どうアーデルハイトを説得しようかと悩んでいたクリスからすれば、アーデルハイトのこの姿勢は非常に有り難かった。クリスが思い描いていた展望も、現実味を帯びるというものだ。だがそこで、アーデルハイトから待ったがかかった。

「でもその前にひとつだけ、クリスに聞いておきたいことがありますわ」

「あ、はい。どうぞ」

先程までジャージの機能性にはしゃいでいた女と同一人物とは思えない、そんなアーデルハイトの真面目《まじめ》な表情に、一体何事かとクリスは身構えた。

「今更ですけどわたくし、ここに居ても良いんですの？」

「えっ？」

「えっ？　ではありませんわ。わたくしも当然、此処《ここ》で暮らすような話しぶりでしたけれど、貴女はそれで構いませんの？」

「え、あ……えっと、嫌でした？」

「そういう意味ではありませんわ。ここは所謂《いわゆる》異世界なのでしょう、それはもう流石に理解しましたわ。そして何も知らないわたくしには、頼れる相手が貴女しかいませんわ。でも貴女は違う。この二年間で、貴女は貴女の生活を見つけているのではなくて？」

ここでクリスは漸《ようや》く、アーデルハイトが何を言わんとしているのかを理解した。

「勿論わたくしは、死んでしまったと思っていた貴女と、再びこうして会えたことが何よりも嬉《うれ》しいですわ。けれど帝国も、公爵家も、もうありませんわ。貴女がわたくしの世話をする理由は、もうないのではなくて？」

つまりアーデルハイトはこう言っているのだ。

『折角異世界で自分の生活を見つけたのに、そこに私が居てもいいのか』と。そんな彼女の言葉に、クリスは衝撃を受けた。まるで考えもしていなかったのだ。アーデルハイトの言葉は、クリスにとってまさに青天《せいてん》の霹靂《へきれき》であった。

つい何時間か前に、二年ぶりの再会を果たした二人。また二人で暮らしてゆくことになると、クリスはそう信じて疑っていなかった。自宅へ連れ帰ったことに、何の違和感もなかった。

ただの今まで、思考の片隅にすらなかった。仕事を終えて駅に向かうまでの道で、警官に職務質問をされているアーデルハイトを見つけたあの時。驚愕《きょうがく》と歓喜で、身体が勝手に動き出していた。故に。

「……お嬢様」

「なんですの？」

「私はお嬢様が幼少の頃より、お嬢様のお世話をしてきました」

「そうですわね」

「不遜《ふそん》ながら、私はお嬢様を家族、妹のように思っております」

「……」

過去を懐かしむように、記憶を遡行《そこう》しながら語るクリス。

再会してからこちら、これからのことばかりを考えていた所為だろうか。最も大事なことを、疎《おろそ》かにしてしまっていたのかもしれない。これはクリスのミスだ。

「公爵家なんて関係ありません。私は、私の意思でお嬢様にお仕えしていました。私がそうしたくて、お嬢様にお仕えしていたんです。この世界に来てからも、もしかしたらまた、お嬢様が私のもとに帰ってきてくれるんじゃないかって、不思議とそう思っていました。私がお嬢様を見つけた時、どんな気持ちだったか分かりますか？」

「……分かりませんわ」

「私にあったのは唯《ただ》ひとつ、もう二度と会えないと思っていた妹に、また会うことが出来た喜び、ただそれだけです」

「……そうですの」

「ですから——おかえりなさいませ、お嬢様。また一緒に頑張りましょうね」

＊　＊　＊

「ごほん。では改めまして――作戦の概要を説明します」

「よくってよ！　わたくしに全て任せておけば、何の問題もありませんわ！」

そう前置きしたクリスは、先程軽く話した現状を交えて、丁寧に説明をし始めた。

ここが『地球』と呼ばれる世界の『日本』という比較的平和な国であること。魔法ではなく科学技術が発展した世界であること。自分達は近いうちに資金難に陥るであろうこと。故に金を稼がなければならないが、貴族の娘として育てられ、幼い頃より武芸に打ち込んできた異端者のアーデルハイトには、満足に出来る仕事など一般的には存在しないこと。この世界にやって来て日の浅いアーデルハイトでは、知識や常識なども不足しており、尚更選択肢は少なくなること。等々。

「ここまでは良いですか？」

「そこはかとなく、言葉の端々に棘《とげ》を感じること以外は、概《おおむ》ね理解しましたわ」

「気の所為です――さて、ではここで質問です。そんな無能なお嬢様の長所は何ですか？」

「強いですわ！」

「はい。他には？」

「美人ですわ！」

「はい。他には？」

「強いですわ！」

「というわけで、強くて美人なことだけが取り柄なお嬢様に、うってつけの仕事があります」

ぷぅ、と頬を膨らましたアーデルハイトを無視し、クリスが見せたのは、ノートパソコンであった。当然アーデルハイトがノートパソコンなどという物を知っている筈もなく、小首を傾《かし》げて頭の上に疑問符を浮かべている。そんな彼女をクリスは無視し、キーボードを叩きながら説明を続けてゆく。

「確認になりますけど、お嬢様、『ダンジョン』はご存知ですよね」

「ダンジョン？　あのダンジョンですの？　勿論知っていますわよ」

ダンジョンとは、彼女らが元居た世界に存在した、一種の危険地域のようなものである。どうやって出来たのか、いつ出来たのか、何のために出来たのか。地下洞窟《どうくつ》であったり、森の中であったり、古代遺跡であったり。何もかもが謎に包まれたそこには、魔物と呼ばれる人類の敵対生物が蔓延《はびこ》り、一度足を踏み入れれば常に生命の危険に晒《さら》される。しかしその一方で、貴重な資源やアイテムが眠っていたりもする、まさにハイリスク・ハイリターンな地域。それがダンジョンだった。

専ら、資源を手に入れ、それを売却することで生計を立てている冒険者達がダンジョンに挑み、またある時は強さを求める騎士等《ら》が修業のためにダンジョンへ潜ることもあった。無論その結果命を落とす者も多かったが、生還して富を得るものも居た。彼女達の居た世界では、ダンジョンと生活は切っても切れない関係と言っても過言ではない。

何を隠そう、アーデルハイトもダンジョン攻略を行ったことがあった。その際彼女は見事に単身でダンジョンの攻略を果たした。最深部に巣食う強力な魔物を倒し、多くの貴重なアイテムを持ち帰ったことは帝国では有名な話だ。

「はい、そのダンジョンです」

「……成程。なんとなく話が見えてきましたわ。わたくしにそれを攻略しろと、そういうことですわね？」

「まぁ大雑把に言えばそうなんですけど――はい、これを見て下さい」

クリスがノートパソコンの画面をアーデルハイトへと向ける。そこに映っていたのは『To《トゥ・》Vitch《ヴィッチ》』、通称〝ビッチ〟と呼ばれる動画配信サイトであった。〝ビッチ〟では多くの探索者がダンジョン配信者としてライブ配信を行っており、クリスがアーデルハイトに見せたのは、そんな数多《あまた》いる配信者の中でも特に人気の高いトップ配信者であった。

「あら？　録画ですの？　こちらでは魔法は発達していないと言ってましたわよね？」

「これは魔法ではなく『カメラ』という、誰にでも使用出来る装置を使って撮影されたものです。あと、これは録画ではありません。『配信』と言って、今現在ダンジョン内で行われている攻略の様子を、離れた場所でもリアルタイムで見られるようにしたものです」

「……なんですって？」

アーデルハイトにとって、それは相当な衝撃であった。

彼女たちの居た世界でも、似たものはあった。魔法を利用して作られた『魔導具』によるもので、それは録画や写真と比べても遜色《そんしょく》のないものである。しかし『配信』に相当するものはなかった。遠く離れた地の光景を、その場から動くことなく見られるなどと、アーデルハイトは俄《にわか》には信じられなかった。そのようなものがあれば、作戦の指示は正確かつ迅速に伝えられるし、街の様子なども瞬時に把握することが出来る。貿易や軍事的な観点から言っても、恐ろしい発明だった。

「……凄《すご》いですわね、コレ」

「ですね。私も初めて見た時は目が飛び出るかと思いましたよ。しかもコレ、この世界では一般的に使用されている技術なんです」

「……わたくしの家にも、欲しかったですわ」

情報の伝達が遅れ、敵の奇襲を受けた仲間は数知れず。川の氾濫《はんらん》から逃げられずに呑《の》み込まれた民は星の数ほど居た。これがあればどれほどの命が救えただろうか。

今更言っても詮無きことではあるが、そう思わずにはいられなかった。アーデルハイトがどこか遠い目をしながら追想に耽《ふけ》っていると、画面の中に映る探索者が丁度、魔物と戦闘を始めたところであった。

「さて——お嬢様にはコレと同じこと、つまり『ダンジョン配信』をして頂きます！」

「……コレが『ダンジョン配信』ですの？　わたくしはてっきり、ダンジョンを攻略して資源を持ち帰るものだと思っていましたわよ？」

「勿論それもあります。でも本筋はこっちです」

「……これがお金になる、と？　まさか見物料でも取るんですの？」

「そのまさかです。厳密には少し違いますが、概ねその認識で大丈夫です。システム的には闘技場のようなものだとお考え下さい」

他人のダンジョン攻略を見て何が楽しいのか、アーデルハイトにはまるで理解が出来なかった。見ているだけでは資源を得られるわけでもなく、経験を得られるわけでもないのだから。

しかしクリスの言った『闘技場』という言葉で、漸くアーデルハイトにも得心がいった。

闘技場とは、戦技を修めた闘士達が、互いの誇りと命を懸けて戦う場だ。磨き抜かれた技術は観客を魅了し、その戦いを一目見るために各地から観客たちが集う。闘技場に入るには入場料が必要で、闘技場側の利益はそれだけでかなりのものになる。

中では主催者側が賭けを持ちかけるのが常であったし、贔屓《ひいき》にしている闘士の試合が終われば、差し入れや祝儀といったおひねりが投げ込まれる光景も多々見られた。

つまりこの『ダンジョン配信』とはそういうことなのだろう。確かに、そこに自ら持ち帰った資源などの売却益も含めれば、得られる利益は中々の金額となるだろう。

「『配信』では、観客がコメントを出すことが出来るんです。配信上でのコミュニケーションの一種ですね。あ、見て下さい。丁度投げ銭が飛びました」

「投げ銭……？」

「闘技場でもお気に入りの闘士にお金を投げたりしますよね？　あんな感じです。応援している配信者に支援をすることが出来るんです」

「……ますます闘技場じみてきましたわね」

「つまりお嬢様がダンジョンを攻略しつつ、視聴者からの投げ銭と、自ら持ち帰った資源の売却でお金を稼ぐ、というのが我々の作戦です。他にも色々と派生を考えていますが、今のところはコレで行こうかと」

そう話を締めくくったクリスだが、アーデルハイトにはひとつ気になる点があった。それはライブ配信の多さだ。ちら、と見ただけでも、数えきれないほどの人間が配信を行っている。つまり競合他社が無数に存在しているということだ。新規参入者というのは、何処《どこ》の世界でも最初が一番苦しいのだ。公爵領の領主、その娘であるアーデルハイトは、多少なりとも経営学を学んでいる。人気のある市場に新規参入することの難しさは、理解しているつもりであった。

「コレ、わたくし達が割って入る余地はありますの？　こんなに多くの配信者？　が居る中へ飛び込んだところで、鳴かず飛ばずで終わりそうですわよ？」

アーデルハイトは素直に疑義を呈した。

一方クリスは、その疑問は想定済みだと言わんばかりに、眉《まゆ》を顰《ひそ》めるどころか口角を上げてみせた。

「お嬢様の懸念は分かります。ですが問題ないと考えます。さっきの配信者の戦いを見て下さい。率直に言って、どう思います？」

「……お粗末ですわね。身体《からだ》は鍛えているように見えますけど、剣技の方は目も当てられませんわ。素人《しろうと》が見様見真似《みまね》で剣を振っている、といったところですわね。程度の低い魔物ならともかく、魔族が相手では一秒と保《も》ちませんわよ？」

そう。パソコンに映る彼等の戦いは、異世界で命を賭《と》して戦ってきたアーデルハイトから見れば、まるでお話にもならない稚拙なものであった。所構わず剣を振り回し、無闇矢鱈《むやみやたら》に力いっぱい叩《たた》きつけ。魔物といえど、駆け引きは有効だというのに、それすら殆《ほとん》どなかった。その挙げ句、かすり傷とはいえ無駄な傷を負っている。膂力《りょりょく》や瞬発力などはそれなりであるように見えるのに酷《ひど》く直線的。先のアーデルハイトの言葉通り『お粗末』としか言いようのないものだった。

「その通りです。ですがこんな戦いでも、彼等は配信者として成功を収めています。こんな彼等でさえ人気なのですから、お嬢様の流麗な剣技であれば、見る者全てを一瞬で魅了してしまうことでしょう。勿論《もちろん》視聴者を楽しませる話術も重要ですが」

「……そう簡単にはいきませんわ。まずは見てもらわなければなりませんのよ？　見向きもされなければ、剣技も何もあったものではありませんわ」

「そこでお嬢様の武器が役に立つんです。お嬢様の圧倒的な美貌《びぼう》であれば、目の端に一瞬映っただけでも、脳裏に焼き付いて離れないことでしょう。ぶっちゃけ適当におっぱい揺らしながら戦っておけば、少なくとも初動は余裕です。なんならダンジョン内を散歩してるだけでも、一定数は視聴者を確保出来る筈《はず》です」

クリスの戦略は、清々《すがすが》しいほどのエロ釣りであった。

しかしその戦略は間違いなく有効だ。それは他の配信者を見ても実証済みである。そして初期の視聴者をある程度稼げてしまえば、あとはアーデルハイトの実力でどうにでもなる。全くのノープランではない、クリスなりに勝ちへの導線がしっかりと見えている、そんな戦略であった。自ら表舞台に立つことを好まないクリスだが、アーデルハイトを目立たせることに関しては右に出る者はいない。

「まぁ失敗しても死ぬわけじゃありませんから、試すだけ試してみましょうよ。もし駄目だったその時は、また別の手段を考えるとしましょう」

「……そう、ですわね。あちらと違って、失敗しても次がある。とても素晴らしいことですわ！」

「そういうことです——さて！　今日は沢山お話ししましたから、もう寝ましょうか。明日から、本格的に動くとしましょう。機材なんかも揃《そろ》えないといけませんし」

そんなクリスの台詞《せりふ》が終わる前には、既にアーデルハイトはベッドを占領していた。器用に半分だけスペースを空けて。

クリスのシングルベッドは当然だが一人用だ。如何《いか》に女が二人とはいえ狭いものは狭い。しかしその狭さもクリスにとっては懐かしく、そして安心するものだった。

なんだかんだと言ってもやはり疲れていたのだろう。すぐに寝息を立て始めたアーデルハイトの横で、クリスはそっと呟《つぶや》いた。

「おやすみなさい、お嬢様」

第二章　異世界方面軍結成

翌朝。

春先の暖かな日が差し込む、十畳ほどの部屋。まだ少し肌寒い朝の空気が、小さく開けられた窓から流れ込む。

時刻は九時。

これが平日で、一般的な社会人であれば文句なしに遅刻が確定している時間だ。というよりも既に始業している会社もあるだろう。春眠暁を覚えず、などと言うが、それにしても遅い時間であった。

先に目を覚ましたのはクリスだった。

まだ眠気の残る瞼《まぶた》を擦《こす》りながら上体を起こしてみれば、そこは既にベッドの上ではなかった。横へと目を向ければ、掛け布団とクリスを蹴《け》り飛ばしたアーデルハイトが、我が物顔でベッドを占領している。どうりで身体の節々が痛いわけである。

軋《きし》む身体をゆっくりと起こし、アーデルハイトに布団を掛け直す。

彼女が良いところのお嬢様だとは誰も想像出来ないような、そんな酷い体勢で眠っているというのにやたらと凛々《りり》しく、寝ぼけ眼も一瞬で覚めるような、そんな寝顔であった。

目の保養、というわけでもないだろうに、そんなアーデルハイトを少しの間眺めたクリスは、顔を洗うために洗面所へと向かう。洗顔を終え、ぱっちり目を覚ましたクリスは、続いて朝食の準備を始めた。

それほど広くもなく、それほど立派なものでもないが、しかししっかりと備えられているキッチンで、クリスは簡単な調理を行う。昨晩はアーデルハイトと遭遇したこともあり、いつも仕事帰りに寄っているスーパーへは行けなかった。故に彼女は、トースターに食パンをセットし、冷蔵庫に残っていたウインナーとベーコンを焼き、その後に目玉焼きを作った。

本当であればアーデルハイトに、こちらの世界のもっとしっかりとした朝食を振る舞いたかったが、ないものは仕方がない。そもそも、朝から凝った料理をする者などそれほど多くはない。これもある意味一般的な朝食と言えるだろう。

「んぁ」

そうこうしている間に、寝坊助《ねぼすけ》なお嬢様が目を覚ます。朝食の匂いに釣られたのか、或《ある》いは、調理の音で起きたのか。先程のクリスと同じように、瞼をごしごしと擦りながら、焦点の定まらない瞳《ひとみ》でクリスを見つめていた。

「おはようございます、お嬢様。ほら、そっちで顔を洗ってきて下さい。朝食にしましょう」

クリスに言われるがまま、アーデルハイトが覚束《おぼつか》ない足取りで洗面所へと向かう。洗面所からは、何やら鈍い打撃音とアーデルハイトの苦悶《くもん》の声が聞こえてきたが、クリスは気にしないことにした。

こうして、アーデルハイトの異世界生活二日目が幕を開けたのだった。

＊　＊　＊

「さて、お嬢様。昨日話した通り、本日は配信に必要な物を買い揃えに行きます」

「はむはむ……このパン、柔らかくてふわふわで、とても美味《おい》しいですわね……え？」

「え？　ではありません。買い出しに行きますよ、と申し上げました」

「はむはむ……この肉詰めも皮がパリッと、中はジューシーですわ……え？」

「殴りますよ？」

アーデルハイトは朝食に夢中であった。

クリス行きつけのスーパーで購入したただの特売品なのだが、どうやらお気に召したらしい。箸《はし》など勿論使えないアーデルハイトは、ナイフとフォークを器用に操り、その小さな口で小動物のように咀嚼《そしゃく》する。間違っても大口を開ける、などといったことはしないあたり、流石《さすが》は公爵家の御令嬢といったところだろうか。

「冗談ですわ。必要な物を買いに行くのでしょう？　わたくしはまだ、この世界のことをゴブリンの額ほども知りませんもの。全てクリスに任せますわ」

「まぁそうですよね。そこで、なんですけど。助っ人を呼ぼうかと思いまして」

「……助っ人ですの？」

「はい。私のヲタ友——趣味仲間なんですけど、唯一私が異世界出身であることを知っている、信用出来る人です」

「あら、貴女《あなた》がそこまで人を信頼するなんて、随分珍しいですわね」

別段、クリスが疑《うたぐ》り深《ぶか》い性格をしているというわけではないが、それでも、簡単に誰かを信用するタイプでもない。彼女は基本的に、上っ面だけで人付き合いをするタイプだ。たとえ公爵家のメイド長や執事頭が相手であってもだ。少なくともアーデルハイトは、クリスが信頼している存在を自分以外に見たことがなかった。

「こちらに来てまだ右も左も分からない時、色々と助けてもらったんです。お嬢様の話も何度かしたことがありますので、助けになってくれるかと思います」

「何を喋《しゃべ》ったのか気になりますわね……まぁそれは構いませんけど、一体その方に何をさせるつもりですの？」

「実はですね……彼女に助っ人をお願いする理由はふたつあります。配信を始めるにあたって、色々と必要な機材があるんです。それを調達しなければならないんですけど、私よりも彼女の方が詳しい、というのがひとつ」

「自分よりも詳しい者に助力を乞《こ》うのは当然ですわね」

「そしてふたつ目、実はこれが主な理由なんですけど……手が足りないんです」

「……？」

アーデルハイトがウインナーを齧《かじ》りながら小首を傾《かし》げる。

「ダンジョン配信を始めるにあたって、私が企画、脚本、広報などのマネージメント全般を行うつもりです。勿論お嬢様は演者です。ですが、機材の調整や動画の編集などを担当出来る者が、現状足りないんです」

クリスの言っていることが、アーデルハイトには半分も理解出来ていなかった。しかし言葉のニュアンスで、必要不可欠な人材が不足している、ということは理解出来た。これから頑張って資金を稼いでいこう、などと決意した矢先、二人だけではどうにもならない壁に早速ぶちあたっているということ。であるならば、アーデルハイトに否応《いやおう》などあるはずもない。

「つまり、我がアーデルハイト異世界方面軍に、新たなメンバーを加えよう、ということですわね？」

「滅茶苦茶ダサいのでその名前はやめて欲しいですけど、概《おおむ》ねその通りです」

「その方が協力してくれるのなら、わたくしに否やはありませんわ。クリスが信を置く方ならば、何の問題もないでしょうし」

「それなら良かったです。お嬢様も、きっと仲良くなれると思いますよ。それじゃあ早速連絡してみます」

クリスはそう言うと、早速スマホを叩き始めた。アーデルハイトにはクリスが一体何をしているのかまるで分からなかったが、気にしても仕方がないので朝食へと戻ることにした。幸せそうにウインナーを頬張るジャージ姿の彼女は、魅力を失うどころか逆に輝いて見えるようだった。

それから一時間。

クリスがうんうんと唸《うな》りながらアーデルハイトに着せる服を選び、アーデルハイトが自らの髪をくるくると巻いていた時だった。

クリスの部屋に、チャイムの音が鳴り響く。

びくり、とアーデルハイトが肩を強張《こわば》らせ、いつでも動けるよう軽く腰を浮かせる。それは戦い続きだったこれまでの生活で染み付いた、習性のようなものだ。たとえ眠っている時でも、彼女は物音ひとつで飛び起き戦うことが出来る。

「いや敵じゃないですから！」

クリスが室内に備え付けられた応答用のスイッチを押すと、恐らくは女性のものであろう茶色の頭頂部が見切れて映っていた。どうやら先程話していた助っ人が到着したらしい。連絡してからここまで、随分と早い到着である。

クリスが玄関へ向かうのをぼうっと眺めつつ、アーデルハイトが髪のセットを続けていると、ゆっくりと歩く足音が聞こえてきた。玄関と部屋を隔てる扉が勢いよく開けられた時、茶髪で小柄な女性が、アーデルハイトを輝く瞳で見つめていた。

「お嬢様、彼女が先程話した――」

「エッッッッッッ‼　やったあぁぁぁ‼　巨乳だあぁぁぁあありがとうございますゥゥゥ‼」

「うっさい！　近所迷惑っ‼　ほら汀《みぎわ》、さっさと挨拶《あいさつ》して下さい！」

「あぁ……金髪縦ロール巨乳お嬢様は実在した……ありがたや……」

クリスの言葉などまるで聞こえていないのか、汀と呼ばれた彼女は、おもむろにその場で正座したかと思えば、瞳を潤ませてアーデルハイトを拝み始めた。

「……何ですの？」

「あああああああ‼　ですわ系ですわぁあああありがとうございますゥゥゥ！　声も綺麗《きれい》ィィ‼」

入室してからこちら、興奮しきりの彼女はついに床へと頭を叩《たた》きつけ始めた。そんな彼女の怪しい様子にアーデルハイトが徐々に警戒を強めてきた頃、いい加減にしろと言わんばかりにクリスが頭を引《ひ》っ叩《ぱた》いた。

「叩き出されたくなかったら、五秒以内に自己紹介して下さい」

「――ふぅ……つい興奮してしまったッス。双海《ふたみ》汀ッス。よろしくお願いするッス」

「え、ええ……よろしくお願いしますわ……」

余程叩き出されたくなかったのだろう。ほんの数秒の間に呼吸を整えた汀は、速やかに自己紹介を終えてみせた。

アーデルハイトの返事を聞いた途端、ぴくりと反応して身体《からだ》を動かすも、背後からのクリスの視線に縫い付けられ、どうにか興奮を抑えることに成功していた。

「貴女がわたくし達に協力して下さる方ですの？」

「はい。アーデルハイト公爵令嬢様に於《お》かれましては——と、まぁ堅苦しいのは抜きでいいッスかね。初めまして、凛《りん》から話は聞いてるッスよ」

凄《すさ》まじい後輩臭を感じる話し方だが、彼女は今年で二十四歳である。十九歳のアーデルハイトと二十一歳のクリス、この二人と比べれば、この中では最年長となる。

ともあれ、彼女はこれから共に力を合わせるパーティメンバーだ。アーデルハイトとしても、無駄に堅苦しいよりは砕けた態度の方が好ましい。そして語尾や態度よりも、アーデルハイトには気になることがあった。

「……凛？　誰ですの？」

汀の口から出た聞き慣れない名前。アーデルハイトの知り合いにはそのような人物は居なかった。汀の口ぶりからすれば、それはアーデルハイトと近しい間柄の者だと予想されたが、そもそもアーデルハイトは昨日この世界にやって来たばかりだ。知人など居るはずもなかった。

考えたところで分かりそうもないので素直に尋ねてみれば、汀は不思議そうな顔をしながらクリスの方を指差した。

ADK

「あ、私です。こっちでは来栖凛《くるす》と名乗っていますので」

それを聞いたアーデルハイトは合点がいった。彼女のフルネームはクリスティーナ・リンデマン。故に来栖凛。安直と言えば安直だが、収まりは良い気がする。

クリスはアーデルハイトとは違い、こちらの世界でまず働く必要があった。しかし外国人という立場を取ると色々面倒だったため、彼女はしばらく前から偽名を名乗っている。

「あら、ではわたくしも偽名を名乗った方がいいんですの？」

「あ、それは大丈夫ッス。凛から大凡《おおよそ》の話は聞いてるッスけど、これからのことを考えたらアーデルハイトさんは本名で行く方が、キャラが立って良いッス」

「……キャラ？」

「まぁその辺の説明は追々するとして、まずは今日の予定ッスよ」

そう言うと汀は、いそいそとテーブルの横へ移動する。アーデルハイトのすぐ隣である。心なしか呼吸回数が多い。というよりも鼻息が荒かった。

「すぅーっ……はぁ……めっちゃ良い匂いするッス」

「いいから早く話を進めて下さい」

「ああっ！」

クリスに押しのけられ、席を奪われた汀が悲愴《ひそう》な表情でアーデルハイトの対面へと座りなおす。既に満足いくまでふざけたのか、いい加減に話を進めるつもりのようであった。

「こほん。えー、改めまして。凛……クリスの友人の双海汀です。気軽に名前で呼んで欲しいッス。凛から連絡を受けて、クソ面白そうだったので飛んできたって感じッスね。機材の調整とか編集はウチに任せて欲しいッス。実はウチも昔配信をしてたことがあるんで、力になれると思うッス」

「あら、経験者ですの？　それは心強いですわね」

「といっても、ゲーム配信だし過疎だったッスけどね。で、アーデルハイトさんのことは何と呼べばいいんスか？　普通にハイ――」

汀がアーデルハイトを一般的な愛称で呼ぼうとした時だった。アーデルハイトの耳がぴくりと動き、それまで汀に任せていたクリスから、食い気味に制止の声がかかった。

「汀。お嬢様は『ハイジ』と呼ばれるのが嫌いです」

「え、あ、そうなんスか？　じゃあ……お嬢でいいッスかね？　ほら、なんかよくあるじゃないッスか。お姫様とか貴族の人をお嬢呼びするシブいおっさんキャラ」

ならばと汀が代わりに挙げた例は、随分とオタク寄りの発想であった。しかしそれは、アーデルハイトにとってそれなりに馴染《なじ》みのある例えであった。彼女の家、つまりはエスターライヒ公爵家に所属する騎士団の副団長。彼は無精髭《ぶしょうひげ》を生やした筋骨隆々の中年だ。その剣の腕は間違いなく一流で、アーデルハイトとは頻繁に手合わせをする仲であった。その副団長が、アーデルハイトのことを『お嬢』と呼んでいたのだ。

「それで構いませんわ。少し懐かしい感じもしますけど」

「え⁉　ってことは、もしかしてマジで居るんスか⁉　ちょ、詳しく――」

汀が渋オジの話を深掘りしようと、テーブルの上に手をついて身を乗り出す。しかしその隣から、クリスのじっとりとした瞳《ひとみ》を向けられていることに気づき、ゆっくりと元の姿勢へと戻っていった。

「えー……じゃあ本題に入るッス。といっても、そう大した話じゃないんスけどね。これから買い出しに行くわけなんスけど、今ウチらに必要なのものはダンジョン配信用の機材各種ッス。このへんはネットで注文出来るんで、全部任せてもらって大丈夫ッス。なので――」

「直接買いに行く必要があるものは、お嬢様の衣服類というわけです。後は帰りに探索者登録をするくらいですかね」

汀の話を引き継いで、クリスが本日の目的を告げる。

アーデルハイトは、彼女たちの言っている内容が理解出来ないまでも、もっと多くの準備が必要なのだとなんとなく考えていた。

騎士団の遠征やあちらでのダンジョン探索ならば、入念な下調べと装備の選定、消耗品類の買い出しなども含めれば結構な大仕事になるのだ。それがどうやら、聞いている限りでは必要な物は着替えだけのようで、アーデルハイトは『こちらの世界は随分と便利ですわね』などと他人事《ひとごと》のように考えていた。

「というわけでお嬢様。まずは身分証明を偽造するので、写真を一枚撮りますよ」

言うが早いか、クリスが手早く準備を整える。一体何が始まるのかと困惑するアーデルハイトを他所《よそ》に、クリスと汀から様々な表情の指定が飛び交う。あれよあれよという間に撮影された写真には、少し見下すような角度でドヤ顔を決める、自信満々な表情のアーデルハイトが写っていた。

「ヤバ……なんコレ？　修正も加工もなしでコレは流石《さすが》にヤバいッスよ」

「ふふ、うちのお嬢様にかかればこの程度、造作もありませんよ」

「これだけでも配信者としては相当な武器になるッスよ」

「汀も私と同じ意見のようで安心しました」

「ぶっちゃけボロいッス。こんなの適当にダンジョン散歩してるだけでも一定のファンは付くッスよ。お嬢の薄い本描いたら怒られるッスかね？」

「是非やりましょう」

こそこそと不穏な会話を繰り広げる二人。

置いてけぼりになって退屈なアーデルハイトは、『あら、美味《おい》しいですわ』などと言いながら、ぽりぽりと煎餅《せんべい》を齧《かじ》っていた。

しばらくして怪しげな談合が終わったのか、クリスと汀が姿勢を正してテーブル脇へと戻ってくる。

「と、まぁ本日の予定は今話した通りなのですが」

「ウチらには、何をおいても決めなければならないことがあるッス」

「……なんですの？」

「目標です！」「目標ッス！」

声を揃《そろ》えてそう宣言する二人へと、アーデルハイトは不思議そうな眼差しを向けた。

目標。

そんなもの、昨晩からクリスの話していた通り、金を稼ぐことではないのか。そのためにダンジョン配信なるものを始めるのではないのか。少なくともアーデルハイトはそうだと思っていたのだが、違うのだろうか。

「……資金集めではありませんの？」

「勿論《もちろん》そうなんですけど、折角やるからにはやっぱり、お金以外にも目指すものがあった方が良いじゃないですか」

「ウチらはこれから一蓮托生《いちれんたくしょう》ッス。意思の統一のためにも、モチベーション維持のためにも、目標は必要ッスよ？　例えばお金が溜《た》まったら。お嬢は何かやりたいこととかないんスか？」

汀にそう言われ、アーデルハイトは考え込む。

これまでは世界の平和を目指して剣を振るってきた。いつか魔王を倒し、安心して暮らせる世界をと願い、あの勇者《マヌケ》と聖女《ビッチ》のお守《も》りをしてきたのだ。

しかし今は違う。

この世界にやって来た今、魔王など何処《どこ》にも居ないのだ。

そう考えた時、アーデルハイトの脳裏にはひとつ、『やりたいこと』が浮かんでいた。傷ついた身体を引きずりながら歩いた森の中で、死を覚悟したあの時。アーデルハイトの口を衝《つ》いて出た、唯《ただ》ひとつの『やりたいこと』。

「……のんびりしたいですわね」

遠い目をして、アーデルハイトはそう言った。

「お嬢様……」

「いいじゃないッスか！　ウチも最近仕事飽きたなぁ、なんて思ってたとこッス！　夢はでっかく！　折角だからどっかの土地買って、家も建てて。そこで流行《はや》りのスローライフっスよ！」

同情するようなクリスの瞳。

何も知らないが故か、それとも察しつつ敢《あ》えてなのか。元気よくアーデルハイトの要望に同意する汀。少し感傷的になったアーデルハイトだったが、救われるような思いだった。

「ふふっ……それじゃあ」

「はい。異論はありません」

「決定っスね！　ウチらの目標は――」

未《いま》だ何者でもない、彼女たちの目指す先。

こうして、三人の目標は掲げられた。

＊＊＊

十畳ワンルームの部屋で、異世界方面軍（仮）の三人が目標を定めてから一週間が経《た》った。

この一週間、三人は配信のための準備を全力で進めていた。

アーデルハイトはひたすら知識と情報を詰め込んだ。クリスの私物である書籍や雑誌、果ては彼女の作った薄い本までも読み漁《あさ》った。

彼女の定位置となったテーブルの窓側には、何十、何百といった冊子が積み上げられている。汀《みぎわ》から『覚えておいた方がいい』と手渡されたそれらは、汀お手製の『頻出ネットスラングまとめ』である。ちなみに、クリスと汀が制作した薄い本はバリバリの男性向けであったという。

聡明《そうめい》なアーデルハイトは、今ひとつ理解の出来ないネットスラング達に小首を傾《かし》げながらも、精一杯それらを詰め込んだ。そのおかげか、単語の意味だけならば大抵のものは理解した。そうしたスラングが生まれた背景までは知らない彼女が、それらを正しく使えるかどうかは全くの別問題ではあったが。

それと同時に、図書館にも足繁く通った。

もとより日中は暇なアーデルハイトだ。日課である鍛錬くらいしかすることがない彼女は、この世界のことを少しでも多く学ぼうとしたのだ。家を出る度に、わざわざクリスから認識阻害魔法をかけられるのは面倒であったが、その甲斐《かい》あってか、ある程度の一般常識であれば既に習得済みである。

認識阻害魔法とは読んで字のごとく、対象を強く意識しない限り上手《うま》く認識が出来なくなる魔法だ。多くの人で溢《あふ》れる町中で、視界の端に映る人物の顔など誰も覚えていないように。森の中で唯一本の樹《き》を注視することなどないように。

燦爛《さんらん》たるアーデルハイトの容姿を隠すにはまさにうってつけの魔法で、一週間前の買い出しの際にも勿論使用した。

ちなみに、買い出しにて数着の衣服と下着を購入したアーデルハイトだったが、動きやすさが気に入ったのか、部屋の中では基本的にジャージを着ている。

一方クリスは当座の資金を稼ぐため、これまで通り通訳の仕事をこなしていた。その合間に、SNSアカウントの作成や配信ページの準備を行い、着々と準備を進めている。当初は初配信に向けての台本を作ろうかとも考えていたのだが、会議の結果、台本はなしとなった。

汀曰《いわ》く、配信者には大別してふたつのパターンがあるそうだ。

ひとつは、綿密に計画を練り、台本から演出までを事前に用意しておく計算型。

そしてもうひとつが、大まかなテーマを決めたらあとはアドリブで好き放題やる天才型。どちらも一長一短であり、どちらが良い悪いという話ではない。しかしアーデルハイトは絶対に後者だ、と彼女は熱弁を振るっていた。

『企画とか環境だけ用意して、あとは好きにやってもらった方がお嬢はハネるッス。そもそもダンジョンは基本何が起こるか分かんないッスから、そっちの方が相性もいいッス』というのが汀の弁である。

この話を聞いたクリスも、汀に賛同した。なんでもそつなくこなしてみせるアーデルハイトだが、基本的には自由人だ。由緒正しい公爵家の娘として生まれたというのに、幼い頃から剣を握って野山を駆け回っていた時点で、間違いなく変人である。

そして汀は、数日前に届いた配信機材の設定と調整、テストを行っていた。

その手際は見事なもので、機材が届いた翌日には全てのテストを終えてしまった。彼女が初めて触るという、ダンジョン配信専用の追尾型カメラの設定までをも簡単に済ませてしまうあたり、彼女のメカニックとしての手腕は確かなものだった。

なお、いきなり配信を始めても流石《さすが》に誰も見に来ないだろう、ということで、配信ページには既にひとつだけ動画が投稿されている。

本配信前に自己紹介や告知の枠を作るのは、ダンジョン配信ではあまり一般的ではない。どちらかと言えばV《バーチャル》方面に多い手法だ。

しかしアーデルハイト達はどこかに所属しているわけでもない、全くの個人勢である。如何《いか》にアーデルハイトの容姿が優れていようと、一切の知名度もない彼女達だ。広報活動もなしというのは流石に分が悪いと思われた。それ故の措置である。

そんな理由から配信に先んじて投稿された、告知を兼ねた自己紹介のような位置づけである筈《はず》のそれは、しかしあまりにも異質なものであった。

動画のタイトルは『準備中』。その内容は、アーデルハイトが部屋の隅で黙々と正拳突きをしているだけ、という異様なものだった。

アーデルハイトは毎日、剣の素振りを己に課している。その回数は日によってまちまちではあるが、最低でも一時間は行うようにしていた。これはあちらの世界に居た頃から腕が鈍《にぶ》らぬようにと、毎日必ず行っていたことである。

しかし、クリスの部屋はワンルームにしては広めではあるものの、やはり剣の素振りなど行うスペースはない。ならばと付近の公園で行おうにも、アーデルハイトは認識阻害なしではそう簡単に外出も出来ない。仕事の都合もあるクリスが、常に一緒に居られるわけでもない。

そうして八方塞《はっぽうふさ》がりに陥ったアーデルハイトが、剣の素振りに代わって始めたのがこの正拳突きであった。部屋のスペースに関係なく出来る、戦闘に即した運動、ということらしい。

そんなアーデルハイトが始めた日課を、カメラのテストがてらに汀が盗撮したものが、そのまままるっと公開されているのだ。

まるで実戦のように鋭い眼差しで正面を見つめ、ジャージ姿で一心不乱に正拳突きを行うアーデルハイト。撮影されているなどとは思っていないアーデルハイトは一言も発さず、マイクに入った救急車のサイレンが時折小さく聞こえるのみ。ただただ本気で行われる正拳突きの所為《せい》で、それはもう彼女のあちこちが大暴れ。一時間ごとにアーデルハイトが水分を補給して、また正拳突きを再開する。それがたっぷり四時間である。

それは、自己紹介と呼ぶにはあまりにもシュールな映像だった。

そんな怪しすぎる謎の動画が公開されたのが昨日。にも拘《かか》わらず、既に百人ほどの登録者が存在していた。収益化を目指すのならば、当然これだけでは足りない。ダンジョン配信のトップ層が数百万という登録者を抱えていることを考えれば、比べ物にもならない。しかし、本格的な配信も始めていない全くの無名個人勢としては、この数字は悪くない。むしろ良い方だとさえ言える。コメント欄を見ても、概《おおむ》ね好意的なものばかりだ。

:シュールすぎて草
:デッッッッッ!!
:情報量が少なすぎて草ァ
:金髪ジャージ縦ロール空手すき
:エッッッッッッッ
:ダンジョン関係ねぇw
:あまりにも美人すぎて一発で惚《ほ》れたんだけど内容が謎すぎる
:動画時間みて鼻水出た
:シークしたらマジでずっとやってて何か笑顔になった

などなど。

汀の『意味不明な動画の方が話題になりそうじゃないッスか?』という一言と、クリスの『お嬢様の素晴らしさが一目で伝わるものがいいです』という、ふたつの意見を雑に取り入れた結果、ただの盗撮動画にしては悪くない反応——のような気がしないでもない。所詮《しょせん》は素人《しろうと》の企画・構成ということも加味すれば、まずまず成功と言ってもいいだろう。

そんなこんなで過ぎていったこの一週間。紆余曲折《うよきょくせつ》もあり、うんうんと三人で頭を捻《ひね》ってきたのは、偏《ひとえ》に明日の初配信のためである。現状出来ることは、自分達なりに全てやったつもりだ。ここから先は、アーデルハイトと運次第だ。

初配信を明日に控えた夜、三人は明日の成功を願って部屋でささやかな壮行会を開いていた。

「そういえば、お嬢って滅茶苦茶強いんスよね？」

「随分唐突ですわね」

「いやぁ、ウチお嬢が戦ってるとこ、見たことないッスからね。実際のところどうなんッスか？」

汀とクリスが酒を飲みつつ、仲良く鍋《なべ》を突《つつ》いている時だった。ふと思い出したかのように、汀がアーデルハイトへ問いかけた。ちなみにあちらの世界では既に成人しているアーデルハイトだが、まだ十九歳ということで、飲酒はクリスに禁止されている。

「そうですわね……この一週間で視聴した配信には、わたくしに倒せない魔物は映っていませんでしたわ」

「え、マジッスか？『勇者と愉快な仲間たち』の配信も見てたッスよね？アレにもッスか？」

汀の言う『勇者と愉快な仲間たち』とは、現在の『ビッチ』内に於《お》いて、登録者数と再生数で一位の座に輝いている配信チームのことである。二十代から三十代の探索者四人で構成されたパーティで、実力的にも国内で一、二を争うと評判だった。この界隈《かいわい》では知らぬ者など居ない、超有名探索者達である。

「アレにも、ですわ。彼等《ら》が戦っていた魔物の中で、最も位の高かったのはグリフォンでしたけど、あの程度であればわたくし一人でも問題ありませんわ」

「マジッスか……え、グリフォンって滅茶苦茶強いんじゃないんスか？　そんなに詳しくはないッスけど、上級探索者四人のパーティでギリギリ戦える程度、って聞いたことあるッスよ？　実際『勇者』のメンバーも苦戦してたッス」

「彼等の戦いは素人のそれですわね。そもそも、グリフォンの厄介な点は飛行能力ですわ。ダンジョンに現れたところで、高度に制限がある時点で脅威たり得ませんわね。というよりも、ダンジョン内に出てくることの方が驚きですわ。あちらでは主に屋外でしか遭遇しませんわよ？」

「そ、そうなんスね……」

「お嬢様は、あんなただデカいだけの鳥とは比べ物にならないほど強いんです」

汀の素朴な疑問に、事もなげに答えるアーデルハイト。そして何故《なぜ》か威張るクリス。そう言われればそういうものなのか、と汀は納得したが、これは汀がゲーム配信界隈の人間であるが故の誤解である。

汀は配信そのものには明るいものの、ダンジョン配信というジャンルに関してはそこまで詳しいわけではない。無論、今回の活動にあたり少しずつ勉強はしているが、知識としてはまだまだ、といった様子である。

故に彼女は納得したが、実際にはクリスの言う通り、アーデルハイトが異常に強いだけである。

グリフォンは非常に強力な魔物だ。それはこちらの世界では共通認識となっている。飛行能力もさることながら、金属すら容易《たやす》く引き裂いてしまうほどの鋭い爪を備えた前足。大岩を砕く凄《すさ》まじい膂力《りょりょく》を持った後ろ足。ダンジョン内の壁面にすら穴を穿《うが》つ強固な嘴《くちばし》。確認されている魔物の中でも、屈指の危険度を誇っている。

もしも彼女達の会話を探索者が聞いていれば、『何も知らない新入りが大言壮語を』などと言って鼻で笑っていたことだろう。

「わたくしの知る勇者《マヌケ》ですら、グリフォン程度なら一人で倒せますわ。総じて、グリフォンは精々が中の上から上の下、といった強さですわね」

「ちなみにお嬢様は、鬼《オーガ》くらいまでなら素手でも余裕です」

「流石にオーガを素手で倒すのは骨が折れますわよ？」

「えぇ……倒せなくはないんスね……完全にＯＰ《over powered》じゃないッスか……」

さも当然のように語るアーデルハイトとクリスの様子に、汀はドン引きしていた。オーガと徒手《としゅ》空拳《くうけん》で戦うなど、正気の沙汰《さた》ではない。

探索者達はダンジョン内で魔物を倒し続けることで、身体能力が上昇することがある。通称『レベルアップ』などと呼ばれているそれによって、探索者は強くなってゆく。しかしそれでも、好戦的かつ凶暴なことで知られるオーガと素手で戦える者など、世界中を探したところで見つからないだろう。

「これは俄然《がぜん》、明日が楽しみッスねぇ」

「折角ですし、最初は素手で戦っても構いませんわよ？　確か序盤はゴブリンやスライムしか出ないのでしょう？」

探索者にとって装備とは非常に重要な要素だ。

武器ひとつ、防具ひとつが生死を分けると考えれば当然のことと言えるだろう。故に彼等は装備に関しては金に糸目をつけない。アーデルハイトの元居た世界とここ地球では、その意識に多少の差はあるのだが。

当初の予定では、配信中に使用する装備は彼女の持つ『聖鎧《せいがい》・アンキレー』と『聖剣・ローエングリーフ』をそのまま使用する予定であった。勇者《アホ》の持つ聖剣とは違って魔王の結界を貫く効果は持たないが、十分すぎるほどに強力な装備である。

だが確かに、アーデルハイトのような美女が徒手空拳で魔物を次々屠《ほふ》ってゆくというのも、中々に面白いかもしれない。最初から強力な装備を使うよりも、素手から徐々に装備をアップグレードしてゆく姿を見せる方が共感は得られそうである。

汀《みぎわ》としては非常に悩ましい話であった。どちらの方が良いかなど、結果が出てみなければ分からないのだから。

「うーん……」

「まぁ、わたくしはどちらでも構いませんわ。なんとなれば、視聴者にどちらが良いか聞けばいいのですわ」

「それも案外悪くないかもしれませんね」

「……確かに、安価みたいなものだと考えれば悪くないかもしれないッスね」

結局その場で答えは出ず、最終的な結論は『当日の流れで適当に』という、なんともどっちつかずなものとなった。

全体的にふんわりとした方針にまとまった配信予定。アーデルハイトの持ち味を活《い》かすためのその方針が吉と出るか凶と出るか、それは現時点では誰にも分からなかった。

その後、取り留めのない雑談に花を咲かせた三人。

アーデルハイトがクリスと別れてから、あちらの世界でこれまでに起こった出来事や、逆にクリスがこちらの世界に来てからこれまでの話。汀とクリスの出会いや、現在に至るまでの二人の活動など、忙《せわ》しなく動いていたこの一週間では出来なかったあれやこれやの話。鍋を突《つつ》きながら行われたそんな会話は、夜の遅くまで続けられた。

明日の配信は、夕方から夜にかけて行う予定であった。

明日は平日だ。探索者はともかく、それを視聴する一般の者達は日中、仕事や学業に勤《いそ》しんでいることだろう。つまり、彼等が帰宅するであろう時刻からが勝負なのだ。

配信とは、初回が非常に重要だ。

最初の一回でどれだけの視聴者を捕まえることが出来るのか。それこそが、有名配信者への道、その最初のハードルであると言えるだろう。

逆を言えば、初回が上手《うま》くいきさえすれば、今後もそれなりの数の視聴者が見込めるはずである。

絵に描いた餅《もち》、或《ある》いは、取らぬ狸《たぬき》の皮算用。

未《いま》だどう転ぶか分からない、そんな泥濘《ぬかるみ》の中を手探りで進む三人であったが、そんな状況が中々どうして悪くなかった。

不安は勿論《もちろん》ある。だがそれ以上に、新たな世界で始める新たな試みに、アーデルハイトは心を躍らせていた。いつの間にか寝落ちし、幸せそうに眠るアーデルハイトと汀を眺め、クリスは一人明日を思う。

願わくば、明日の配信が上手くいきますように、と。

第三章　初配信

　ダンジョンと呼ばれるものが出現したのは、もう何十年も前のことになる。

　当時世界中が大騒ぎとなったそれは、今では人々の生活の一部となっていた。ダンジョンから産出される資源が、人々に富を齎《もたら》したからだ。

　ダンジョンから齎された恵みによって、富と名声を手に入れた者も居れば、その恩恵に与《あずか》ることが出来ず朽ちていった者も居る。運良くトップへと駆け上がることの出来た探索者も居れば、探索中に命を落とした者も居る。

　内部で起こることは全てが自己責任。生きるも死ぬも、成功するも失敗するも、全てが本人次第。今ではダンジョン探索のその本質は、ギャンブルに近いとさえ言われている。

　何故そのような危険な場所へ誰でも入ることが出来るのか。人口の減少の一助となりかねないそれを、何故国が認めているのか。

　畢竟《ひっきょう》、幾許《いくばく》かの国民が自らの責任の上で死んだところで、さして問題はないのだ。人道的な見地を無視すれば、彼等の齎すダンジョン資源によるメリットは、数人、数十人の犠牲など容易く上回る。

　そもそもダンジョンで命を落とす人間はそれほど多くなく、年間に百人居るか居ないかだ。誰も自ら進んで死にたくはないし、危険が迫れば逃走を選ぶ。そうしたリスク管理が出来ずに、利益だけを追い求めて引き下がれなかった馬鹿な者達だけが命を落とす。怪我《けが》をする者こそ後を絶たないが、それを加味した上でも、総じてメリットの方が大きいのだ。

そうして現在、ダンジョン大国と呼ばれるほどになった日本。

日本国内に存在するダンジョンは十五箇所。広大な国土を持つアメリカでも八箇所しか存在しないということを考えれば、小さな島国に過ぎないこの国がダンジョン大国と呼ばれる理由にも納得出来ることだろう。ちなみに自国外のダンジョンでも探索を行うことは出来る。それ故、日本にも少数ではあるが外国人探索者は居る。

そんな日本に存在する十五のダンジョンのうち、比較的人気のないダンジョン。

近畿《きんき》地方は京都、その山奥に存在するダンジョンに、アーデルハイト達三人はやって来ていた。

何故このような遠方の、探索者もあまりいないダンジョンへやって来たのかと言えば、単純にやりやすいからである。

東京にもダンジョンはあるが、そのどれもが多くの探索者で賑《にぎ》わっている。探索初心者であるアーデルハイト達がそのような場所で初配信を行おうものなら、要らぬトラブルや熟練探索者達の邪魔になりかねない。

無論、本来ならば人気のダンジョンに挑んだ方が注目度は高いのだろう。しかし前述の理由に加え、アーデルハイトの『邪魔になりますわ』という一言によって、今回はこうした運びとなったのだ。

汀の所有する車に機材を詰め込み、朝からたっぷり七時間以上かけ、適度に休憩を挟みつつのんびり旅行気分で。京都に到着した頃にはすっかり夕方近くになっていたが、元気の有り余ったアーデルハイトは見たことのない景色や店などにはしゃぎまわり、結局そのまま三人仲良く観光する始末であった。

そうして夜になる前にダンジョンへと向かい、到着したのがつい先程。現在は汀が大急ぎで機材のチェックを行っている最中である。

配信開始の準備とSNSでの告知を行っているクリスと同様、今回この二人は裏方だ。無論送られてくる映像には目を通しているし、マイクなどで逐次連絡は取るものの、二人が直接ダンジョンに足を踏み入れることはない。要するに地上で留守番である。ダンジョンの入り口には探索者協会の建物があり、休憩所や食堂、売店にシャワーなどが完備されている。これらは探索者であれば無料で利用することが出来るため、拠点としてはまさにうってつけと言えるだろう。

非常に高額ではあるものの、ポーションや武器防具なども取り揃《そろ》えられており、新米の探索者はここで最低限の準備を整えてからダンジョンへ向かうのがお決まりとなっている。

人気がないとはいえ、それでも数十人の探索者達が建物内に滞在しており、中にはアーデルハイト達と同じように配信機材を準備している者もちらほら見受けられた。

配信機材と言っても、一昔前のテレビカメラのような大きなものではない。手のひらサイズの球体で、撮影者の背後を浮遊して追尾する近代技術の塊である。値段はピンキリだが、安いものでもお値段なんと150万円。これのおかげでクリスと汀の貯金はすっかり底をついていた。当座の生活資金程度は残してあるものの、登録者数が伸びず収益化も通らないということになれば、彼女達の未来は真っ暗である。

そんな協会の建物内で、何故汀が大急ぎで準備を進めているのかというと。

その原因はアーデルハイトだ。未だジャージ姿の彼女ではあるものの、その容姿のせいで既に目立っている。まるで黄金の獅子《しし》を思わせる輝く髪は、機嫌の良さそうなアーデルハイトの肩とともに揺れている。彼女は現在、食堂で注文した熱い緑茶をちびちびと飲んでいた。

まるで緊張した様子もなく、幸せそうにお茶を飲むアーデルハイトは周囲の目を非常に集めている。そんなアーデルハイトのもとに、恐らくは同年代であろう一人の女性探索者が近づいてきた。

「こんばんはー。お姉さんめちゃ綺麗《きれい》だね。もしかしてこれから探索だったりする？」

「あら？　ごきげんよう。ええ、これから初めての配信ですわ！」

「あ、やっぱりそうなんだ！　実は私も配信やってるんだ。ホラ！」

そう言って彼女が見せてきたのは手のひらサイズの配信用カメラ。

アーデルハイト達が使用しているものよりも上等な最新モデルであった。値段も当然高くなり、それを使っているというだけで彼女の人気が窺《うかが》える。

「あら、ではわたくしにとっては先輩ですわね」

「あはは、そうだね！　わかんないこととかあったら遠慮なく聞いてよ。先輩が優しく教えてあげる！」

「それは有り難いですわね、是非お願いしたいですわ」

「でしょ？　任せてよ！　あ、そだ。良かったら配信ページとかＳＮＳ教えてよ！　ファン第一号ってことで」

「それならそちらのクリスに聞くといいですわ。あと、ファン第一号は既に埋まっておりますの」

アーデルハイトはそう言って、対面に座るクリスへと水を向ける。忙しなくノートパソコンのキーボードを叩《たた》く手を止めたクリスは、手元にあったタブレットへと持ち替え、ＳＮＳのアカウントを表示する。

「こちらです。ＳＮＳの方に配信ページへのリンクがありますので、そちらからお願いします」

「ありがとー。ていうかお姉さんも綺麗だね……」

「ありがとうございます」

「わ、出来るお姉さんって感じ……くそー、ファン第一号になれなかったのが悔やまれる……ちなみにどんな人？　それだけ綺麗だと、やっぱ男？　イケメン？」

余程最初のファンになれなかったのが悔しいのだろうか。それともただの冗談か。人懐っこい笑みを浮かべながら、興味津々といった様子で問いかける彼女に、アーデルハイトはありのままを答えた。

「タクシー運転手のしがないオッサンですわ」

「オッサン……ぶふっ、あははは！　その顔でオッサンとか言われるとめっちゃ面白いんだけど！　言わなそうなのに！　オッサンて！　あははは！」

その後、ひとしきり笑った彼女と会話をしていたところで汀から声がかかる。どうやら機材の調整が終わり、全ての準備が整ったようである。

「では、わたくしはそろそろ行きますわ」

「あ、コレ私のアカウントね！　それじゃあ私も今日はもう終わりだし、帰ってあなたの配信見てみようかな！」

「あら、ではわたくしの活躍をとくとご覧あれ、ですわ」

そう言って先輩探索者である女性――枢《くるる》という名前らしい――と別れた後。格好をつけたアーデルハイトがダンジョンへと向かったが、カメラを忘れたことに気づき慌てて戻ってきた。そうして再度ダンジョンへと向かうアーデルハイトの姿は、まさしく初心者《ルーキー》のそれであった。

＊　＊　＊

協会の奥に設置された重厚な扉を抜けた先、ダンジョンの第一階層。

配信画面に映るのは、ジャージ姿でぼうっと突っ立っているだけのアーデルハイト。背伸びをしたり、口に手を当て小さく欠伸《あくび》をしてみたり。かと思えば、たまに思い出したかのように髪をくるくると指で弄《いじ》ってみたり。そんな謎の時間が、かれこれ三分ほど続いていた。

：初見
：ジャージで草
：初見
：虚無空手から来ました
：もう可愛《かわい》い
：エロ空手から
：デッッッッッッ!!
：これもう始まってるの気づいてない？
：突っ立ってるだけなのに溢《あふ》れる気品

既に数十人の視聴者が、思い思いのコメントを飛ばしている。にも拘《かか》わらず、アーデルハイトは一言も発さず、ただ配信が始まるのを待っていた。彼女が何故《なぜ》、既に配信が始まっていることに気づいていないのか。それは単にクリスと汀《みぎわ》からの合図がないからである。

配信の開始は地上で待つ二人が行うことになっており、アーデルハイトもそう説明を受けていた。故に、事前に練習した通りにカメラを起動して、合図を待っているのが現在のこの状況だ。

では何故二人は合図を出さないのか。

それは勿論、単に素のアーデルハイトが退屈そうにしている姿が面白いから、というだけの理由である。アーデルハイトはただ立っているだけでも十分すぎるほどに絵になる。無論、ある程度の人数が集まってから始めたいという意図もあるにはあったが、結局のところはただの悪戯《いたずら》である。とはいえ、未来が懸かった大事な初配信である。いつまでもそうしているわけにもいかない。

【あーあー。テステス。こちら汀。お嬢、聞こえる？】

耳に装着したイヤホンから聞こえた声に、アーデルハイトが一瞬びくりと肩を震わせる。ついでに乳も揺れた。

「こちらアーデルハイト、よく聞こえますわ」

【おけおけ。実はちょっと前から配信始まってるんだよね】

汀のその一言で、聡明《そうめい》なアーデルハイトは全てを察した。

つまりは先程までのぼけっと突っ立っていた自分の姿が、既に全世界へ向けて配信されていたということに。

「……やってくれましたわね」

恨みがましい眼《め》をカメラへと向けるアーデルハイトとは裏腹に、遂に言葉を発したアーデルハイトの姿を見た視聴者達は大喜びである。今の時点でこの配信を視聴している者は、男女問わずその大半がアーデルハイトの容姿に惹《ひ》かれてやって来ている。事前に投稿した謎の正拳突き動画も含め、アーデルハイトはこれまで一言も発していなかったのだから、当然と言えば当然なのだが。

：しゃべったアァァァ！

：エッッッッツ

：あーあー、声も百点満点ですよこれ。控えめに言って好き

：ですわ系お嬢様ですわァァ！

：揺れた

：揺れましたね

【お嬢、とりあえず自己紹介して、どうぞ】

そんな汀の指示は、自分達の悪戯を深掘りされる前に、アーデルハイトを急《せ》かして先に進ませようという魂胆からである。見え見えの魂胆ではあるが、配信が既に始まっている所為《せい》でアーデルハイトもそれ以上は文句を言えなかった。

「皆さんごきげんよう。わたくしはアーデルハイト・シュルツェ・フォン・エスターライヒ。つい先日異世界からやって来ました、グラシア帝国の貴族エスターライヒ公爵家の長女ですわ。好きなものはお煎餅《せんべい》とウインナーと緑茶。嫌いなものは勇者と聖女ですわ。以後よろしくお願い致します」

彼女の自己紹介は、全てが嘘偽りのないものであった。

これはクリスと汀、両名からの提案だ。下手《へた》にこちらの世界に合わせて嘘をつくよりも、ありのままでいった方が『設定』として不自然にならないのではないか、という考えからである。事実、そんな二人の予想は見事に的中していた。

【お嬢様、コメントの表示をONにして下さい】

クリスからの指示に、はっとした様子で耳元のイヤホンを何度か叩くアーデルハイト。するとすぐに、視界の端にずらりとコメントが並び始める。

：設定把握
：異世界人設定か
：貴族って言われるとしっくりくるな
：解釈一致
：嫌いなもの草
：好きなものも草

「あ、あら？　これがコメントですの？　コレ大丈夫ですの？　ちゃんと出来てますの？」

見慣れぬ技術に慌て、あわあわと挙動不審になるアーデルハイトの姿は配信者としてはあまりよろしくはない。しかし持ち前の容姿のおかげか、そんな様子も概《おおむ》ね好評であった。

【大丈夫です。初配信なので、とりあえず何か質問を受け付けて、それから探索に行きましょう】

「あ、分かりましたわ。ええっと……皆さん、初配信なので探索に行く前に質問を受け付けろという指示が出ましたわ！」

：裏側全部ゲロってて草

：指示を守れてえらい
：スリーサイズ
：初々しくて大変よろしい
：なんでジャージなのｗ
「あ、やりましたわー！　服装の話が出ましたわよ。これに関しては絶対に出るだろうと予想していましたわ！　いい質問ですわね！」
事前に汀から『際どいコメントや答えたくないコメントは拾わなくていいッス』と言われていたアーデルハイトは、事前に答えを準備していた質問が来たことに喜びを見せた。その様子は大変馬鹿っぽく、ほっこりとするものだった。
「わたくし、このジャージというものがとても気に入っておりますの。見た目はまぁアレですけど、伸び縮みして動きやすいですし」
：ジャージいいよね。自分も家ではジャージだわ
：何処《どこ》とは言わんけど伸縮性の限界を感じる
：防具とかなくて大丈夫なん？
：そういや武器も防具も持ってないな。まさか素手か？
：ハッ……空手は布石？
「実はこれ、わたくしのメイドの持ち物ですの。確かに胸はキツいですわね……っと、話が脱線していますわ。何故ジャージなのかでしたわね。ついでに装備の話も出ているみたいですし、丁度いいですわ」

そう言ってアーデルハイトが胸元へと手を当て、『顕現』と呟《つぶや》く。すると、アーデルハイトの身体《からだ》が眩《まばゆ》い光に包まれ、次の瞬間には見事な装飾のドレスアーマー姿へと変化していた。更には鎧《よろい》だけでなく、その手には細身の赤い長剣が握られている。

なおここはダンジョンの入り口で、人気がないとはいえチラホラと探索者の姿も見られる場所だ。突如光り輝き出したアーデルハイトは当然のように目立っていた。

「これはわたくしの本来の装備、『聖鎧《せいがい》・アンキレー』と『聖剣・ローエングリーフ』ですわ。あちらの世界の、まぁ簡単に言えば神器ですわね」

：ファッ!?

：え、すげぇけどどういう仕組み？

：金髪縦ロール巨乳ですわ変身お嬢様。うーん、百点！

：いやマジでどういうことだよｗ

：朗報　マジモンの異世界お嬢様だった

：一目で分かるチート装備

「大変素晴らしいリアクションですわ。とまぁ一応装備はありますけど、最初から強い装備で探索しても皆さん楽しめないのではないか、と思いましたの。ジャージはその所為ですわ」

アーデルハイトはすぐに装備を解除し、詳細は濁して適当に話を進める。これも事前の打ち合わせ通りだ。

配信とは直接対面して視聴者と会話しているわけではなく、拾うコメントも配信者次第だ。故に、誤魔化しながら都合のいいコメントだけを拾えば余計な詮索《せんさく》もないだろう、というのがクリスの考えであった。

：装備があるなら着けるべき
：気にせんでええんやで
：どっちもええな
：ジャージ！

：鎧！

「賛否はあるでしょうけど、とりあえずはジャージのままで行こうと思いますわ」

：大丈夫なん？

：危なくない？

：ジャージで探索する奴《やつ》おらんやろ
結局、ジャージ姿のままで探索に向かおうとするアーデルハイト。そんな彼女を心配するコメントがいくつも視界に流れる。当然と言えば当然だ。ダンジョンとは低層でも十分に危険な場所である。ダンジョンを見縊《みくび》った初心者が大怪我《けが》をして逃げ帰るなど日常茶飯事で、軽い気持ちで配信を始めた者達がカメラの前で血を流すことなど、そう珍しいことではない。

彼等《ら》はまだ、アーデルハイトがそんな初心者と同じ輩《やから》なのではないかと思っていたのだ。

「あら、ありがとうございます。ですが心配ご無用」

彼等は知らない。配信に映るこの女が、元居た世界で『剣聖』と呼ばれていたことを。剣などなくとも、そこらの魔物に後れを取るような存在ではないことを。

「それを今から、ご覧にいれますわ」

ダンジョンの奥へとゆっくり歩みを進めるアーデルハイト。謎の自信に満ち溢れた、怪しいジャージ女のソロダンジョン配信が幕を開けた。

そうしてダンジョンを進むことしばらく。無言の時間はあればあるほどよろしくないと、そうクリスと汀の両名から聞かされていたアーデルハイトは、雑談がてらにこれまでの経緯をかいつまんで話していた。

「——と、まぁそういうわけですわ」

：はえー

：ええ話やん

：言うほどいい話か？

：聖女は勿論《もちろん》、勇者くんも万死に値する

：異世界世知辛《せちがれ》ぇ……

：普通に考えたら良いことばっかりなわけないわな

：聖女って実は碌《ろく》な奴居なくない？

：最近は腹黒系も多いよね。ラノベとかだと

アーデルハイトにしてみればただ真実をありのままに語っているだけだが、視聴者達の反応は概ね良好だった。皆が皆アーデルハイトの話を信じているわけではなかったが、嘘を言っているわけではないため『設定』としてそう不自然でもない。アーデルハイトにとっては別に話を信じてもらう必要などないし、視聴者は視聴者で楽しめればそれで問題ないのだ。事実かどうかなど些細《ささい》なことである。そうして雑談を続けていく中で、ひとつ気になる——というよりも、目についたコメン

トがあった。
：アーデルハイトって長くて打ちにくいんですけど
「わたくしのことは好きに呼んで頂いて構いませんわよ」
つまり、呼び名のことである。
これに関しては通常、視聴者が好きに呼び、数の多かったものが定着する場合が殆《ほとん》どだ。これがVTuber方面になると配信者側から指定があったりもするのだが、生憎《あいにく》とアーデルハイトは自分がどう呼ばれるかということに、ひとつの例外を除いてそれほど頓着《とんちゃく》していない。
：たし蟹《かに》
：一般的なアーデルハイトの愛称はハイジ
：ハイジちゃん可愛《かわい》い
：そういえば某山の少女もそうだったな
「ちなみに、わたくしはハイジと呼ばれるのが嫌いですの。ですからそれ以外でお願いしますわ」
そのひとつの例外こそが、一般的な愛称であった。
アーデルハイト自身も理由は分からないがとにかく嫌いなものは嫌いなのだ。何でも良いと言った手前ではあるが、それだけは阻止しておくことにした。
：騙《だま》したなッ!!
：好きに呼んで（大嘘
：一般的な愛称を封じられた
：大喜利スタートか？

「昔から嫌いなのだから仕方ないですわ。折角ですし、可愛らしいものにして欲しいですわね」
そうして始まった愛称命名会。
現在の視聴者は二百人ほどと多くはない。それでも、コメント欄には思い思いの愛称候補が中々の速度で流れてゆく。誰でも思いつきそうなものから、一体どうしてそうなったのかというようなものまで。特に責任があるわけでもないので各々が好き放題である。
：アデ公
：草
：アーデルハイト公爵令嬢略してアデ公
：語感だけは良くて草
「あら、アデ公は中々可愛らしいですわね」
：えぇ……
：それでいいのかw
：どちらかと言えば蔑称《べっしょう》のような
：エテ公みたいだなw
「そうですの？　あちらでは貴族を呼ぶ際、敬称に公や卿《きょう》とつけるのは一般的でしたわよ？」
：成程⁇
：そう言われればそうか？
：意味合いが違《ちげ》ぇんだよなぁ
：この場合そうはならんやろw

「厳密に言えば、エスターライヒ公爵家のアーデルハイトですけれど。まぁハイジ以外なら何でもいいですわ」
いつまで経《た》っても纏《まと》まらない議論を視聴者へと投げっぱなしにすることにしたアーデルハイト。最も重要なことは愛着を持ってもらうことである。愛着さえ持ってもらえれば、極論呼び方などどうでも良いのだ。
こうして会敵するまでのただの雑談、間を埋めるために始めた話にしてはそこそこ時間を稼ぐことには成功した。とはいえ、ダンジョンの入り口から歩き始めてかれこれ一時間余り。ここに至るまでの過去の話をして、愛称の話をして。そうして時間を稼いではいたものの、そろそろアーデルハイトの会話デッキは底をつき始めていた。
「ところで、いつになったら魔物が現れるんですの？　ここ本当にダンジョンですの？　平和すぎませんこと？」
：確かに何も出てこないね
：低層はしゃーない
：京都よな？
：不人気Dとはいえ、人が居ないわけじゃないしな
：今からそれをお見せいたしますわ（キリッ
「うるさいですわね！　もっと敵が居ると思ってましたのよ！」
ぷりぷりと怒ってみせるアーデルハイトであったがその後も敵は現れず。いよいよ視聴者が退屈し始めた頃であった。このままでは不味《まず》いと思ったアーデルハイトが、索敵魔法を使おうかと思っ

ていた時、それは漸《ようや》く現れた。
「あら……？　あらあら？」
：お
：どしたん
：来たか？
「子鬼《ゴブリン》ですわー‼　皆さんお待たせしましたわ！　やっと撮れ高が来ましたわよー‼　ここまで長かったですわ！」
丁度アーデルハイトの正面。進行方向の先に三体の魔物が見えた。ゴブリンは魔物の中でも最下級。剣聖と呼ばれていたアーデルハイトからすれば、取るに足りない存在でしかなかったが、しかし撮れ高に飢えていたアーデルハイトは喜び跳ねた。そしてそれは視聴者も同じであった。戦闘といえばダンジョン配信の目玉である。漸く訪れたその時に、コメント欄も勢いを増してゆく。
：長かったな……
：っしゃあああああ
：お散歩だけでも目の保養になって良かったけど
：本当に素手ジャージで行くのか
：はよ装備せぇw
：戦闘が見られるのは嬉《うれ》しいんだけど本当に大丈夫なんですか？
「心配ご無用ですわ。ゴブリンなんて、あちらでは村人でも武器さえあれば倒せますわよ？」
：異世界殺伐としてんなぁ

：最下級とはいえ毎年ゴブリンにやられる新人は多い
：悲報　新人配信者、村人以下
：アデ公も新人なんですがそれは
「あら、そうなんですのね……ではわたくしが、皆さんにゴブリンの簡単な倒し方を教えて差し上げますわ」
：などと供述しており
：舐《な》めすぎィ！
：マジで素手で倒せたらすげぇよな
：上位の配信者でも素手ではやらねぇよw
：頼むから武器くらい使ってくれ
アーデルハイトの正面では、彼女に気づいたらしい三体のゴブリンが何事か喚《わめ》いていた。襲いかかってくるでもなく、ただアーデルハイトを小馬鹿にしたような態度で挑発する始末である。
ゴブリンとは、ダンジョンでは最もポピュラーで知名度も高い魔物だ。その体躯《たいく》は人間の子供と同程度で、力は強くないし動きも遅い。それでもゴブリンに怪我を負わされる者が後を絶たないのにはそれなりの理由がある。基本的に何体か固まって現れること。ゴブリン同士の間には仲間意識というものが希薄で、一体を倒してもお構いなく他の個体が攻撃してくること。力が弱いとはいえ何かしらの武器を携帯している場合が殆どであること。
視聴者達はそれを知っているからこそ、アーデルハイトを心配した。簡素なものとはいえ、新人であろうとも防具くらいは装備しているものである。しかしアーデルハイトは武器も持たずジャージのみ。新人配信者であるというのにダンジョンを舐め腐ったようなアーデルハイトだ。目の前で怪我でもされたらと思えば、彼等も心配になるというものである。

そんな視聴者達の心配を他所《よそ》にアーデルハイトが駆け出す。無論、全速力などでは断じてない。彼女にしてみればむしろ軽く小走りしている程度のものだ。しかし忘れてはならないのが、ここが元居た世界とは違うということである。アーデルハイトにとっての小走りは、こちらの世界ではあまりにも速かった。

……え

……は？

……速!?

視聴者のコメントさえも置き去りにしたアーデルハイトの速度は、眼前のゴブリン達にとっても予想外のものであった。ゴブリンは三体ともが、アーデルハイトの速度にまるで反応出来ていない。ほんの一秒程度の間に彼我の距離を埋めて現れたアーデルハイトの姿に、ただただ口を開いて呆《ほう》けるばかりであった。アーデルハイトが左脚を軸に、ごつごつとした荒い地面を踏みしめる。右脚を振り上げ、腕で勢いをつけてそのまま振り抜く。

「ふんっ！」

例えるならサッカーのシュートだ。見事なまでのフォームである。先頭に居たゴブリン、その頭部を目掛けて振り抜かれた右脚が、ゴブリンの頭部を遥《はる》か後方へと吹き飛ばす。まるで弾丸のように飛ばされた頭部が、後ろに控えていた二体のうち片方の腹へと突き刺さり、そのまま貫通して胴に大穴を開ける。

：は？
：は？
：は⁉
：いやいやw
：見たことない光景で草
　アーデルハイトはコメントを確認することもなく、振り抜いた足の勢いを利用してくるりとその場で一回転。足を入れ替え、一足で最後の一体のもとへと移動する。そのまま最初の一体と同じように、今度は左脚を振り抜いた。
「ふんぬ！」
　当然結果も同じ。無惨にも頭部を失ったゴブリンの胴体だけが、未《いま》だ何が起こったのかも理解出来ていなそうな姿で立っていた。
：憤怒
：いやいやwいやいやw
：おかしいだろww
　視聴者の困惑を他所に、返り血を浴びないよう素早く元の場所へと戻ったアーデルハイトが、カメラに向かって胸を張っていた。ぱっつぱつである。
「とまぁ、こんな感じですわ！」
：などと供述しており
：ドヤ顔かわいい

：こんな感じですわ！　じゃないんよ
：え、今のどういうことなんｗ
「え、何か変ですの？」
：全部だよォ!!
：おかしいとこしかねぇんだよなぁ
：今北産業
：異世界サッカーで、ゴブリンが死んだ
：三行もなくて草
：事実なんだよなぁ
アーデルハイトはこれでも随分と手を抜いた方である。そも、アーデルハイトがゴブリンと戦うのは久しぶりのことだ。ゴブリンのような低位の魔物が現れるような場所へは長らく行っていなかったし、その必要もなかった。最後にゴブリンと戦った時から比べれば、彼女もまた随分と成長している。そういった事情も鑑みて行ったのが、先のゴブリンサッカーであった。
「ゴブリンは基本的に馬鹿ですわ。敵意を向けられようが、終始こちらを馬鹿にして喧《やかま》しく挑発するだけ。先手さえとれば、あとは顔面を蹴《け》り飛ばしてしまえば終わりですの。大丈夫、今私が行ったことはそれほど難しくありませんわ」
：配信同業者ワイ、震える
：ゴブリンで玉突きする奴《やつ》が何処《どこ》の世界にいるんだよｗ
：ね？　簡単でしょう？　じゃねーんよ!!

：俺、なんかやっちゃいました？（素
：キックの瞬間胸と尻《しり》が大暴れしてた。俺じゃなきゃ見逃しちゃうね
「おかしいですわね……なんだか思っていた反応と違いますわ……でもまぁ、撮れ高があったことを素直に喜んでおきましょう」
：むしろ撮れ高しかなかったぞ
：そもそも最初の速度が異常だったんだが？
：全く息も切れてないしなぁ
：もしかすると俺たちは凄《すご》い新人を見つけたのかもしれない
：切り抜き不可避
「あ、切り抜きに関してはガイドラインがありますわ。詳しくはそちらを見て欲しいですの。さて、それじゃあ勢いに乗ってどんどん進んでいきますわ！」
などと遅めの周知をするアーデルハイトであったが、どこの世界にも手が早い者は存在するものだ。既に現時点で切り抜き動画は上がっており、そのおかげか、ゆっくりとした勢いではあるものの、徐々に視聴者の数は増えていた。そんなことを知らないアーデルハイトは、漸く自らの本領を発揮できたことにただ喜ぶばかりであり、すっかりと気分を良くしていた。
「ちなみにわたくし、あちらの世界では剣聖と呼ばれていましたの」
：どこがやねん！
：剣を使え
：拳聖の間違いかな？

：異世界金髪縦ロール巨乳剣聖（蹴
：情報過多だよぉ
：あかん、財布が我慢できずに震えてる。はよ収益化してくれ
軽く三体の子鬼《ゴブリン》を蹴り殺したアーデルハイトは、その後も順調にダンジョンを進んでゆく。足取りは軽く、まるで疲れた様子も見られない。なお、ここで言う順調というのは探索自体のことであり、配信、つまりは撮れ高的には先程のゴブリンを最後にからっきしである。
しかし先程の戦いが余程衝撃的だったのか、幸いにも視聴者の数が減るなどということはなく、むしろ徐々にその数を伸ばしていた。配信開始時は視聴者数が百人程度であったアーデルハイトのダンジョン配信。これだけでも、無名の新人ということを考えれば十分に誇れる数字である。しかし現在は二百人を突破していた。有名配信者と呼ぶには程遠いが、それでも着実にファンを増やしつつある。
「あ、やりましたわ！　遂に武器を拾いましたわよ！」
：武器……？
：立派な武器やろがい!!
：木の枝にしか見えないんですがそれは
：ひ◯のきのぼう的な
：いや待て。自称剣聖やぞ？　実質得意武器では？
「あら。木の棒も馬鹿にしたものでもありませんわよ？　初めて剣の訓練をするなら、誰もが一度通る道ですわ」

当たり前といえば当たり前であるが、何か宝箱のような物に入っていたなどというわけではなく、さりとて神々しい台座に突き刺さっていたわけでもない。持ち手があるわけでもなければ、微妙に歪《ゆが》んでおりまっすぐなわけでもない。アーデルハイトが獲得したそれは、本当にただダンジョン内に転がっていただけの木の棒だった。

強いて言うならば、一般的な長剣とほぼ同程度の長さだった。全長百センチほどのそれは、アーデルハイトにとっては慣れ親しんだものである。

余談ではあるが彼女の本来の愛剣である『聖剣・ローエングリーフ』は全長百二十センチほどで、一般的なロングソードよりも少し長い。とはいえ幼い頃から日常的に振っていた木剣は百センチよりも少し短いものであったことを考えれば、先程拾った木の棒は十分に武器たり得るものだった。

そもそも、アーデルハイトは剣の形をしているものであれば基本的に武器を選ばない。長剣、細剣、短剣、ツーハンドソードやファルシオンまで、ありとあらゆる剣を扱うことが出来る。それは別に生まれ持った特殊能力や、神様に与えてもらった都合の良いスキルなどではない。そんなものがもし彼女にあったのなら、さっさと勇者《ヘタレ》と聖女《ビッチ》を送り届けて自領に戻っていただろう。彼女が剣聖と呼ばれるようになったのは、偏《ひとえ》に彼女の努力の賜物である。

剣聖だから武器を選ばないのではなく、武器を選ばないから剣聖なのだ。

アーデルハイトが木の棒を軽く振ってみせる。

それは傍《はた》から見れば、ただ無造作に腕を振るったようにしか見えなかった。刹那《せつな》、木の棒の先端は残像を残すことすらなく一瞬で消え去り、いつの間にかまっすぐに伸ばされていたアーデルハイトの手中で再び姿を見せた。ぴたりと静止した木の棒に遅れ、風を切る音が甲高くダンジョン内に響き渡る。

「ほら。悪くないでしょう？」

：は？

：ヒエッ
：俺は分かってたよ。アデ公が真の剣聖だってことはね
：剣聖（笑）とか言ってすいませんでした
：いや、何も見えんかったが？

：今絶対音の方が遅れてたよなぁ？

：薄々感じてたんだけど、君多分クソ強いよね？

：剣を使え
「ふふ、よろしい。理解《わか》って頂けたようで何よりですわ。ちなみにローエングリーフは当分使いませんわよ。アレですわ……そう、アレですの」

：言葉出てこないの草
：後期高齢者かな？

：やめろ！　まだこっちの世界に順応してないだけだから！

：縛りプレイか？

「そう、それですわ！　縛りプレイ！　――なんだか卑猥《ひわい》な響きですわね？」

：ドスケベ令嬢が!!

：正体現したね

：俺は分かってたよ。アデ公が変態だってことはね
：そのおっぱいで異世界は無理でしょ
「うるさいですわね‼　ちょっと思ったことを言っただけですわ‼　いいから先に進みますわよ！」
：はーい
：だんだん扱い方が分かってきた
：イジられてぷりぷりしてんの良き
緊張感はない。
しかしこれはアーデルハイトに限った話ではなく、有名配信者のチャンネルならばどこも似たようなノリが存在する。如何《いか》にダンジョン探索とはいえ、低層であればこんなものである。
無論、通常の新人が行う初配信であれば、心配の声や経験者からのアドバイスなどが飛んだりもするものだ。しかしここまでアーデルハイトを見ていた視聴者達は薄々感づいていた。彼女が、そんな心配は不要であるほど強いことに。流石《さすが》に異世界出身の剣聖などという設定を信じているわけではなかったが。
その後も特に撮れ高のないまま探索は進み、他の探索者とすれ違うことすらないまま、アーデルハイトは五階層まで降りてきていた。ここまで誰ともすれ違わなかったことについて不思議に思ったアーデルハイトは、視聴者へと素直に疑問を投げかけた。
「どうして誰とも会いませんの？　不人気ダンジョンとは聞いていましたけど……入り口の施設には他にも人が居ましたわよ？」

:説明しよう！
:低層で探索をする新人は、いざという時助けを求めやすい人気のダンジョンに行くのが一般的。つまり不人気であればあるほどベテラン探索者しか居ないし、その人らも低層は駆け抜ける。なので低層には誰も居ないし魔物も少ない
:不人気ダンジョンは
:解説ニキ！　解説ニキじゃないか！
:タイピング速すぎィ！！！
:解説ニキのタイピング速度が人外レベルで草
:まて、解説ネキの可能性もまだあるんじゃないか？
:どっちでもいいわ
「あら、そういうことですの……教えて下さってありがとう存じますわ。つまりある程度深くまで行かなければ撮れ高がないいんですのね……」
:撮れ高はもうあったけどな
:撮れ高モンスター
:取り憑《とっ》かれてやがる……撮れ高に
:まぁでももう五階層だし、階層主がおるやろ
:そういうのでいいんだよそういうので
「あら？　あちらの世界では、階層主は十階層毎《ごと》でしたわよ？」
階層主とは、一定の階層毎に現れる強力な魔物のことである。ダンジョンにおける魔物の生態や

発生についての原理は未《いま》だ詳しく解明されていないが、階層主は特に謎の多い存在だ。彼等《ら》は何度倒しても復活し、探索者達の行く手を阻む。
ダンジョンそのものが作り出した試練の一種ともされ、同じ階層に現れる他の魔物とは一線を画す強さを持っている。その行動も謎が多く、発生した場所から一切動かない個体も居れば、階層内を徘徊《はいかい》する個体もいる。
：ダンジョンによるね
：京都は五階層毎
：渋谷は十層毎だっけか
：札幌は三階層毎。ボスラッシュとか呼ばれてる
「ダンジョンによって違いますのね。あちらの世界ではどこでも一律十階層毎でしたわ。こういう違いで異世界を感じますわね」
：まぁなんというか、心配はもうしてない
：ゴブリンを思い出すとね……
：なんと今回は武器まであるぜ！
：ふん、音速を超えた俺たちの棒に耐えられるかな？
：見せてもらおうか。階層主の耐久力とやらを
「何者ですの、あなた方は。あ、これが後方腕組というやつですわね？」
：アデ公もよう調べとる
：予習出来てえらい

などと益体のない雑談を繰り広げながら歩くことしばらく。
全体的にゴツゴツとした岩肌が多かったこれまでに比べ、若干とはいえ加工されたような滑らかな床。岩壁はこれまで通りではあったが、まるでひとつの広間のように大きく開けた場所が、アーデルハイトの眼前に姿を現した。
そんな広場の中央には、違和感が形となったかのような巨大な岩の塊。誰がどう見ても分かる、動き出す例のアレであった。
「……どう見てもゴーレムですわね」
：どう見てもそうですね
：隠れるつもりないだろもう
：多分踏み均《なら》したんだろうけど、床がちょっと綺麗《きれい》なのも相まってまた
：剣との相性は悪そう
数多くのダンジョンを見てきた視聴者は当然一目で理解した。というよりも、京都ダンジョン最初の階層主がゴーレムであることは周知されている。
「ではわたくしが、皆さんにゴーレムの簡単な倒し方を教えて差し上げますわ」
：ん？
：真面目《まじめ》な話すると流石に木の棒じゃキツいんじゃないの？
：キツイどころじゃなく不可能定期
：打撃武器を用意しろってのが一応の対策
：君のそれ全然簡単じゃないんよ

：ワイ探索者、割と真面目に聞いてる
：そもそもダンジョンって基本的にソロで潜るもんじゃねーからw
アーデルハイトがゆっくりと前に出る。それは先程ゴブリンを屠《ほふ》った時のような素早いステップではなく、本当にただ歩いているだけだった。コツコツと床を叩《たた》くアーデルハイトの靴の音だけが、広間の中に反響している。
「あちらの世界でも、冒険者になって日の浅い探索者はゴーレムに苦戦していましたわ。こちらのゴーレムは初めてですけど、恐らくは同じでしょう」
：せやな
：新人殺しとも言われてるよね
：中級者でも普通に苦戦するからな
：単純に硬いんよね
「ゴーレムの動き自体は遅いですけど、攻撃速度は中々のものですわ。見ての通り全身が岩ですから、当然耐久力も高いですし」
：強そうな要素しかないよね
：実際強いぞ
：ワイあんま知らんのやけど普通はどうすんの？
：普通はハンマーみたいな打撃武器持って、寄って集《たか》って時間かけて削る
ゴーレムが目覚め、ゆっくりと近づくアーデルハイトの方へとその落《お》ち窪《くぼ》んだ眼窩《がんか》を向ける。当然眼球などゴーレムにはないが、頭部の向きを見れば敵がアーデルハイトを認識していることは伝

わる。

その巨大さと、岩と岩が擦《こす》れて軋《きし》むような嫌な音。それは、離れて見ていた時とは比べ物にもならない圧迫感だった。アーデルハイトが敵に近づけば近づくほど、カメラを通して配信を見ている視聴者達の緊張感も増してゆく。

先程からのアーデルハイトの言動と、視聴者達のコメントによって紛れていた緊張感。しかしこうして敵の眼前に立った時、それが不意に蘇《よみがえ》る。視聴者達は忘れていた。ここが危険なダンジョン内で、今カメラの前に居るのは、数多《あまた》の新人探索者達を返り討ちにしてきた階層主であるということを。

：アデ公が雑に近づくから気づかなかったんだけどさ
：近づくとヤバいなこれ
：ギャグ言ってる場合じゃなかった
：流石に防具つけた方がいい気がする

しかし当のアーデルハイトはそんなコメントもどこ吹く風。

まるで行きつけの食事処《どころ》に入るかのような気軽さでゴーレムへと近づいてゆく。ゴーレムに背を向けカメラに向かって、『簡単なゴーレムの倒し方』とやらを解説しながら。

「ですが彼等は皆動きが単調ですの。フェイントなんてまずありませんし、素直で直線的。当たれば痛い攻撃も、当たらなければ意味がありませんわ。コツは相手の動き始めをよく観察することですわね」

：よく観察

：舐《な》めすぎだって！

：分かったから戦いに集中して

：前見ろ前！

：後ろ後ろ!!

そんなコメントが大量に流れた直後、ゴーレムの振りかぶった拳が解き放たれた。アーデルハイト自身がそう言っていたように、一度始まってしまえばゴーレムの攻撃は速い。

一般的に、探索者がゴーレムと戦う場合には囮《おとり》役を用意することが多い。回避に長《た》けた者に敵の注意を引いてもらい、その隙に周囲から攻撃をする。囮役は全神経を以《もっ》て回避のみに専念する。耐久力の高いゴーレムを相手にする際は時間がかかることもあり、囮役の消耗が激しい。故に彼等はたとえ探索上級者であっても油断の出来ない相手と言われている。

しかしそれは、こちらの世界での話だ。

今此処《ここ》に居るのは、地球よりもずっと命の軽い異世界で生きてきたアーデルハイト。

彼女にとってゴーレムなど――

「舐めてかかっても、お釣りが来ましてよ」

くるり。

まるでその場でダンスでも踊るかのように軽やかに身を翻し、ゴーレムの振り下ろした拳を紙一重で躱《かわ》すアーデルハイト。そのまま相手を見ることすらなく、右手に保持した木の棒を振り抜く。

流れる水のように、ごくごく自然に振り抜かれた木の棒は、一切の音もなくゴーレムの右腕を切断する。返す刀、否《いや》、木の棒をゴーレムの股下《またした》から頭部へと、斬り上げるように再度振り抜く。攻

ADK

撃から攻撃へ、まるで隙のない流麗な動きだった。
　頭から縦に両断され、自分の身に何が起こったのか、それすら分からぬままに崩れ落ちるゴーレム。物言わぬ岩の塊と成り果てたそれが、フロアを揺らした。
「と、まぁこんな感じですわね。簡単でしょう？」
：うぉおおおお!?
：すげぇえええ!!
：え、かっこよ
：だから、簡単でしょう？　じゃねーんだって!!
：おわかりいただけただろうか？
：嘘みたいだろ？　これ、木の棒なんだぜ
：木の棒なのマジで忘れてた
「だから言ったではありませんの。木の棒も悪くはない、と」
：悪いに決まってるだろ！　いい加減にしろ！
：断面映ってるけどクッソ綺麗で草
：刃物でもそうはならねぇんだよなぁ？
：俺が今まで見た配信者の中で一番強いと断言出来る
：余裕で勇仲のメンバーより強いだろコレ
：俺は分かってたよ。アデ公が最強だってことはね
　大いに盛り上がりを見せるコメント欄を横目に、大したことではないと言わんばかりの態度でア

ーデルハイトが歩き始める。
なんだかんだと言っても今はまだ五階層なのだ。配信を初めてまだ二時間と少し。帰りのことを加味しても、出来ることなら十階層あたりまでは進んでおきたかったからだ。
「まだ撮れ高が足りませんわ！　巻いていきますわよ！」
：撮れ高お化け
：危険な生き物が世に放たれてしまった気がする
：いや、マジで見に来てよかった。全く参考にはならんけど
：この異次元配信が未だ同接三百ちょいという事実
：伸びて欲しい
：最古参ムーブが出来るな
お散歩気分で次の階へと繋《つな》がる道を歩くアーデルハイト。彼女の初配信はまだまだ始まったばかりである。

＊　＊　＊

「――――と、まぁそういうわけですわ」
：このくだりさっきもやったよなぁ？
：アデ公……ワイは応援するで
：その歳《とし》で既に隠居を目指してるのか……

：それだけ強くて勿体《もったい》なくない？
：そのおっぱいでスローライフは無理でしょ
五階層で岩人形《ストーンゴーレム》を倒したアーデルハイトは順調にダンジョンを進んでいた。ダンジョンにしてはまだまだ頻度が少ないとはいえ、徐々に姿を見せるようになった魔物を雑談の片手間で処理しつつ。
初心者の壁であり、中級、上級探索者ですら苦戦するゴーレムをあっさりと倒してしまったことで、配信を見ている視聴者達の心にも幾許《いくばく》か余裕が生まれていた。
危なげなく、それどころか余所見《よそみ》や雑談までしながら、ゴブリンが現れては蹴《け》り飛ばし、コボルトが現れては木の枝でなぎ倒し。その度、窮屈そうにジャージに押し込められた胸と尻《しり》を揺らす。その実力は圧倒的でありながら超のつく美人、スタイル抜群でイジり甲斐《がい》もある。そんな彼女の姿は、しっかりと視聴者達の心を鷲掴《わしづか》みにしていた。
「そろそろ人が恋しいですわね……」
：そろそろ誰か居そうなもんだけどなぁ
：今八階層だっけ？
：徐々に敵も増えてきたよね
：その度に蹴り飛ばしてるけどな
：蹴りやすい位置に頭がある方が悪い
：普通の探索者は魔物でサッカーなんてしねぇんだよ‼
魔物と戦うこと自体が撮れ高だと考えている節のあるアーデルハイトは、中々に上機嫌であった。足取りは軽く、鼻歌まで歌う始末である。その度、彼女の美しい歌声と聞いたことのない謎のメロディに視聴者達は大喜びしていた。
しかし『変化がなければ飽きられてしまう』と汀《みぎわ》から聞いていたアーデルハイトは、さらなる撮れ高を求めていた。そうしてアーデルハイトが期待しているのが、先の言葉にもあったように『他の探索者との交流』であった。
「そういえば、戦闘中の探索者と出会った場合はどうするのが正解ですの？　あちらでは基本的に手を出すことは禁じられていましたけど」
ふと湧いた疑問を、視聴者達に問いかけることで話題を提供する。意外にもアーデルハイトは間を埋めるのが上手《うま》かった。とはいえ考えてみればそれも当然で、社交界ではその美貌《びぼう》から多大な人気を誇っていたアーデルハイトだ。おまけに公爵家の一人娘ということで地位もある。男女問わず、アーデルハイトの気を引こうと必死に話しかけてくる貴族達は後を絶たなかった。
相手を退屈させないための会話術など、その時の彼等《ら》彼女等を思い出すだけでいくらでも湧いて出てくるというものである。
：既に戦闘中の場合は基本的に手出し無用
：助けを求められた場合を除く
：難しいとこよな。面倒な奴《やつ》らも居ないことはないし
「あら？　面倒な、というのはどういうことですの？」
：助けてもらっておいて難癖つけてくる奴もいる
：余計な手出しをされた、とか言って賠償求めたりな
：そんな奴らもいる、ってだけね。殆《ほとん》どはそうじゃないよ

「ああ、そういう輩《やから》はあちらにも居《お》りましてよ。大抵は威圧すれば逃げていきますけれど」
：威圧
：なんか洒落《しゃれ》にならんのが飛んできそう
：アデ公は異世界では有名だったん？
：威圧されてぇ……
「有名……だったと思いますわよ？　世界に唯《ただ》一人の剣聖、その二代目でしたもの。一応勇者のパーティメンバーでしたし」
：剣聖（打撃系
：最初は信じてなかったけどここまでのを見てるとな
：少なくとも木の枝でゴーレム両断出来るやつは世界中探しても居ない
：お前のような初心者がいるか
：上級者にもいねぇよ
ここまでの戦いで、すっかりと視聴者からの信頼を獲得することに成功していたアーデルハイト。おかげで彼女の語る『設定』に乗る者も多く、初めてとは思えないほどにスムーズな配信となっている。
そんな時、ひとつのコメントがアーデルハイトの目に留まった。
：そういえばレベルアップしたの？
「あら？　そういえば、そんなものがあると聞いた覚えがありますわね？」
レベルアップ。それはダンジョン内で多くの戦闘をこなし、魔物を倒し続けた探索者が突然身体能力の向上を感じる現象のことである。
レベルアップによる上昇量はそれほど大きなものではないが、しかし実感出来る程度には変化が現れる。上級探索者は何度も経験したことのある現象であり、未《いま》だ原理が解明されていないダンジョンに於《お》ける大きな謎のひとつでもある。
：確かに
：階層主も含めてそこそこ倒してるよね
：そろそろ一回くらいは来ててもおかしくはない
：スキルポイントも溜《た》まってそう
：ステータスオープン!!　って言うと見れるよ
「あら、そうなんですの？　それでは……コホン。ステータスオープン!!」
コメントに従ってアーデルハイトがドヤ顔でそう唱えるも、何かが起こるような気配はまるで感じられなかった。格好を付けて伸ばした腕が虚空を彷徨《さまよ》い、そうして元の位置へと戻ってゆく。
「……何も起きませんわよ？」
：じょ、冗談だぜ……
：出るわけねぇよなぁ？
：ゲームのやりすぎです
：漫画の読みすぎです
：そんな都合のいい話があるわけないだろ！　いい加減にしろ!!
不審に思ったアーデルハイトがコメント欄へと目を向ければ、そこに流れるのは『嘘です』の言葉達。自分が謀られたことに気づいたアーデルハイトの顔がみるみるうちに紅潮し、恥ずかしさを堪《こら》えるように小刻みに身体《からだ》を震わせる。
「あ、あなた方は何なんですの！！？」
：ほ、ほんとにやるとは思わなくて……
：何かゴメン……
：【悲報】アデ公、情弱
：その言葉が聞きたかった
：怒ってる顔たすかる
そう、如何《いか》に謎が多いダンジョンといえど、ステータスなどという便利なものは存在しないのだ。所詮《しょせん》はゲームの中にしか存在しないものであり、ステータスなどという数値もなければ、それを確認する手段などある筈《はず》もない。当然『スキル』などというものも存在せず、実際に存在する『レベルアップ』とて、その効果から便宜上そう呼ばれているだけに過ぎない。これはこの世界では常識なのだが、そのことを知らなそうだと思われたアーデルハイトが視聴者に遊ばれたというわけである。
「もう！　もう‼　先に進みますわよ‼」
：せやな……
：悲しい事件だったね
：お、おう。元気だせよ
：イジリ甲斐あるなぁｗ

先程までの上機嫌は何処《どこ》へやら。ぷぅ、と可愛《かわい》らしく頬を膨らませたアーデルハイトは、現れたゴブリン達を憂さ晴らしと言わんばかりに蹴り飛ばしながら、更に先へと進んでゆく。そうしてしばらく。いよいよ足を踏み入れた十階層で、アーデルハイトが何かに気づいたように足を止めた。ぴくりと僅《わず》かに耳を動かし、今はまだ見えないダンジョンの闇の中へと、何かを探るように視線を向けている。

「あら？」

：どうした

：どうせ木の棒だろ

：今のところ取得したの木の棒だけで草

：まぁまだ低層だから……

：敵か？

：カメラには何も映ってないけどなぁ

すっかり緊張感のなくなった視聴者達が、アーデルハイトの様子を訝《いぶか》しむ。そんなコメント欄には視線も向けず、アーデルハイトが遥《はる》か前方を睨《にら》みつける。

「……戦闘ですわ。剣戟《けんげき》の音と血の匂い。それと悲鳴ですわね。まだ少し先ですけれど」

：ファッ!?

：マ？

：よう分かるなぁマジで

：索敵も出来るんか……

：パーフェクトお嬢
「人と出会えるかもしれませんわ‼　折角ですし見学に行きますわよ！」
：野次馬根性逞《たくま》しいなw
：お散歩気分で草
：実際悲鳴が聞こえたなら行くべきかも
：オラオラァ！　公爵令嬢様の御成りやぞ‼
：場所を考えれば階層主かもなぁ
言うが早いか、アーデルハイトが駆け出した。軽く地面を蹴ったかと思えば、金の髪を靡《なび》かせてみるみるうちに加速してゆく。恐らくは付いてこられないであろう、背後に浮かぶカメラを引《ひ》っ掴《つか》んで。
「少し急ぎますわよ？　画面が揺れるかもしれませんけど、許して下さいな」
：うぉぉぉぉお！！？
：あばばばばば
：はっやw
：酔う酔う
：これもしかしてすげぇ貴重な映像なんじゃね？
そうしてアーデルハイトがダンジョン内を疾走し、途中でゴブリンを二体轢《ひ》き殺《ころ》す。そんな些細《ささい》なことにはまるで頓着《とんちゃく》せず、およそ三十秒程駆け抜けたところで、問題の戦闘が行われていると思《おぼ》しき場所へと辿《たど》り着《つ》いた。

そこは窪地《くぼち》のようになっており、通路を抜けた先の眼下には大きなスペースが広がっていた。階層主の縄張りであり、階層主と戦うための戦場とでも言うべきだろうか。
カメラを自らの後方へと放り投げ、そっと通路から下を窺《うかが》うアーデルハイト。見ればそこでは、男女二人ずつ、計四名の探索者が巨大な狼《おおかみ》と戦闘を繰り広げているところであった。
二人の男性探索者のうちの片方は、腕と足から血を流して動けなくなっている。意識こそ残っている様子だが、出血量から察するに致命傷とまでは言わずとも放置は出来ない怪我《けが》である。そして女性探索者の片割れもまた、頭部から血を流して倒れていた。敵を目の前にして治療を行うことも出来ず、さりとて実働が二人となってしまったために敵を打倒することすら叶《かな》わない。有り体に言って手詰まりであった。アーデルハイトはそんな彼等の様子をしげしげと高みから見守っていた。
「あら……？　わたくしの知らない魔物ですわ」
：魔狼《ワーグ》
：呑気《のんき》っすねぇ!!
：出てくる階層の割にクソつよで有名
：あれちょっとヤバくない?
：かなりヤバい定期
：流石《さすが》に木の棒で助けに行けとは言えんなぁ
「魔狼……聞いたことありませんわね」
あちらの世界では聞いたことのない魔物の名前に、アーデルハイトは眉《まゆ》を顰《ひそ》めた。アーデルハイト自身全ての魔物を知っているわけでもないが、しかし大抵のものならば見聞きしたことくらいはある。無論、あちらとこちらでは異なる魔物が出たとしてもおかしくはない。だが今まで蹴散《けち》らしてきたゴブリンやコボルトを考えると、何処か引っかかるものがあった。

「ま、考えるのは後にしましょう。こういう場合はどうするのが正解ですの？　勝手に手を出しては駄目なんですのよね？」

：行く気か!?

：流石にやめとけ

：アデ公ならワンチャン……？

：一応助けがいるかどうか聞くのがマナーというか暗黙の了解やね

：君、いま初見って言ってませんでしたかねぇ？

：中級探索者の四人パーティで勝てるかどうかみたいな相手やぞ

　コメント欄ではアーデルハイトを制止する声が多かった。ふざけたノリとアーデルハイトへのイジりがすっかり定着した配信であったが、それでも彼等は悪意を持って言っているのではない。今回もそれと同じく、彼等は善意からアーデルハイトを心配し、助けに行くのは危険だと進言してくれていた。魔狼とはそれほど危険な魔物なのだと。しかしアーデルハイトの表情は、何の不安も感じていないような、いつも通りのものであった。

「成程……心配ご無用ですわ！　ではこれから皆さんに、魔狼？　とやらの簡単な倒し方をお教えいたしますわ！」

：通算三度目

：いやぁ……

：いや知らん言うてたやないかｗ
：まぁ助けないと間違いなくあの人等《ら》は死ぬやろな
「もしもーし！　そちらの方々ー！　手助けは必要でしてー？」
：もしもしｗｗ
：緊張感の欠片《かけら》もなかった
：無理そうなら逃げるんやで
間延びした、肩の力が抜けるような声で戦闘中の二人へと問いかけるアーデルハイト。しかしそんなアーデルハイトの声は、全滅の危機に瀕《ひん》していた者達からすれば正しく救いの声となった。
「!?」
「ッ‼　手を貸して下さい‼」
必死に敵を食い止める前衛の男に代わり、後ろから援護をしていた女性探索者が僅かにアーデルハイトの方へと視線を寄越して返事をする。藁《わら》にも縋《すが》りたい状況だったのだろう。女探索者は誰何《すいか》することもなく、ただ一瞥《いちべつ》しただけで救援を要請した。
彼女の言葉を聞いたアーデルハイトは、すぐさまその場から飛び出した。否《いや》、宙を駆けたと言うべきだろう。崖《がけ》のようになっている通路の端を蹴《け》り、直線軌道で魔狼のもとへ。およそ人間離れした動きで負傷者を飛び越え、前線を一人で支えていた男性探索者をも飛び越えて。
刹那《せつな》のうちに魔狼へと肉薄したアーデルハイトは、驚愕《きょうがく》する敵にも構うことなく、右手に持った木の棒を思い切り上段から振り下ろした。
最短距離を駆け、躊躇《ちゅうちょ》することなく敵の急所へ。正しく電光石火であった。

これまでにも見せてきた神速の一振りは、狙い過《あやま》たずに魔狼の鼻面へ。みしり、という何かが軋《きし》むような音と共に甲高い叫び声を上げ、即座に魔狼はアーデルハイトから距離を取った。アーデルハイトの手中には、粉々に砕けた相棒の残骸《ざんがい》だけが残っていた。

「……あら？」

：折れたァァァァ！！？

：知　っ　て　た

：当たり前だよなぁ⁉

：アデ公は武器を選ばないけど、武器は使い手を選ぶんやなって

：まだ俺たちには乳空手が残ってるぜ

：異世界サッカーもな‼

剣聖と呼ばれたアーデルハイトは武器を選ばないが、しかしそこらで拾った木の棒には、彼女の剣速と力に耐えられるだけの根性はなかったらしい。

流れてゆくコメント欄、そこでアーデルハイトの目に入った視聴者のコメントは非常に的を射ていた。

しかし、当然のように敵は未だ健在であった。突如現れ、自らに一撃を入れてみせたアーデルハイトに対して警戒を露《あらわ》にし、威嚇するように牙《きば》を剥《む》いて低く唸《うな》り声を上げている。

木屑《きくず》となって手からこぼれ落ちる相棒を見つめるアーデルハイト。彼女が肩を震わせ、そして顔を上げた時。そこには怒りの表情が張り付いていた。

「よくも……よくもわたくしの友を粉々にしてくれましたわねッ！！！」

＊＊＊

「何処の誰かは知らないけど、ありが――」

突如目の前に現れたジャージ姿。その背中に礼を言おうとした男の言葉は、しかし最後まで続かなかった。アーデルハイトが振り向くこともなく、ただ何も言わずに手を差し出していたからだ。別に男は体勢を崩して倒れていたというわけではない。絶体絶命であったことは間違いないが、それでもまだしっかりと両の脚で立っている。

つまりその手は、倒れている人間を引き起こそうとしているわけではない。では一体何の手なのだろうか。男はアーデルハイトの意図が分からずにいた。

「……？」

「剣」

「えっ」

「剣を貸して欲しいと申しておりますの」

その言葉に、男がアーデルハイトのほっそりとした玉手をよく見れば。そこには粉々に砕け散った木片があった。危機に瀕していた男の気が動転し冷静でなかったこともそうだが、なによりも先のアーデルハイトの攻撃があまりにも速く、そして鋭かったが故に、男には何が起こったのかが分かっていなかったのだ。

「え、剣？」

「お借りしますわ」
　時間にすればほんの数秒の逡巡《しゅんじゅん》だったが、アーデルハイトにとっては十分に長すぎる時間だった。戦場に於《お》いては理解よりも行動が優先される場合が多々存在する。業を煮やしたというわけでもないだろうが、男の手からアーデルハイトが剣を引《ひ》っ手繰《たく》った。
：奪ったw
：山賊かな？
：それよりもさっきの動きは何なんですかねぇ
：もうほぼ飛んでたよな
：遂にアデ公がちゃんとした武器を……
：待ってたぜぇ！　この瞬間をよぉ!!
：ここからわらしべ的に持ち替えていこう
：他人の剣でわらしべは草
　飛び出していったアーデルハイトに遅れること少し、漸《ようや》く配信用カメラが彼女に追いついた。コメント欄は、アーデルハイトが漸く武器らしい武器を手にしたことに歓喜の声を上げていた。
　一方の魔狼はと言えば、激しく鼻頭を叩《たた》かれたにも拘《かか》わらず意気軒昂《いきけんこう》。さほどもダメージはない様子である。やはり魔狼は一筋縄ではいかないと考えさせられる一方で、先の一撃が木の棒ではなくちゃんとした武器であれば、もしかしたら既に倒していたのかもしれない。
「わたくしの戦友をこんな姿にしたツケは払ってもらいますわよ」
：なんだろう、凄《すご》いジャイアニズムを感じる

：壊したのは自分では……？
：八つ当たりでは……？
：元からあの強そうな剣を使っていればこんなことには
：木の棒は犠牲となったのだ
「う、うるさいですわッ！」
コメント欄を飛び交うツッコミ。それを誤魔化すようにアーデルハイトが前に出る。その姿は先程までと同様、まるで緊張した様子もなくリラックスした自然体であった。右手に握った借り物の長剣を、握り心地を確かめるかのように手中で弄《もてあそ》びながら歩を進める。
対するはいつでも飛び出せるよう体勢を低く構えた魔狼。そうして彼我の距離が十五メートルを切った頃、アーデルハイトが思い出したかのように話し始める。
「そうそう、簡単な倒し方でしたわね。アレに限らず、大抵の四足の魔物には共通する弱点がありますわ」
：余裕やなぁ
：ゴーレムの時もそうだったけど、見てるこっちの方が緊張する
：カメラ越しでも普通に怖いんやけど
：王者の余裕
：令嬢の余裕
：お散歩フェイズとの緊張感の落差がさぁ
魔狼を見たことがある者が居たように、視聴者達は当然、他の探索者の配信も見たことがある。

にも拘わらずこれほどまでに不安な気持ちにさせられる原因は、偏《ひとえ》にアーデルハイトのその余裕の所為《せい》だった。
彼等が普段見ている配信では、パーティを組んだ探索者達が装備を整え、いつ相手が襲いかかってきても対応出来るように武器を構えて魔物と対峙《たいじ》している。故に彼等は安心して配信を観ることが出来る。
だがアーデルハイトは違う。
たった一人で、慣れ親しんだ自らの武器ではなく借り物の剣を握り、防具も着けず、警戒した様子も見せず、ただ無造作に歩いているようにしか見えない。如何《いか》に彼女が木の棒でゴーレムを斬り伏せる瞬間を見ていたとしても、だからといって到底慣れるような光景ではなかった。
「彼等は押《お》し並《な》べて嗅覚《きゆうかく》に優れていますわ。人間と比べれば数千、数万倍とも言われる彼等の嗅覚。つまりそれだけ神経が鼻先に集まっているということ。後は言わずとも分かりますわね？」
：うん、いやまぁそうかもしれんが
：それが出来れば苦労しないわけで
：ああ、だからさっきは鼻殴ったのか
：結果、無惨にも砕け散る戦友くん
：ん？　この剣が戦友くんと同じ末路を辿らない保証はないのでは？
：たし蟹《かに》
魔狼との距離が十メートルを切る。
その一歩をアーデルハイトが踏み出した瞬間だった。痺《しび》れを切らしたのか、それとも彼女の放つ異様な雰囲気に呑《の》まれたのか。魔狼が牙を剥いてアーデルハイトへと躍りかかった。

時間にすれば一秒かそこら。地を駆けるなどということすら必要なく、ただほんの一足で魔狼の牙はアーデルハイトの鼻先まで迫っていた。その大きな口と鋭い牙、強靱《きょうじん》な顎《あご》。一度噛《か》みつかれでもしようものならば、アーデルハイトの柔肌など無惨にも切り裂かれてしまうだろう。ましてやアーデルハイトは防具を装備していないのだ。

犬や猫などを見れば分かるが、四足の獣というのは凄《すさ》まじい瞬発力を持っているものが多い。ただの犬猫でさえそうなのだ。魔物としても上位の存在である魔狼の飛びかかりの速度たるや、その比ではなかった。魔狼のあまりの速さに、観ていた者達のコメントすら追いつかない。視聴者達も、アーデルハイトの背後で戦いを見守っていた探索者達も、アーデルハイトが無惨な姿になる光景を幻視した。

しかし、そうはならない。

ゴブリンを蹴り殺してみせた。ゴーレムを木の棒で両断してみせた。しかし、それでも。この期に及んでもまだ、誰一人としてアーデルハイトの実力を推し量ることが出来ていなかった。

目にも留まらぬ速さで振り抜かれたのはアーデルハイトの左拳。右下方から打ち上げられるように、その甲が魔狼の鼻面を打ち抜いた。要するに裏拳である。

大人三人分ほどもありそうな魔狼の巨体はいとも簡単に舞い上がり、背中から地に落ちる。

先の木の棒による一撃などよりも余程重い攻撃によって、猛烈な痛みと共に魔狼の嗅覚は瞬間的に麻痺《まひ》する。とはいえ、流石《さすが》に仕留めるには至らなかった。

チカチカと明滅する視界に耐え、唸り声を上げながらもどうにか起き上がった魔狼。しかしその瞳《ひとみ》に映っていたのは、既に腕を振り下ろし始めていたアーデルハイトの姿であった。

使い慣れない借り物の剣とはいえ、あとは首を刎《は》ねるだけの簡単な作業だ。たとえ魔狼の体毛や体皮が強靱なものだとしても、アーデルハイトの袈裟《けさ》斬りに耐えられる筈《はず》もない。

しかし、そこでアーデルハイトの脳裏には先程のコメントが過《よぎ》った。

――――この剣が戦友くんと同じ末路を辿《たど》らない保証はないのでは？

アーデルハイトは瞬時に手首を内側に巻き込み、刃で切るのではなく、柄《つか》を握っている手の部分で思い切り魔狼を殴りつけた。視聴者にも、背後の探索者達のもとまでも、鈍く重い、骨の折れる音が聞こえた。無論アーデルハイトの手から上がった音ではなく、魔狼の頸椎《けいつい》がへし折れた音だった。

そこでようやく、視聴者達のコメントが追いついた。それが、今の攻防に費やされた時間の短さを物語っていた。

：え

：はや

：やば

：武器くらい構えろw

：あ

「――――とまぁ、こんな感じですわね」

：は？

：うぉおおおお!!

：っしゃあああ！
：米が追いつかんｗ
：コメ打ってる間に終わってた
：すっげぇ音したぞオイ
：アデ公最強‼
：剣使えって！
：恐ろしく速い拳骨《げんこつ》、俺じゃなきゃ見逃しちゃうね
：もうこれ剣聖じゃなくて拳聖じゃんね
「誰が拳聖ですの⁉　あなた方が『剣が壊れる』なんて言うからではありませんの‼」
：一応気にしてたんだなｗ
：だからって普通あの体勢から切り替えられるもんかね？
：結局剣技は見られないんだよなぁ
：これが異世界乳空手スタイル
：いや実際、ちょっと強すぎない？
：かなり強すぎる定期
：信じられないだろ？　初配信なんだぜ、これ
先程の緊張感は何処《どこ》へやら。大いに沸き立つコメント欄に、アーデルハイトも満更ではない様子だった。
殆《ほとん》どの視聴者は、先程の攻防を事細かに認識出来てはいなかった。しかし結果は一目瞭然《いちもくりょうぜん》、ア

ーデルハイトは無傷で、魔狼は即死。借り物の剣も無傷。文句のつけようもない勝利だった。倒した魔狼の死体には一瞥《いちべつ》もくれず、アーデルハイトは踵《きびす》を返す。

「お返ししますわ。結局使いませんでしたけど」

「え、あ、う、うん！」

剣の持ち主の男性探索者は、自分達が苦戦していた相手をあっさりと倒してしまったアーデルハイトの姿に、すっかり目を丸くしていた。何やら呆《ほう》けた様子で、自らの手に戻った剣をじっと見つめている。

そんな男を放置し、アーデルハイトはもう一人の女性探索者のもとへと向かう。彼女は負傷した味方の手当てを行っていた。戦況を見極めなければならない後衛担当ということもあってか、どうやら彼女の方が判断力に優れているようである。

「生きてますの？」

「え？　あ、うん。すぐに戻って手当てすれば大丈夫」

負傷した二人の探索者は、どうやらアーデルハイトが戦っている内に意識を失ったようで、苦しそうに顔を歪《ゆが》めながら荒く呼吸を繰り返していた。

「それよりも、助けてくれてありがとう！　正直、もう駄目かと思ってた。このへんじゃ見覚えのない顔だけど、強いんだね」

「お安い御用ですわ。あの程度の犬コロに負けるような鍛え方はしていませんもの」

「あはは……犬コロかぁ」

どこかショックを受けたような女性探索者であったが、アーデルハイトはそんな彼女の様子に気づくことはなかった。アーデルハイトにとっては容易《たやす》い相手であったのだろうが、そんな相手に苦戦を強いられた彼女達の立場を考えれば、彼女の苦笑いも、さもありなんといったところだろう。

と、そこでコメント欄が俄《にわか》に盛り上がりを見せた。

：ていうか砂猫の茉日《まひる》じゃね？

：ほんまや

：じゃあさっきのは界人《かいと》か

：顔見切れまくってて気づかんかったわｗ

：有名配信者やんけ‼

：そういやここ京都か

：いえーい！　砂猫の視聴者みてるー⁇

アーデルハイトがそれに気づき、コメント欄へと目を向ける。視聴者達の話を見た限り、どうやら彼女達は界隈《かいわい》では名の知れた配信者であるらしい。もしもそれが本当のことならば、ダンジョン内で初めて遭遇した人間が同業者、それもアーデルハイトにとっては先輩ということになる。

「あら？　貴女方《あなた》も配信者ですの？」

「あ、うん、そうだよ。ホラ、カメラも――あれ？　ってことはキミも？」

「そうですわ！　初配信中でしてよ‼」

「あ、どうりで見覚えない顔――え、初配信……ってことは新人⁉　あれで⁉」

「あら？　何か問題でもありまして？」

「あぁ、いや、ゴメン！　そういう意味じゃなくて――」

無論茉日はケチをつけようとしたわけではない。新人どころか、上級者だとしても強すぎると、そう言いたかっただけである。しかしアーデルハイトには微妙に意図が伝わらなかったようで、茉日は慌てた様子で手をパタパタと振っている。あちらの世界では知らぬ者など居ない、飛び抜けた実力の持ち主であるアーデルハイトだ。『流石』と言われることはあっても、その腕前を『意外』だと驚かれるような経験は久しくなかった。故に、茉日の言葉の真意を図ることが出来なかったのだ。

：まぁそうよな
：至って正常な反応
：お前のような新人がいるか（今季二度目
：ゴブリンから数えると三回目なんだよなぁ
：俺は分かってたよ。アデ公が新人だってことはね
：皆知ってんだよ‼　信じられんだけでな‼

そんな茉日の気持ちを代弁するようなコメント欄を見て、アーデルハイトは漸《ようや》く彼女の言いたかったことを察した。しかし別に気分を害していたというわけでもないアーデルハイトは、殊更に実力を誇示するでもなく、たださらりと流してしまうだけだった。

「ああ、そういう……ところで、すぐに連れ戻らなくてはいけないのではなくて？」
「……そうだった！　そろそろ余裕ないかも！　界人！　急いで戻るよ‼」
「オッケー！　荷物はもう纏《まと》めてある！」

その声にアーデルハイトが目を向けてみれば、いつの間にか近くへとやって来ていた界人と呼ば

れた探索者が大きな荷物を肩に担ぎ、もう一人の負傷した男性探索者を背負おうとしているところだった。魔物の素材を持ち帰る余裕など、当然ながらない。

そして茉日もまた、大急ぎで負傷した二人の内、女性探索者の方を背におぶっている。そんな界人と茉日の姿は、誰がどう考えても戦えるような状態ではない。帰路とはいえ、魔物が居ないなどということはないのだ。アーデルハイトがここへやってくる途中、徐々に魔物の姿が増え始めていたことを考えれば、既に帰路には相当数の魔物が湧いているだろう。ゴブリンやコボルト等、出現するのは大した魔物ではないが、しかし今のこの二人の様子を見れば——。

アーデルハイトがそう思案していた時、茉日からひとつ『依頼』を受けてくれないかと頼まれた。

「助けてもらっておいて、こんなことを頼むのは心苦しいんだけど……」

「まぁ、なんとなく想像は出来ますわね」

「あはは……地上まで護衛、頼めないかなぁ？　勿論《もちろん》お礼は弾むからさ！」

茉日から聞かされた『依頼』は、アーデルハイトの予想通りのものであった。アーデルハイトとしては、当初の予定であった十階層までは来ることが出来ていたため、彼女の依頼を引き受けることは吝《やぶさ》かでなかった。問題があるとすれば、現在は配信中であるということだった。彼女達を地上に送るのならば、時間的に今日の配信はそこで終了となるだろう。つまりは視聴者がどう思うか、それに尽きる。

「うーん……わたくしは助けて差し上げたいと思いますわ。皆さんはどう思いますの？」

：助けたりーや
：もう十分撮れ高はあったしな

：なんなら帰りも異世界サッカーで撮れ高あるやろ
：初回としては十分楽しませてもらった
：恩を売るチャンスやで！
：見捨てるのも後味悪いやろうしなぁ

素直に視聴者達へと意見を求めてみれば、概《おおむ》ね肯定的なものばかりであった。中には打算的な意見も見受けられたが、結果としては同じことだ。であるならば、アーデルハイトとしても否やはなかった。

「では、わたくしが責任を持って貴女方を地上までお送り致しますわ！　そうと決まれば早速行きますわよ‼」

その後、地上へと向かう帰路にて。視聴者の予想通り、異世界サッカーは敢行された。現れるゴブリン達の頭を蹴《け》り飛ばしてはずんずんと進んでゆくアーデルハイトの姿に、茉日と界人はただただ驚愕《きょうがく》するばかりであった。記念すべき初配信となった今日。結局、アーデルハイトが剣を振るうことは一度としてなかった。

第四章　配信終了

「帰還ですわー‼」
「はぁ……はぁ……着いた……」
「あ、もう無理……」
大きな音を立てて扉を開いたのはアーデルハイト。その背後には、負傷者を背負った茉日と界人の姿があった。
二人は疲労困憊《こんぱい》といった様子で、息を切らし、びっしょりと汗を流している。彼女達はアーデルハイトに置いていかれないよう、二人の仲間を背負って必死に走った。徘徊《はいかい》する魔物を轢《ひ》き殺《ころ》しながら進むアーデルハイトの先導は、彼等《ら》にとって非常に速いものだったのだ。
無論アーデルハイトも、後ろを走る二人に気を使い、逸《はぐ》れていないかこまめに確認はしていた。しかしそれでも、万全の状態での茉日達よりも余程速かった。
：同行者死にかけてっけどw
：実際異常なペースだったよな
：行きのお散歩はマジで手抜いてたんやなって
：もうゴブリンごときじゃ足止まんねぇんだもん
：でも、揺れるケツが見られたのでオッケーです

「わたくしにかかれば、ざっとこんなモノですわ‼」

アーデルハイトがダンジョンに居た時間は大凡《おおよそ》四時間半ほど。十階層まで往復してきたにしては、彼女のペースはあまりにも速い。日頃から他の配信を見ている視聴者達からすれば、それは驚嘆に値する攻略速度だった。

ダンジョン配信としては短い、五時間にも満たない僅《わず》かな時間。しかしそんな短い間にも、異世界サッカーや木の棒無双、同業者の救助と高速帰還などなど、アーデルハイトが言うところの『撮れ高』は十分すぎるほどにあったと言えるだろう。異世界出身を名乗る怪しげなジャージ女の初配信は、あまりにも濃いものとなっていた。

探索者協会内の、ダンジョンへと続く扉の前。そこでアーデルハイトが胸を張りドヤ顔を披露していた時だった。一人の協会職員が一体何事かと様子を窺《うかが》いに来た。アーデルハイト達が一向にカウンターへ向かわなかったので、不審に思いあちらから様子を見に来た、といったところだろう。

「あのぉ……？　どうされまし……ぅわ、なんか凄《すご》い美人がドヤってる‼」

「あら？　貴女誰ですの？　迷子ですの？」

「ここの職員ですよ！　失礼な‼　……あれ、そっちは『砂猫』の……って、酷《ひど》い怪我《けが》じゃないですか‼　すぐ医務室に連絡しますから‼」

そう言って慌ただしく駆けていったのは、可愛《かわい》らしい小柄な女性職員であった。ダンジョンへ入る際には必ず受付を済ませなければならないが、まるでお互い初めて会ったような態度である。それもそのはずで、アーデルハイトがダンジョンに潜っている間に受付の担務が交替の時間になっていたのだ。アーデルハイトが配信前にここへ来た時、受付は男性職員だった。

元々不人気ダンジョンであったことと合わせ、時間も随分と遅い。二十四時間、交替制で稼働している協会ではあるものの、すっかり人が疎《まば》らとなった建物内には、既にアーデルハイト達しか居ない様子であった。

：お、今の宴《うたげ》ちゃんやんけ
：知っているのか○電
：京都の看板受付職員やな。ちっこくて可愛いから男性人気が高い
：不人気京都Ｄ博識ニキ
：一瞬しか映らなくて悲しい

「何でも知っていますわね、あなた方……」

アーデルハイトがコメント欄に目をやれば、視聴者達は先程の職員の話題で盛り上がっていた。確かに、ダンジョンに詳しい者、或《ある》いは同業者がこの配信を見ていても不思議はない。実際に、探索中には同業者のものらしきコメントも見受けられた。しかしそうだとしても、配信の演者のみならず、協会職員のことまで詳しく知っているのは中々に凄いことなのではないだろうか？　そんな彼等のコメントに若干の空恐ろしさを感じつつ、半ば呆《あき》れたような声で感心するアーデルハイトであった。

そうこうしている間に、医務室から数人のスタッフを連れて宴と呼ばれた職員がパタパタと戻ってきた。かと思えば、医療スタッフ達が負傷した二人を担架に乗せ、宴もまたそれに付いて戻ってゆく。随分と忙《せわ》しないことである。

そこで漸く、息を整えた茉日が声を発した。

「ふぅ……とにかく、本当にありがとう。アーデルハイトさん。本当に助かったよ、感謝してもしきれないね」

「そう気にせずとも構いませんわ。探索者は助け合い、なのでしょう？」

「あはは、そう言ってもらえると助かるよ。でも、お礼はまた後日、必ずさせてもらうからね」

「まぁそこまで言うなら、期待しておきますわ」

「それじゃあ、連絡先教えてもらってもいいかな？　『Ｓｉｘ』のＤＭでもいいけど、すぐに連絡をとりたい時はやっぱり不便だしさ」

　そう言って自らのスマホを取り出す茉日。彼女の言っていることは尤《もっと》もであったが、しかしここで問題が発生する。アーデルハイトはスマホ、及びＰＣといった端末を所持していないのだ。そういったものは全てクリスに任せていたし、家で調べ物をする時に使っているのもクリスのノートパソコンだ。ちなみに『Ｓｉｘ』とは、現在最も一般的なＳＮＳの名称である。

「ああ、申し訳ありませんけど、わたくしはそういった類《たぐい》の物を所持していませんの」

「え？　あ、そうなの？　……え、どゆこと⁉　配信までしてるのに⁉」

「全部従者に任せていますの。連絡でしたら――ちょっとクリスー‼　どこですのー⁉」

：スマホ持ってないんかｗｗ
：待てお前達、聞いたか？

：従者とな？

：もう配信してること忘れてそう
：大丈夫かよｗ

そう大きな声で叫んだアーデルハイトが、クリスと汀《みぎわ》が待つであろう、休憩室へと繋《つな》がる扉を勢いよく開け放つ。

「ちょっ‼　お嬢様⁉　配信‼　配信‼」

「お嬢ステイ‼　ハウス‼」

嫌な予感がし、すぐそこまで来ていたのだろう。これまでの配信を逐一チェックしていたクリスと汀が、アーデルハイトの手によって大きく開かれた扉を大慌てで閉めた。再び静寂の戻ったダンジョンの入り口前で、アーデルハイトは何が起こったのか分からずに呆《ほう》けていた。

「……一体何なんですの？」

「あはは……まぁ、配信に演者以外の人が映るのは、基本的に避ける風潮があるかな」

「そうなんですの？　そう言われてみれば確かに、他の配信にはあまりスタッフの姿はありませんでしたわね」

「絶対に映っちゃいけない、ってことはないけどね」

如何《いか》に配信について汀から叩《たた》き込《こ》まれたアーデルハイトといえど、流石《さすが》にそういったところまでは知らなかった。しかし一方で、一瞬とはいえカメラに映ったクリスと汀の姿に、視聴者達は大喜びであった。

：っしゃあああああ‼

：我が軍の勝利‼

：どっちも美人で草ァ‼

：お嬢様呼びてぇてぇ……

：【朗報】超美人の従者、やはり美人だった
：どっちがクリスだろうか
：気にせずどんどん映せ!!
「……まぁ、好評なようで何よりですわ。もちろんメイド姿の方が、わたくしの従者のクリスですわ」
：俺氏大勝利
：っしゃあああああ
：僕はもう片方のほうが好みです
：従者だけあって仕事出来そうだったな
：定期的に出して下さい。出せ
「その辺りは追々ですわ。機会があれば引っ張り出してみますの。とにかく、今日の配信はここまでですわね。どうですの？　初めてにしては上出来だったのではなくて？」
：楽しかったよ
：時間経《た》つの早かったなー
：見どころしかなかったな
：一生推します
：俺は分かってたよ。アデ公がスーパールーキーだってことはね
今回のダンジョン配信にしてもそうだが、こちらの世界にやって来てから今日まで、アーデルハイトにとっては慣れぬことの連続だった。そんな中でも、彼女なりにどうにか一生懸命にやったつ

もりだった。

これが元の世界であれば、それがなんであろうと自信を持ってふんぞり返っていられた。しかし流石に今回は、成功したのか失敗したのか、勝手が違いすぎてアーデルハイト本人には判断がつかなかったのだ。

だが、そんな彼女の心配は杞憂《きゆう》だった。見れば、アーデルハイトの頑張りを認めるかのように、コメント欄には好意的な言葉が溢《あふ》れている。

それを見たアーデルハイトは、内心で胸をなでおろした。この配信には三人分の命運が懸かっているのだ。もしも否定的なコメントで溢れていればどうしようかと考えていた。あの勇者パーティですら真面目《まじめ》に守ってやっていたアーデルハイトだ。その責任感の強さから、きっと頭を抱えていたに違いない。

「ふふふ、大変結構ですわ‼　そうそう、このチャンネルではダンジョン配信だけではなく、雑談や企画？　の枠も取るらしいですわ。そういうわけで皆さん、つべこべ言わずにチャンネル登録と好評価をよろしくお願いしますわよ‼」

：もうしてます！

：百億回押した
：登録し足りないんだよなぁ
：収益化が待たれる
：定期乳空手もお願いします！

：俺はマジでアデ公の配信生活応援するで

「収益化はともかく、次回からはサブスク？　登録ができるようになりますわ！　わたくしはよく分かっておりませんけど。そう言えと言われておりましてよ」
：マ？
：かしこい
：しゃあああ
：また財布が薄くなるな……
：アデ公はワイが養うで
：クリスは俺が養う
ちなみに、サブスクとは所謂《いわゆる》サブスクライブのことだ。
動画の再生回数に対して広告収入が得られたり、スパチャなどといった投げ銭と呼ばれる機能が使えるようになるのが収益化。
対してサブスクとは、要するに有料チャンネル会員のことだ。月ごとに一定の金額を支払うことでそのチャンネルの有料会員となり、配信者へと直接資金援助が出来る仕組みのことである。会員となった者は様々な特典が受けられ、配信者は定期的な収入が得られる、両者にとってＷｉｎ－Ｗｉｎなシステムである。
「さて、今日はお付き合い頂き感謝ですわ！　次回以降の配信告知はＳＮＳで行うので、是非フォローしておいて下さいな。それではまたお会いしましょう。ごきげんよう！」
：おつ！
：乙!!

：ごきげんよう
：この辺の台詞《せりふ》もいっぱい仕込まれたんやろな……
：ちゃんと告知出来て偉い
：もう次が楽しみなんじゃ
：ごきげんよう！

＊　＊　＊

カメラの電源を落とした後、アーデルハイトは『ほぅ』と息を吐いた。手のひらサイズの小さなカメラを弄《もてあそ》び、今日の配信を思い起こす。

思い返せば至らぬ所だらけであった。変に拘《こだわ》らず、ローエングリーフを使うべきだっただろうか。そうすればもっと見どころが増やせただろうか。今更と言えば今更だが、考えずにはいられなかった。

そうしてしばらく思案したところで、アーデルハイトは迷いを振り払うように手を叩いた。

「ま、考えても仕方ありませんわね‼」

「わ、前向きだ。先輩配信者として、今アーデルハイトさんが何を考えているかは何となく分かるけど、その様子だと心配は要らなかったみたいだね」

一連の流れを隣で眺めていた茉日《まひる》には、アーデルハイトの心情がよくわかった。かくいう茉日も、初めて配信を行った時には似たような考えに陥ったのだ。上手《うま》くやれたかどうかで頭がいっぱいになり、ああすればよかった、こうするべきだったと、後悔と未練で頭がぐるぐるとかき混ぜられるような、そんな感覚。

もしもアーデルハイトが悩むようであれば、茉日は先輩としてアドバイスをするつもりであった。しかし、自ら解決した様子を見せたアーデルハイトに、結局彼女は何も言わなかった。その必要はないと感じたからだ。

「下手《へた》な考え休むにしたり、ですわ」

「む、難しい言葉知ってるね……微妙に違うけど。やー、アーデルハイトさんたちはきっと伸びるよ。私が保証する‼」

「あら、偉大な先輩にそう言ってもらえると、気持ちが楽になりますわね」

「偉大……かどうかは分からないけど。それなりに名前の知られた私の眼《め》に狂いはない！　ってね」

「そう謙遜《けんそん》なさらずともよいではありませんの。それに先達というものは、どんな分野、どんな人物であっても敬意を表するべきですわ」

「あはは……なんだかむず痒《がゆ》いね。今日は助けられただけでいいトコ全然なかったし、挽回《ばんかい》しなきゃ。そうだ、困ったことがあったら言ってよ！　お礼とは別に、今度は私がアーデルハイトさんを助けてあげるから！」

「ふふ。では今日の件は貸しにしておきますわ」

すっかり打ち解けた様子の二人は、軽口を叩きながら今度こそ扉を開く。全てが手探りの、分からないことだらけの配信だった。しかしこうして、こちらの世界に来てから初めての――既に身内とも呼べる汀を除いて――友人と呼べそうな人物とも出会えた。

先程アーデルハイト自身も言っていたように、初めてにしては中々悪くないのではないか。そう思えるような、一日であった。

開いた扉の先では、笑顔でアーデルハイトを迎える戦友二人の姿。そんな二人の姿に安堵《あんど》しつつ、アーデルハイトの初めての配信は幕を下ろした。

その後、探索者協会内の休憩所兼食堂にて。


「けっかはっぴょー――――！！！　ッス」

他の探索者が誰も居ないのを良いことに、非常にテンションの高い汀が、大きな声で宣言した。アーデルハイトは勿論《もちろん》知らなかったが、後でクリスから聞いた話によれば、この国では結果発表の際には声を張り上げるものらしい。

二人のはしゃぎように若干引き気味となるアーデルハイト。とはいえダンジョンに潜っている間は、コメント欄を見ることくらいしか出来なかった。演者である彼女としても、登録者数や同接数がどうなったかは気になるところだ。

故にアーデルハイトは、特に水を差すようなことはせず、黙したまま ちょこんと椅子に座り大人しく待機していた。

ちなみにアーデルハイトが連れ帰った『砂猫』の茉日は、医務室で仲間の治療に付き添っているためこの場には居ない。

「ハイ！　というわけで、我々の初めての配信が無事終わったッス。当初の予想では、お嬢の容姿だけで五、六百人は釣れると考えてたッス。やっぱり開幕はエロ釣りが鉄板ッスから」

「身も蓋《ふた》もないですわね……」

「無名の個人勢ッスからね。使えるものは使っていかないと生き残れない世界ッス」

汀の言う通り、ダンジョン配信界隈《かいわい》はそう甘い世界ではない。そもそもの母数が多く、その中で自分達のチャンネルを見つけてもらうことは、本当に難しいのだ。

配信を始める殆《ほとん》どの者が『内容には自信がある』などと思っているだろう。しかしそんなものは全く関係がない。

星の数ほど配信されているこの界隈で、まず目を通してもらうためには、なりふり構わず全てを出し尽くさなければならない。綺麗《きれい》事など何の足しにもならないのだ。

全くの素人《しろうと》が新規参入する上で、アーデルハイトの容姿はやはり強かった。彼女の飛び抜けた容姿がなければ、汀の定めた目標はずっと低く設定されていただろう。

汀の言っている五、六百人というのは、そう大した数字ではないように聞こえるかもしれない。しかしそれは大きな間違いだ。如何に人気コンテンツであるダンジョン配信といえど、初配信で五、六百人を集めるのは本当に大変なことだ。新規で配信を始めた者達の九割近く、いわばほぼ全ての者達が届かない数字である。

ちなみに、ＴｏＶｉｔｃｈ《トゥ・ヴィッチ》における収益化の目安としては、最低四百人ほどの登録者数が必要である。これはあくまでも目安に過ぎないが、四百人を超えていれば概《おおむ》ね申請が通る場合が多い。ダンジョン配信が盛んとなっている今、動画の投稿数や配信の総時間などは関係なく、ただ登録者数のみが条件として課されている。

そして汀《みぎわ》ですら想像していなかった、アーデルハイトの圧倒的な実力。配信を外から見ていた汀は、殆ど視聴者達と同じような気持ちになっていた。

「さて、これ以上勿体《もったい》つけても仕方ないッスね。最終的なチャンネル登録者数はなんと……980人ッス‼　もうこれ千人で良いッスよね？　とにかく結果から言えば、今回の配信は大成功と言えるッス‼　余裕で目標達成ッス‼」

「流石《さすが》です、お嬢様‼」

「やりましたわぁー‼　わたくしにかかればこんなものですわぁ‼」

そうして汀の言葉を聞いた、その場に居た全員が、椅子から立ち上がり喜びを露《あらわ》にしていた。

「Ｓｉｘのアカウントも、順調にフォロワーが増えています。配信終了直後だというのに、応援のコメントなども沢山来てますね。どうやら掲示板にお嬢様の切り抜きが投稿されたらしく、少し話題になっているようです」

「人が増え始めたあたりで帰還することになってしまったのが惜しまれるッスけど……この調子なら、近い内にコラボのお声が掛かかったり、なんてこともあるかもしれないッスねぇ」

期待通りと言えば期待通り。想定外と言えば想定外。そんな初配信の成功に、クリスと汀は興奮しきりである。二人の口から飛び出す様々な用語を、直前に詰め込んだ記憶を頼りにアーデルハイトが咀嚼《そしゃく》する。

そもそもアーデルハイトには、コラボとやらの意味が分かっていなかった。彼女はこの一週間、この世界に於《お》けるある程度の常識と、初配信に向けての基礎知識を詰め込むので精一杯であった。そのため、未《いま》だに意味が分からない単語が多くある。

配信界隈でコラボといえば、要するに配信者同士が共同で配信を行うことを言う。ことダンジョン配信に限っていえば、ダンジョン攻略を共に行い、それを一方のチャンネル、或《ある》いは双方のチャンネルで配信することを指す場合が殆どだ。勿論、単純に探索者同士で雑談配信を行う場合もあるのだが、それはどちらかといえば例外に近い。

では、何故《なぜ》コラボを行うのか。

簡単に言えば双方にとって利益となるからだ。例えば、人気はあるが戦力に不安のある配信者と、人気はないが戦力が充実している配信者。このふたつの配信者がコラボを行えば、双方ともに足りない部分を補うことが出来る。

前者は不安な戦力を補うことが出来るし、後者は普段自分の配信を見ていない視聴者達の興味を惹《ひ》いたり、取り込むことも出来るだろう。話題性等も加味すれば、どちらも損はしない。まさにWin-Winな関係である。こういったコラボ行為は、配信界隈では日常茶飯事だ。

クリスがそういった旨を、要点を掻《か》い摘《つま》んでアーデルハイトに話して聞かせる。漸《よう》く得心のいったアーデルハイトは、しみじみと頷《うなず》いていた。

「成程……こちらの世界の人達も、色々考えますわね」

「とはいえ、まだまだ時期尚早ですけどね」

「そうですの？　まぁ、そのあたりは全て二人に任せますわ」

先のクリスの説明で、コラボの利点は大凡《おおよそ》理解したアーデルハイト。しかしアーデルハイト達の企画・広報・マネジメント担当はクリスである。まだこちらに来て一週間ほどの自分よりも、クリスや汀に丸投げした方が余程いい結果になることをアーデルハイトは確信していた。

アーデルハイトはあちらの世界にいた頃から、人を使うのが上手かった。手が回らない時や、作業に適した部下が居る時。彼女は遠慮なく仕事を割り振り、全てを自分の手でやろうとはしなかった。無論、部下や従者に任せるよりも、自分で行った方が早く確実にこなせる場合も多々ある。しかしそれでも彼女は敢《あ》えて人を使う。

そうしなければ下の者の成長に繋《つな》がらず、また、信じて仕事を任せなければ下からの不信感を買うことになる。彼女はそれをよく知っていた。

それは人の上に立つ者に必須《ひっす》の才能といえるだろう。上に立つ者の役目とは、手本となって教え導き、下の者が起こした失敗を補い、場合によっては責任を取ることである。断じて、全ての仕事を一人でこなしてみせることではない。

今回もそれと同じ。故にアーデルハイトは口出しをせず、クリスに任せることにしたのだ。

「先程助けた探索者の方と……あとはここに来て最初に話しかけてきた、あの女性も配信者と言っていましたね。彼女とも連絡先は交換してあるので、いつか一緒に配信出来れば——え？」

そう言ってスマホを操作するクリスの指が、驚きと共に動かなくなった。そんなクリスの怪しげな様子が気になったのか、汀が横からスマホを覗《のぞ》き込んだ。

「なになに？　何かあったんスか？」

クリスが見つめる先。そこには配信ページ内で最も目立つ、配信者名とチャンネル名、そして登録者数が載っていた。

『魔女と水精《ルサールカ》』の『D攻略ちゃんねる』。メンバーは女性探索者が四人、そしてその登録者数はなんと——４６０万人。

それは国内のダンジョン配信者ランキング、第五位にランクインしている人気配信チャンネルであった。

＊＊＊

初配信を終えた後。汀の運転する車で帰路につくこと数時間、クリスの部屋へと帰った時にはとうの昔に日付が変わっていた。その後は自分の家に戻る汀を見送り、クリスが寝ぼけ眼のアーデルハイトを風呂《ふろ》へと放り込む。しかし、椅子に座ったまま全く動き出さないアーデルハイト。そんな彼女の姿を見たクリスが、仕方がないといわんばかりに、しかしどこか嬉《うれ》しそうに、甲斐甲斐《かいがい》しく髪から身体《からだ》、足の先へと隅々まで洗う。

すっかり電源の落ちてしまったアーデルハイトを椅子に座らせ、髪を乾かし、丁寧に梳《す》いてゆく。アーデルハイトの髪は、まるで絹のようだった。手触りも、輝きも、その全てが昔と変わらぬ美しさを保っている。

否《いや》、少しだけ傷んでいるだろうか。幼少の頃からクリスが手入れをしていた黄金の絹糸は、クリスが居なくなってからの間、恐らく自分で手入れをしていたのだろう。きっと見様見真似《みまね》で、四苦八苦しながら。

そんな手入れの微妙な粗を見つける度、クリスの胸中には様々な思いが去来する。クリスがアーデルハイトに先んじてこちらの世界に来て以来、アーデルハイトを忘れたことなど一瞬たりともなかった。通訳の仕事をしている時も、汀と同人活動をしている時も。

今はすっかり塞《ふさ》がった、胸にぽっかりと空いていた大きな穴。それを思えば、これからの不安や苦難など、まるで気にならなかった。共に過ごすことが出来ている喜びが、何物にも代え難かった。

「終わりましたよ、お嬢様」

「んぃ……」

「はいはい。お布団で寝て下さいね」

「ん……」

クリスに促され、のろのろと歩き始めたアーデルハイト。殆ど開いていない瞳《ひとみ》でベッドまで辿《たど》り着《つ》き、そのまま倒れ込むように布団にうつ伏せで転がる。そんなアーデルハイトをクリスが転がし、仰向けにしてから布団をかける。

長い睫毛《まつげ》に整った柳眉《りゅうび》。メイクもしておらず、眠気に身を任せて無意識であるというのに、その美しさにはまるで陰りがなかった。

そんなアーデルハイトの寝顔をクリスが見つめていると、アーデルハイトが苦しそうに歯ぎしりをした。

「んぎ……んぐぅ」

そんなアーデルハイトを眺めつつ、クリスは自らもベッドの隣に敷いた布団へと潜り込んだ。

そうして翌日、時刻は昼過ぎ。アーデルハイトが目覚めた時には、既に汀がやって来ていた。クリスが用意した朝食——と言うには遅すぎるが——を摂《と》っている間も、汀は何やら機材をいじくり回していた。そんな汀へと、アーデルハイトがぽりぽりとウインナーを齧《かじ》りながら、なんとなく話しかけていた。

「ミギーは先程から一体何をしていますの？」

「……え、それもしかしてウチのことッスか？」

「他に誰が居ますの？」

「なんか右手が喋《しゃべ》りだしそうでめっちゃ嫌なんスけど。何で急にそんな呼び方に？」

「わたくしがアーデルハイト。クリスがクリス。そこで貴女《あなた》だけ汀だと、呼び方の統一感に欠けますわ」

「そこは別に統一感いらねーんス……お嬢がそう呼びたいなら、別に良いんスけど」

「ではそれで。で、汀は結局何をしていますの？」

「呼べよ！！！！」

　汀が触っていたヘッドセットを放り投げる。

　先週初めて出会ったアーデルハイトと汀は、ここ一週間ですっかり打ち解けていた。そうして初配信を共に乗り越え、今ではこうして軽い冗談も言い合える仲である。ちなみにクリスは、現在買い出しに出かけており不在である。

「今日の配信の準備ッスよ。流石に連日京都までは行けないッスから」

「あら？　今日も配信を行いますの？」

「初配信が上手《うま》くいったからといって、油断しちゃ駄目ッス。今の勢いに乗るためにも、出来るだけ配信頻度は多くしたいんスよ。ま、今日は雑談枠ッスね」

「……ああ、思い出しましたわ。確か汀ノートにも書いてありましたわね」

　アーデルハイトが思い起こしたのは、初配信に向けての準備期間中に、汀から渡された大量のテキストだ。アーデルハイトが『汀ノート』と呼ぶそれには、配信を行う上での心構えから、覚えるべきネットスラング、テンプレ、配信中の注意事項などなど、様々な内容が記されていた。

その中のひとつ、配信計画について。

初配信後は頻繁に、出来れば毎日何かしらの配信を行い、ファンを獲得していくことが重要であるといった旨が記載されていた。

「さっき凛《りん》と今後について相談したんスよ。昨日の配信では、お嬢の実力やキャラがある程度視聴者に認知された筈《はず》ッスよ。そこで今日は視聴者からの質問に答えたり、改めて自己紹介をしたり、あとは今後の配信予告などをしてもらうつもりッス。それが所謂《いわゆる》雑談枠ッス。エロ売りだけじゃ絶対に伸び悩むッスからね、お嬢を知ってもらう必要があるッス」

「なんというか、頼もしいですわね……わたくし戦うのは得意ですけれど、そういった策略系は疎いんですの。ミギーとクリスが居てよかったですわ」

「ウチは戦えない分、裏方で貢献するのが――呼んでるし‼」

汀が部屋撮り用のカメラを放り投げた。そんな彼女を無視しつつ、アーデルハイトが食器をキッチンへと運び水に浸ける。

そうしてアーデルハイトが自分の分と汀の分、二人分の緑茶を淹《い》れてリビングへと戻ってくる。

余談だが、アーデルハイトはこの緑茶が非常に気に入っていた。彼女はここ数日、こうして煎餅《せんべい》を齧りながら緑茶を飲んでいることが多い。本人曰《いわ》く、『この渋みと香りが上品で、透き通った色も素晴らしいですわ』とのこと。ちなみに近所のスーパーで買った、200グラム入りで500円の安物である。

「どもッス。あ、そうそう、昨日の配信アーカイブ見直してた時に気づいたんスけど」

「何ですの？」

「コメント見てると、凛の人気が結構あるんスよね。いや、恥ずかしながらウチもそこそこあるっぽいんスけど……」

「二人とも可愛《かわい》いですもの。当然ですわ」

「ビジュアルお化けのお嬢に言われてもアレなんスけど……まぁそれはいいとして。これを利用しない手はないッスよね？」

「……ああ、そういうことですの」

汀が全てを語らずとも、アーデルハイトには彼女が何を言いたいのかが理解出来ていた。要するに、クリスを演者として出演させよう、ということだろう。アーデルハイトとしては全く問題がない。それどころか大賛成だ。彼女自慢の従者であるクリスは、何でもそつなくこなす上に器量も良い。そんな彼女に人気が出るのは当然だと考えているし、なにより誇らしくもある。

とはいえ、昨晩に茉日《まひる》から聞いた話がアーデルハイトには気がかりだった。

「ですけど、演者以外はあまり映らないものだと聞きましたわよ？」

「ああ、まぁ基本的にはそうッスけど、別に駄目なわけじゃないッスからね。逆に今回のウチらみたいに、たまたま映った時に人気が出たスタッフを、ちょくちょく出す配信者も居るッスよ」

「あら。それでは汀も――」

「とはいえ、メインで出すのはまだ早いッス。折角なら小出しにして、値打ち付けた方が再生稼げるッスからね。というわけで、今日の配信中にチラチラ見切れさせたりしようと思ってるんスけど、どうッスか？」

「露骨に無視しましたわね……まぁ、良いのではなくて？　その辺りの塩梅《あんばい》は二人に任せますわ」

「決まりッスね。とはいえ凛が嫌がったらメンドイんで、こっそりやるッスよ。小道具の受け渡しの時とか、カメラの調整とかで自然に映していくッス。名付けてサブリミナルクリス作戦ッス」

「サブリ……なんですの？　なんだかちょっと格好いいではありませんの」

「名前は適当なんで特に意味はないッス」

　こうして本人の居ない中、怪しげな作戦が決定された。つまりはクリスをチラチラと映すことで、視聴者の期待感やもどかしさを煽《あお》ろうという、酷《ひど》く小賢《こざか》しい作戦であった。

「ま、お嬢はいつも通りのお嬢で受け答えしてくれれば大丈夫ッスよ。クリスが帰ってきたら話を詰めるッスけど、質問もSNSやチャンネルのコメ欄なんかで既に募集してるッス。配信中にこっちで選んでお嬢に回す感じじゃッスかね」

「分かりましたわ。前もって答えを考えておく必要はないんですわよね？」

「それをすると、お嬢のいいトコが薄まるッスからね。余計なことしなくても、ぶっちゃけ座って適当に受け答えしてるだけで絵面は抜群ッスから」

「ですが、それでは撮れ高がないのではなくて？」

「すっかり撮れ高に飢えてるッスね……雑談枠は撮れ高とか別に考えなくていいッスよ。というか普段も、あればラッキーくらいで丁度いいッス」

「むぅ……」

　すっかり撮れ高に取《と》り憑《つ》かれたアーデルハイトの、何処《どこ》か不服そうな態度は無視された。そうして汀《みぎわ》が再び機材の調整に戻り、アーデルハイトが煎餅を齧り始めた頃、玄関の方から物音が聞こえてきた。

「只今《ただいま》戻りました」

先程、自らの居ない場所で、怪しげな作戦が練られていたことを露ほども知らない彼女は、ガサガサと買い物袋を漁《あさ》って何かを取り出した。そうして取り出したものを、アーデルハイトの方へと差し出す。

「お嬢様。お嬢様が喜びそうなものを買ってきましたよ」

「あら、何ですの？」

「これです‼」

クリスが突き出した右手の先。そこにはひとつの菓子が握られていた。アーデルハイトがパッケージの正面、そこに書かれていた文字をまじまじと見つめ、そして目を見開いた。

「濡《ぬ》れ煎餅……⁉」

「そうです！」

「なんですのそれは‼　ただの煎餅ではありませんの⁉」

「勿論《もちろん》です！　なんといっても濡れてますからね‼　はい、どうぞ」

「よくやりましたわクリス‼　あ、お茶、お茶が切れましたわ……」

「一度に沢山食べるとお腹《なか》が痛くなりますからね。今日は半分だけですよ」

「よくってよー‼」

まるで保護者のように注意喚起をするクリスと、それに元気よく返事をし、キッチンへと消えてゆくアーデルハイト。

機材の調整を進めつつ、そんな二人を横目で見ていた汀がぽつりと呟《つぶや》く。

「……これはこれで、人気が出そうな光景ッスねぇ……」

クリスとアーデルハイト、二人があちらの世界に居た頃は考えられなかった、非常に気の抜ける昼下がりであった。

【推しを】新人ダンジョン配信者を語るスレ【発掘しろ】

1：名無しのゴブリン

ここは星の数ほど存在する新人D配信者の中からおすすめの配信者について語るスレです。
★煽りや荒らしはスルーかNG
★用法用量を守って正しく語りましょう

284：名無しのゴブリン

まぁ全盛期に比べたら新規参入は減って来てるわな

285：名無しのゴブリン

それでも全然多いけどな　探すだけでしんどい

286：名無しのゴブリン

新人なんて毎日のように出てくるからな
まぁ配信界隈はダンジョンに限らずどこもそうだけど

287：名無しのゴブリン

『双子座チャンネル』
先週から双子の姉妹が渋谷Dでやってる配信なんだけど結構よかったよ
妹が可愛い。姉がカッコいい。実力的には普通に初心者だけど人気が出そうな匂いはある

288：名無しのゴブリン

>>284
あの頃に比べりゃそうだけど今でもそこまで変わらん気がするわ

289：名無しのゴブリン

トップが詰まってる今こそ新人発掘のチャンスよ

290：名無しのゴブリン
結局ハードル高いんだよな
命がけ前提でやらなきゃいかんし、機材も高いし
探索者一本で食っていけるのは一握りよ

291：名無しのゴブリン
正直ゲーム配信とかV方面みたいな普通の配信じゃなくて
D配信に参戦しようってだけで尊敬するわ

292：名無しのゴブリン
>>289
もう1年くらいどこのダンジョンも攻略進んでねーよな
勇仲も修業期間とか言って中階層でダラダラしてるし
トップなんだからもうちょい頑張って欲しい

293：名無しのゴブリン
>>287
ちらっと見てきたけど結構よさそうだわ

294：名無しのゴブリン
>>287
ええやん。ワイは妹のちょい生意気そうなとこが好き

295：名無しのゴブリン
愚痴ってる暇があったら新人探せ
探して下さい

296：名無しのゴブリン
ちょっと前にダンジョン炭鉱夫とコラボ、ってか引率されてた子ら結構好き
と思ってたらメンバー怪我して休止中だったでござる

297：名無しのゴブリン
>>287
妹ちゃん推せるわ
わからせたい

298：名無しのゴブリン
1年前の†漆黒†から大型新人みたいなのはなかなか出てこないよな

まさかあの激痛チャンネルがここまで成長するとは誰も思わなかっただろ
ちなみにワイはネムちゃん推し

299：名無しのゴブリン
協会はもうちょっと新人育成に力を入れるべき

300：名無しのゴブリン
現役探索者による講習会とかどうよ

301：名無しのゴブリン
>>298
デビューから1年ちょいで配信ランキング12位やしな
流石にあれクラスはそうそう出てこない
ちな俺は漆黒だと蔵人推し

302：名無しのゴブリン
凄い新人見つけた!

303：名無しのゴブリン
お前ら新人の話せーやw

304：名無しのゴブリン
協会で売ってる最低限の装備ですら高いのやめろw

305：名無しのゴブリン
>>301
あそこは実力だけじゃなくて見た目もいいからな

306：名無しのゴブリン
>>302
聞こうか

307：名無しのゴブリン
>>302
勿体つけずに早く言うんだよ

308：名無しのゴブリン
>>302
急げ!　間に合わなくなってもしらんぞ!!

309：名無しのゴブリン
『異世界方面軍』
まだ活動始めたてっぽくて、配信は1回だけ
マジでヤバい。なおテストと称して投稿されてる動画もヤバい
お前らすぐ見ろ

310：名無しのゴブリン
>>309
字面で草

311：名無しのゴブリン
>>309
見てきた
信じられんくらい美人

312：名無しのゴブリン
デッッッッッッッッッ!!!!!

313：名無しのゴブリン
テスト動画のくせに4時間もあって草

314：名無しのゴブリン
エッッッッッッッッッッッッ!!!

315：名無しのゴブリン
デッッッッッッッッ!!

316：名無しのゴブリン
あーあーいけませんよこれは
エッチすぎます

317：名無しのゴブリン
もう好き
実力とかどうでもいい　見た目だけで好き
別におっぱいに釣られたわけじゃなくて　いやマジで

318：名無しのゴブリン
余りにも揺れてる
これもう歩くわいせつ物でしょ

319：名無しのゴブリン
よくある初期エロ釣りちゃうんか？
正直見飽きたんやけど

320：名無しのゴブリン
何で正拳突きしてんのw

321：名無しのゴブリン
今出先で見れないんだけど誰か詳細くれ

322：名無しのゴブリン
めっちゃいい匂いしそう

323：名無しのゴブリン
>>319
まぁ常套手段ではあるわな
実力不足で後が続かないところまでがワンセット

324：名無しのゴブリン
>>321
クソ美人の外国人？　っぽい巨乳が一心不乱に正拳突きしてる
最後までシークしたけど4時間ずっとそれ
パツパツジャージで金髪縦ロールの特盛

325：名無しのゴブリン
……ふぅ。意味不明で草

326：名無しのゴブリン
>>324
すまん　全くわからん
情報量が多すぎる

327:名無しのゴブリン
>>326
そうとしか説明出来ねぇんだよ……
俺も何を見せられてるのかわかんねぇよ……

328:名無しのゴブリン
……ふぅ。とりあえずチャンネル登録したわ
>>309**はよく見つけてきた**

329:名無しのゴブリン
変態しかいねぇ
諦めて家帰ってから見るわ……

330:名無しのゴブリン
いや確かにテスト動画もヤバいって言ったけど!
配信アーカイブの方を先に見てよ!

331:名無しのゴブリン
なんかわからんけど大型新人の匂いは確かにしてる気がそこはかとなく
しないでもないような感じはあるな

332:名無しのゴブリン
>>331
何一つはっきりしてなくて草

333:名無しのゴブリン
テスト動画だけで盛り上がりすぎだろw
とりあえず今からアーカイブ見てくるわ

334:名無しのゴブリン
俺もアーカイブみてこよー

335:名無しのゴブリン
ビジュアルだけでスレをここまで盛り上げてる
これは期待の新人かもしれんぞ……!

第五章　雑談配信

：わこつ
：オッスオッス!!
：きちゃ
：部屋着可愛い
：初見です
：部屋着（色違いジャージ
　家バレを防ぐため、しっかりとカーテンは締め切られている。そんなクリスの部屋にて、すっかり指定席となっている窓際にちょこんと鎮座するアーデルハイト。いつものジャージ姿であるというのに、そうして黙って座っていれば深窓の令嬢もかくや、といった佇《たたず》まいだった。そしてそのまの体勢から、カメラに向かって拳を突き出した。キレ抜群の座り正拳突きだった。
「こっ、こんにちアーデルハイト！」
：は?
：ん?
：こんにち……何て?
：ざわ……ざわ……

：何かやりだしたぞ
：顔w
「え、配信の始まりはこういうものではありませんの？」
：あぁ……
：いや、これはこれでありでは？
：言わんとしてることは分からんでもないw
：雑談配信に備えて勉強したけど参考にしたのがちょっと違ったんやろなぁ
：予習出来てえらい（えらくない
：顔引《ひ》き攣《つ》っとるやないかい‼

二度目となる配信は、不穏な始まり方をしていた。こうしてアーデルハイトの配信に集まった視聴者達は、これまでにいくつもの配信を見てきた、いわば視聴のプロ達である。故に、彼等《ら》はアーデルハイトが言いたいであろうことを大凡察《おおよそ》していた。

基本的に配信者達は、それぞれが特殊な挨拶《あいさつ》で配信を始めることが多い。その挨拶自体には、それほど大した意味はない。強いて言うならば、数多《あまた》居る配信者の中で個性を出すための方策、そのひとつとも言えるだろう。挨拶ひとつとってもチャンネル毎《ごと》、配信者毎に個性が出るし、見ているファン達も『ああ、いつものやつね』などと思いながら返事をするものである。それらはダンジョン配信ではない、それ以外のジャンル配信でも多く見られるものだ。要するにアーデルハイトは、教材として間違ったものをチョイスしたらしい。

「わたくしだって顔のひとつやふたつ引き攣りますわ‼　本音を言えばやりたくなかったです

わ‼」

：やりたくなかったんかいｗ

：何故《なぜ》やったのか

：いや、よかったよ。うん

：揺れたしな

：揺れたよな

：だからそれじゃ剣聖じゃなくて拳聖なんよ

「だってこれ明らかにスベってますわよね⁉　何が悲しくて、開始早々にひとスベリしなくてはならないんですの⁉」

：草

：スベってる言うなｗ

：そういうもんなの‼

：つかみを大事にしている。芸人かな？

：スベるって概念はわかるのなｗ

苦虫を噛《か》み潰《つぶ》したかのような顔で、歯をぎりぎりと噛み締めながら正拳突きを繰り出したアーデルハイト。そんな彼女はコメント欄に飛び交うツッコミを前に、早くも後悔していた。とはいえ、開始早々いつまでも気落ちしてはいられない。アーデルハイトは気を取り直すために、両手で頬を軽く叩《たた》いた。

「さて、初見の方は初めましてですわね。改めまして、わたくしはアーデルハイト・シュルツェ・

フォン・エスターライヒ。グラシア帝国、エスターライヒ領を治めるエスターライヒ公爵家の一人娘ですわ。もうお分かりかと思いますけど、わたくしは別の世界、所謂《いわゆる》異世界からやって来ましたの。先週に」

：多い多い

：相変わらずの情報過多

：情報の大洪水なんよ

：成程ね？

：ははぁん……？

：声綺麗《きれい》やなぁ

：実は既にアデ公まとめがあるから新規はそっちを見るといいゾ

「あ、それですわ！　わたくしも驚きましたわ！　まさか昨日の今日で、もうわたくしの情報を編集して頂けているなんて。編集して下さった方には感謝ですわ」

：俺やで!!

：いや俺やで！

：私です

：バカが、俺に決まってるだろうが

「お礼以外は何も出ませんわよ？」

：そのお礼が欲しいんだよぉ!!

：名前呼ばれてぇんだよぉ！　まだスパチャ出来ねぇんだよぉ!!

：収益化マダー？
：昨日初配信やぞｗ
「そうそう、それもですわ！　皆さんのおかげで、わずか二日目にして登録者数がなんと千人を突破しましてよ！　収益化云々《うんぬん》はともかくとして、ひとまずお礼申し上げますわ」
：へへっ
：アデ公はワイが育てた
：乳空手のころから登録してた俺が最古参
：二回目の配信で古参ムーブやめーや
アーデルハイトの見つめる先には、ノートパソコンに表示されたコメント欄で、マウント合戦を繰り広げる視聴者達の言葉が飛び交っていた。
配信そのものに関しては汀《みぎわ》がカメラの画角外にて配信用パソコンを用い、逐次確認と調整を行っている。このノートパソコンは配信画面確認用のものであり、クリスの私物だったものである。
「さて、本日は雑談枠ですわ。昨日の初配信で顔見せが終わりましたから、今日は皆さんの質問に答えていこうかと考えていますの。ちなみに昨日の配信はアーカイブの方で視聴出来るので、まだご覧になってない方達には是非見て欲しいですわ」
：Ｓｉｘの方で告知してたやつな
：アーカイブ見ました！　終始口開いて眺めてました
：誰だってそうなるわなｗ
：ワイ初見、そんなことよりも眼《め》が気持ち良い

：アデ公のおかげで視力が回復しました！
「わたくしにそんな効果はありませんわ。ですが昔、宮廷のパーティで何処《どこ》かの貴族から似たようなことを言われた気がしますわね」
：お、異世界話か？
：例の、妙に説得力あるやつな
：聖女の愚痴話好き
：ダンジョン内でも話しながらゴブリン轢《ひ》き殺《ころ》してたよな
：お散歩フェイズで轢き殺されるゴブリン君……
：ちなみに何があったん？
「わたくしに言い寄ってきたその貴族達の殆《ほとん》どは、婚約者が居ましたの。帝国では重婚が認められていますけど、知ったことかと言わんばかりに婚約者の女性が、それはもう暴れに暴れたんですの。挙げ句、逆恨みであることないこと吹聴されたりと、まぁ大変でしたのよ。ちなみにわたくしが剣聖となる前、十四歳の頃の話ですわね。貴族は三十を超えていた気がしますわ」
：アウトォ!!
：有罪
：ほんまにあるんやなそういうの
：成人年齢にもよる
：今はともかく、昔は地球でもそんな歳《とし》で結婚するのが当たり前だった筈《はず》
「わたくしは公爵家の娘として、義務で渋々出席していただけで、社交界には全く興味がありませ

んでしたの。その頃には既に、剣の修業で忙しかったこともありますわね。ですから放置していたんですけど……後で気がついたら社交界全体、特に貴族の子女達から、尻軽《しりがる》悪女のような扱いを受けるようになっていましたわ。彼女達からすれば、どちらかといえば軍属のわたくしが人気を集めるのが面白くなかったのでしょうね」

……あー……（察し

……そら自分達の縄張りにこんな美人が出てきたら嫉妬《しっと》もするわな

……目の上のたんこぶ的な話か

……いい相手を探しに来てる女性からしたら面白くないやろなぁ

「そんなわけで、わたくしは見事に社交界で悪女の名を獲得しましたわ。男を取っ替え引っ替えしているだの、人の旦那《だんな》を誘惑しただのと。でも、逆に軍部や民衆からは善くして頂きましたのよ？　今となっては懐かしい話ですわね」

そうしてひとしきり話したアーデルハイトは腕を組み、何やら追想しながらしみじみと頷《うなず》いてみせた。どうやら彼女にとっては数ある思い出のひとつとして刻まれているらしい。

「っと、そうでしたわ。ではそろそろ本題の質問コーナーに入りたいと思いますわ。ちなみに質問は随時受け付けておりますの」

本日のメインである質問コーナー。その前段階である雑談から、既に中々濃い内容のエピソードトークをしてしまったアーデルハイト。これこそ雑談枠と言えなくもないが、しかしいつまでも無軌道なトークをしているわけにもいかない。ちらりとクリスの方を見れば、『巻きで』と書かれたカンペが出されていた。

「それではひとつ目のお便り、もとい、質問にいきますわ。まずは一番多かった質問からですわね」

アーデルハイトがそう言うと同時、汀の操作によって、配信画面には大きく質問内容が表示された。ちなみにアーデルハイトは画面左下のワイプへと移動している。

――アーデルハイトさんは異世界出身とのことですが、本当ですか？

「まぁ、ある意味予想通りの内容ですわよね」

：まぁね？
：一応ね？
：どっちでもいいんだけどね？
：聞かずにはいられなかったというかね？
：質問者ワラワラで草

「これは本当に多かったですわ。勿論《もちろん》答えはイエス――――と、言いたいところですけど、生憎《あいにく》と証明する手段がありませんの。ですからわたくしからは、『皆さんの想像にお任せします』とだけ言っておきますわ」

：ですよね
：俺は信じてるぞ!!
：俺の方が信じてるぞ！！！
：まぁそうよなぁ
：待てよ？　俺の方が信じてる可能性もあるんじゃないか？

：何の勝負だよｗ
「そうだ、と言い張ったところで意味がありませんものね。わたくしとしましては、今後のわたくしの配信を見て頂ければ分かるかもしれない、と思いますわ」

：一生ついていくぜ
：ゴブリンの頭部で行われるビリヤードが見られるのはここだけ！

：木の棒によるゴーレムの三枚おろしが見られるのはここだけ!!

：木の棒を自分で壊して八つ当たりする美少女が見られるのはここだけ!!

：不穏なワードしか出てこねぇｗ
この質問は、実際に送られてきた中でも半分近くを占めていた。故にここだけは、クリスや汀と共に回答を用意していたのだ。三人とも、アーデルハイトが異世界出身であることを隠す必要はないと考えていた。アーデルハイト自身が答えたように、何をどう説明したところで証拠たり得ないからだ。故に彼女達は、判断を視聴者に委ねた。それが信じてもらえようと、もらえなかろうと。極論を言えばどちらでも構わないのだ。むしろ想像の余地を残しておいた方が、夢があるのではないか。三人の意見はそういうことで一致していた。

「それじゃあ次にいきますわ」

そうしてアーデルハイトは次の質問へと進む。例のごとく汀の操作によって、画面に表示されていた質問が次のものへと入れ替わる。ここから先はアーデルハイトのアドリブによる、打ち合わせなしの質疑応答となる。

――こっちの世界に来てから、何か好きなもの出来た？

「これも結構多かったらしいですわ。面白みのない質問ですわね」
：ヅッ！！？
：辛辣《しんらつ》ゥ!!
：唐突な蔑《さげす》みで草
：つまんなそうな顔たすかる
：やっぱり芸人じゃないか!!
「まだそれほど外には出ていませんけど……そうですわね。お煎餅《せんべい》と緑茶が気に入りましたわ」
：煎餅は草
：やっぱ年寄りじゃねーか!!
：まったりセットわかる
：は!?　煎餅美味《うま》いやろが！！！
「失礼ですわね……あぁ、あとはウインナーですわね。こちらに来た最初の朝に、クリスが焼いてくれたんですの。あちらのものと違って、歯ごたえから味まで、何もかもが完璧《かんぺき》でしたわ!!」
：エッッッッ!!
：隠語か!?
：異世界ウインナー不味《まず》いんかw
：エロ猿が群がってきたぞ！　散れ！
：俺は分かってたよ。アデ公の好物が俺と同じだってことはね
：お前は後出し便乗ニキ！　生きていたのか！

：俺は分かってたよ。俺が仕事帰りだってことはね

「不味い……ということはありませんわよ。でも、こちらのものを口にした今では、もしかしたら食べられないかもしれませんわね。帝国はどちらかといえば軍事力に力を注いでいる国でしたから、それほど食文化が進んではおりませんでしたの」

：食文化微妙でそのスタイルに……？

：人類の神秘よ

：帝国のウインナーでそのおっぱいは無理でしょ

：食文化研究民としてはめっちゃ興味あるな

：ワイはボイル派

：俺は断然焼き派だね

こちらに来てからのものを思い出してか、アーデルハイトが頬に手をやり、恍惚《こうこつ》とした表情を浮かべる。パリッとした皮に、溢《あふ》れ出すたっぷりの肉汁。それはアーデルハイトの舌を唸《うな》らせるには十分すぎる味であった。

と、そこでアーデルハイトはふと気づく。なにやらいい匂いがキッチンの方から漂ってくることに。そちらの方へと目を向ければ、クリスが件《くだん》のウインナーを焼いて皿に載せこちらへと運んでくるではないか。クリスはテーブルの上、アーデルハイトの眼前へと皿を配膳《はいぜん》する。その際に、ほんの一瞬だけクリスの腕がカメラに映り込んだ。それを見たアーデルハイトは全てを察していた。これは汀の指示であると。つまりこれはサブリミナルクリスである。

：まさかその手は、クリス!?

：クリス来た！
：誰w
：初見のために説明しよう（爆速タイピングニキが
：クリス（名）アーデルハイト異世界方面軍に於《お》ける、スタッフと思《おぼ》しき女性二人のうちの一人であり、アデ公の従者。初配信時に探索者協会にて待機していたところ、アデ公が切り忘れた配信に一瞬映ってしまい、その愛らしい容姿からコアなファンを獲得するに至る。なおアーカイブではカットされているため、現在はその姿を見ることが出来ない
：頼んだぞ……！
：クソはええw
：マジで速くて草
：指どうなってんねんw
コメント欄には視聴者達が現段階で分かりうる範囲での、クリスの情報が流れていた。しかしアーデルハイトはそれには触れなかった。というよりも、クリスの話題そのものに触れなかった。汀《みぎわ》との打ち合わせ通り、今はまだ匂わせの段階であるとアーデルハイトはしっかり理解していた。あとは単純に、ウインナーを早く食べたかったというのもあるかもしれない。否《いや》、既に齧《かじ》っていた。
「んんんぅ〜〜〜!!　これ、これですわぁ!!　口の中で溢れる肉汁が幸せですわぁ!!」
：あかん！　情報がまた洪水し始めたぞ!!
：どっちを見たらいいんですか!?
：幸せそうなアデ公マジ天使

：満面の笑みたすかる
：クリスどこ行ったんやぁ!!
：俺にも分からないよ。どっちを見ればいいのかはね
：いつも何も分かってないだろ!!
消化した質問は未《いま》だふたつ。だというのに、すっかり混乱した様子の視聴者達。
予想外の反応に戸惑うクリスと、クリスの話題には一切触れずにウインナーを頬張るアーデルハイト。恐らくは狙い通りだったのだろう。混沌《こんとん》とし始めた雑談配信を傍《そば》で眺めていた汀は、どこか満足そうな顔をしていた。
そうして五分ほどが経《た》った頃。幸せそうな表情のアーデルハイトが、漸《ようや》くウインナーを頬張り終えた。仮にも元公爵令嬢――廃嫡されたわけではないので今現在もそうなのだが――だというのに、一袋３００円前後のウインナーでこうまで喜べるのだから、随分と安上がりなことである。
「はい、ご馳走様《ちそうさま》でした」
：はいじゃないが
：お粗末様でした
：美味そうに食べてたなぁ
：本来の目的を思い出した顔をしている
「次の質問はこちらですわ」
：草
：なかったことにするなw

LIVE
ADK

：……ふぅ
：幸せならオッケーです
彼女がウインナーに夢中となり、これが配信中であることを忘れていたのは事実である。故に、全てをなかったことにして次へと進むらしい。
――例の鎧《よろい》と剣は何だったんですか⁉　何もないところから出たりしまったり、魔法にしか見えませんでした‼　気になって夜も八時間しか眠れません‼　是非教えて下さい！
「……スヤッスヤではありませんの？」
：一番理想的な睡眠時間じゃん
：スヤッスヤで草
：俺も気になってた
：アデ公に残された最後の剣聖要素
：き、木の棒でも十分剣聖してたから……
「やっぱり気になりますわよね。とはいえ、どこから説明するのがいいのやら……とりあえずざっくりと説明しますわよ？」
次の質問は、『聖鎧《せいがい》・アンキレー』と『聖剣・ローエングリーフ』についてであった。打ち合わせこそしていないものの、恐らくは来るであろうと予想していた質問だった。
こちらの世界へとやって来た初日の時点で、既にクリスからは聞いていた。こちらの世界には魔法がない、と。正確に言えば、魔法自体は使えるものの、習得している人間が居ないというべきだろうか。

それに付随して、『武具との契約』というものが存在しないということも。

武器との契約それ自体は、魔法の力によるものではない。しかし同時に、全くの無関係というわけでもないのだ。しかし、ここで魔法の話も交えてしまえば余計にややこしくなると考えたアーデルハイトは、ざっくりと掻《か》い摘《つま》んで『契約』に関する要点だけを話すことにした。というよりも、仔細《しさい》を聞かせたところで仕方のないことなのだ。

「わたくしの持つ『聖鎧・アンキレー』と『聖剣・ローエングリーフ』は、わたくしと『契約』を結んでおりますの。『契約』というのは、武器や防具から主《あるじ》として認められた者が、何かしらの契約条件と引き換えにその力を借りるための儀式ですわ。ここまではよろしくて？」

・・お、おう……？

・・うんうん……うん？

・・いや分かるだろｗｗ

・・言っている意味は今のところ分かる

・・代価を払って報酬を得るって点は一般的な契約と変わらんな。ただ対象が武器とか防具なだけで

「続けますわ。『契約』とは、何も口約束や文書で交わすものではありませんわ。相手が武器ですから当然ですわね。武具との契約は、契約者の『魂』に刻み込まれるものですの。あ、契約方法などはややこしいので割愛しますわよ？」

・・まぁよくある感じではあるな

・・要するに専用武器みたいなことか

・・あーね？

：公爵令嬢らしく教養あるよね。分かりやすいわ

「そうですわね。概《おおむ》ね、専用武器という認識で問題ありませんわ。そうして『魂』に刻み込まれた契約は、たとえ契約者の姿形が変わろうと、或《ある》いは死して生まれ変わろうとも。魂を失わない限り永劫《えいごう》に続きますの。ある意味では呪縛とも言えますわね。それが『契約』であり、わたくしにとってのアンキレーとローエングリーフというわけですわ」

そこまで話したアーデルハイトは、熱い緑茶をひと啜《すす》りして息をつく。ここまでの内容について、彼女は嘘をひとつも言っていない。ただありのままに事実を語っている。アーデルハイトが語った、彼女自身の『設定』と同じだ。証明する手段もなければ、その必要もない。そもそも視聴者達とて本心から信じてはいないだろう。ならば下手《へた》に嘘をつくよりも、ありのままを語った方が、話が真実味を帯びるというものである。

「契約を結んだ武具は、契約者の意思でいつでも呼び出すことが出来ますわ――こんな風に」

アーデルハイトが一言呟《つぶや》けば、刹那《せつな》の内に彼女の装いが変化する。一瞬、アーデルハイトの身体《からだ》が眩《まばゆ》く輝いたかと思えば、気づいた時には既に、荘厳かつ絢爛《けんらん》なドレスアーマー姿となっていた。白を基調としたそれは、アーデルハイトの容姿と相まって、視聴者達ですら声が出ないほど美しかった。彼女の持つ黄金の髪と、同じく黄金の瞳《ひとみ》が、純白の鎧によく映えている。

惜しむらくは、この場所が戦場や宮殿ではなく、そこらのワンルームマンションの一室であることだろうか。彼女の前に置かれたテーブルや緑茶の湯呑《ゆのみ》、クリスが選んだものらしく少し可愛《かわい》らしいデザインのカーテン。それら全てが、アーデルハイトの姿を異質なものに見せていた。

：うぉおおおお！

：かっけぇ！
：初回で見たけどやっぱかっこいいわ
：似合ってんなぁ
：ジャージが似合う時点で何でも似合う女よ
：マジでどういう仕組みなん??
：契約です
：契約をご存知ない？
：契約だっつってんだろ！
当然、コメント欄は沸きに沸いた。初めて見る者はその姿や早着替えに混乱し、初配信時に一度見ていた者達は、再び感嘆を見せる。凄《すさ》まじい勢いでコメント欄が流れたことを確認し、アーデルハイトは装備を解除する。纏《まと》っていた鎧が光の粒子となって霧散し、後に残されたのはジャージ姿へと戻ったアーデルハイトだけであった。
「と、まぁこんな感じですわね。質問の答えになっているかは分かりませんけど」
：ええもん見れた
：あぁ……綺麗《きれい》なアデ公が……
：劇場版みたいに言うなw
：ジャージでもわけ分からんくらい綺麗だが
：俺の中の常識がどんどん崩れてゆく
：これで戦うとこ見てぇよなぁ？

：ザ・剣聖って感じでめっちゃ好き

「アレを使って戦うのはまだ先だと思いますわ。乞《こ》うご期待といったところですわね。それでは次の質問に――あら？」

：どうした

：お？　なんや？

：このアデ公の目線……クリスか！

：どうやら出番のようだな

次の質問へと進もうとした時、前方のクリスから新たなカンペが出ていた。曰《いわ》く『次がラスト』とのことである。アーデルハイトがちらりと時計へ視線をやれば、配信開始から一時間近くが経過していた。いつの間にやら気づかぬ内に、結構な時間が経《た》っていたらしい。間違いなくウインナー試食フェイズの所為《せい》である。

「残念ですけど、時間的に次が最後の質問になるようですわね」

：そ、そんなぁ

：何……だと……？

：早い、早すぎるよ！

：いやなんだかんだ一時間は過ぎてるからなw

：マ？　まだ三十分くらいだろ？

「まぁまぁ。心配せずとも、雑談枠はまた近いうちに行いますわ」

：やったああああああ!!

：っしゃあああああ
：毎日頼む
：それよりもどの質問が来るか、それが問題だ
：最後の質問頼むぞ……！

：自分が最後の質問だという自覚持てよ！

そうして最後の質問が、配信画面へと表示された。

——なんでいつもジャージなの？

：クソが!!

：くそったれえええええ！

：どうでもいいだろうがァァァァ！

：もっとこう……あるだろうが！

：スリーサイズとかさぁ！

満を持して現れた素朴な疑問に、コメント欄は怨嗟《えんさ》の声で溢《あふ》れかえった。実際、彼等《ら》が期待していたような類《たぐい》の質問は数多く投稿されていたのだ。しかし彼等はあまりにも熱を入れすぎた所為か、すっかり忘れていた。取り上げる質問を選ぶのはこちら側、つまりはクリスと汀であるということを。如何《いか》に初手でエロ作戦を使ったとはいえ、そんな露骨な質問が選ばれる筈《はず》もなかった。

「何故《なぜ》、と聞かれれば、着心地が良いからとしか言えませんわね。ジャージは素晴らしいですわ。こちらの世界に来て驚いたことのひとつですわね。激しく動いても生地が伸び縮みして、ぴったりフィットするんですのよ？　あちらの衣服はサイズが難しいですし、一度伸びたら伸びっぱなしで

すもの。ちなみにファッションセンターしもぬらで五着買いましたわ」

：うぅ……ジャージいいよね……

：楽だよな……

：アデ公のジャージも一部伸びっぱなしだけどな……

：てか買いすぎ……

：君らテンション下がりすぎだろw
：草
露骨に項垂《うなだ》れる視聴者達。それを尻目《しりめ》に、アーデルハイトは素直に質問へと答えてゆく。深い悲しみに包まれながらも一応はアーデルハイトへと同意している辺り、彼等としてもジャージの有用性は認めるところなのだろう。こうして最後の質問を終えたアーデルハイトは、本日の配信を〆《しめ》にかかった。

「さて、本日はダンジョン配信でもないただの雑談枠だというのに、集まって頂いて皆さん感謝ですわ。次はまたどこかのダンジョンで配信になると思いますから、楽しみに待っていて欲しいですわ。あと前回の終わりにも少しお話ししましたけど、実は今回からサブスクが出来るようになっていますわ」

当たり障りのない〆の言葉と、次回の予告。無論、アーデルハイトのダンジョン配信と聞けば、否《いや》が応でもコメント欄は盛り上がる。しかし視聴者達が最も食いついたのは、アーデルハイトが申し訳程度に付け加えた最後の一言であった。

：!?

：ガタッ
：なんやて⁉
：ッ‼
沸き立つコメント欄。不思議なことに、彼等は誰一人気づいていなかったのだ。それはアーデルハイトが開始早々に見せた、謎の挨拶《あいさつ》のインパクトのせいかもしれない。
気づいてからの彼等の行動は早かった。誰もが、我先にとサブスク登録を行った。別に順番など何にも関係がないし、定員があるわけでもない。それでも彼等が急いだのは、推しの一番最初の有料会員になりたいという、ただそれだけの理由であった。
最初の一人がサブスクライブした時、配信画面の上部にアラートが表示された。要するに、誰かがサブスクした時などに流れる画像付きのお知らせのようなものである。視聴者達が一斉に群がったおかげか、画面上では幸せそうな笑顔でウインナーを頬張るアーデルハイトの顔が、凄まじい勢いで乱舞していた。
：かわいいｗ
：俺達の金がウインナーになった
：餌付けしてる気持ちになれる
：アデ公はワイが育てる
：ウインナー会員で草
「あら？　あらあら？　皆さんありがとう存じますわ！　何か凄《すご》いことになっていますわよ？　これ大丈夫ですの⁉」

：大丈夫やで！
：間違いなく俺が一番だった
：いや俺が
：すまんな君ら。俺やで

想定したよりもずっと多かったサブスク登録者。そうして対応に悩んだアーデルハイトのとった行動は、すなわち『逃げる』であった。

「もう収拾がつきませんわ……というわけで、また次回お会い致しましょう!!　さよならアーデルハイト!!」

：なんやねんそれェ!?
：それはもう意味わかんねぇんだよなぁ！
：待てぇぃ!!
：あいや待たれぃ!!
：まだ二回目なのに盛り上がったなぁ……

視聴者達の興奮冷めやらぬまま、こうして配信は終了した。二度目の配信となる今回、最終的な同時視聴者数は五千人を超え、登録者数もぐんと増えて三千人弱となっている。色々とありはしたものの、彼女達の配信は順調な滑り出しに成功したと言えるだろう。

第六章　ダンジョン配信In伊豆《いず》

汀《みぎわ》の運転する車、その後部座席の窓を開け、アーデルハイトが外を眺めていた。京都ダンジョン到着時と異なるのは、今が夜ではなく昼前だというところだろう。日差しが眩《まぶ》しく、すっきりと晴れた良い天気である。

開いた窓から車内に吹き込む風に、輝く金の髪が揺れる。そこだけを切り取れば非常に可憐《かれん》で爽《さわ》やかな、正しく深窓の令嬢とでも言えそうな光景だ。

しかし実際には、潮の香りと少しベトついた風の所為もあって、アーデルハイトの表情はそれほど晴れやかなものではなかった。眉間《みけん》に皺《しわ》を寄せ、まるで『くっせぇですわ』などと言いたげに顔を歪《ゆが》めている。

「……海、皆が言うほど気持ち良くはないですわね」

「そうですか？　私は結構好きですよ、海の香り」

「ウチも別に嫌いじゃないッスね。ちょっとベトベトするなぁとは思うッスけど」

アーデルハイトが窓を閉め、後部座席へと体重を預ける。大して重くはないアーデルハイトの身体――一部を除いてだが――を受け止め、背もたれがほんの少し沈み込む。横を見れば、山と積まれた配信用機材と小道具の数々。汀の車はバンタイプの軽自動車だ。積載量がそれほど多くないため、アーデルハイトの隣座席までその支配領域を拡大している。

機材はともかく、何に使うのかすら不明な小道具の数々は、置いてきてもよかったのではないだろうか。そう考え、出発前にアーデルハイトは提言した。しかしクリスと汀、両者の答えは『駄目』であった。

曰く、『いつか使う時が来るかもしれない』だそうだ。

典型的な片付けられない人間の発言である。汀の部屋は見たことがないので分からないが、クリスの部屋はそれなりに整頓《せいとん》されていたような気がするのだが。

などと、偉そうに思考を巡らせているアーデルハイトだが、彼女もまた片付けられない側の人間である。

当然ながらあちらの世界では屋敷や部屋、庭や屋敷周辺の敷地まで、従者が全て清掃を行っていた。着替えや入浴など、必要最低限な身の回りのことは自分でするようにしていたアーデルハイトだが、貴族であれば本来はそれらも従者や側仕《そばづか》えに任せる類の仕事である。

社交界を好まず、剣を握り戦場を駆け回る。そんな良くも悪くも貴族の子女らしからぬアーデルハイトは、不要な物を捨てるのが下手《へた》だった。小さくなって着られなくなった衣服をいつまでも取っておいたり、ボロボロに壊れた木剣や木人形をまとめて倉庫に残しておいたり。

見かねた従者がそれらを捨てようとした時、彼女が決まって言う言葉がまさに『何かに使えるかもしれない』であった。所謂《いわゆる》もったいないお化けに取り憑《つ》かれているのが、アーデルハイトという少女だった。それを自覚しているからこそ、アーデルハイトは二人に従う他なかった。

今も彼女を圧迫せんとする小道具。

携帯ゲーム機や、叩《たた》くと音の鳴るハンマー。押すと怪しげな悲鳴を上げる黄色い鳥の玩具《がんぐ》に、恐らくは汀の私物であろうコスプレ衣装の数々。一体何処《どこ》で購入したのか、一見普通に見えるものの、下部のスイッチを押すと七色に光り、激しくテクノサウンドをかき鳴らす木魚。

自分もそうであるが故に、一時は反論出来ず認めたものの、やはりどう考えても必要ないとしか思えなかった。これらを携帯して、一体ダンジョン内の何処で使うのか。げんなりとした顔で謎の小道具達から視線を切り、アーデルハイトは窓に頬杖《ほおづえ》をついて再び外を眺め始めた。要するに暇なのだ。

海岸沿いを走っていることからも分かるように、現在彼女達が向かっているのは以前に訪れた京都ダンジョンではない。静岡県は伊豆市、京都と並んで不人気と呼ばれる伊豆ダンジョンへと向かっていた。

伊豆ダンジョンが何故不人気なのか、その答えは単純だ。立地はそこまで悪くはない。伊豆は観光地としても有名であるし、都心から大きく離れているわけでもなくアクセスも容易。普通に考えれば、むしろ人気があってもいい筈だ。しかし、それらの理由がそっくりそのまま、伊豆が不人気であるその理由となる。探索者達は口を揃《そろ》えてこう言うだろう。

――『伊豆に行くくらいなら、東京でいいよね』と。

ダンジョンの存在する地域に住んでいる者はいいだろう。移動の手間も省けるのだから、わざわざ遠征する理由がない。事実、都内で活動している探索者達は基本的に遠征などしない。しかしそうではない、ダンジョンへと遠征に来るタイプの探索者達からすればどうか。どうせ足を延ばすのならば、東京まで行けばいいではないか。東京には、日本一と言っても過言ではない人気を誇る渋谷ダンジョンが存在するのだ。別に観光をしにダンジョンへ向かうわけではないのだから、探索者であれば誰だってそうするだろう。それこそ、人の少ないダンジョンを敢《あ》えて選ぶアーデルハイト達のような者達でなければ。

伊豆のダンジョンに何か問題があるわけではない。ただ立地が半端に良いせいで割を食うことになってしまった、ただそれだけである。

しかし不人気とはいえ、訪れやすいのは紛れもない事実である。山奥に存在している所為《せい》でアクセスの悪い京都ダンジョンよりは、人の入りも多少はマシな方だ。以前は人の少なさのみを勘案して京都へ向かったアーデルハイト達。そんな彼女達からしても、車で何時間もかけて京都へ向かうよりは随分と気が楽であった。

「まぁほら、今日は旅館も取ってあるッスから」

「一泊二日の伊豆旅行だと思って頑張りましょう、お嬢様」

「それは楽しみですわ。あちらでは海水浴なんて、したことがありませんもの」

旅行と聞いたアーデルハイトの気分がいくらか晴れる。

あちらの世界で暮らしていた頃のアーデルハイトには、水場で泳いで遊んだなどという経験がなかった。無論、市井《しせい》の民達が水浴びなどをして遊んでいたことは知っている。しかし彼女にとって海や川といった水辺は、足場が悪く戦いにくい場所という認識でしかなかった。そうでなければ行軍の際に迂回《うかい》しなければならない邪魔な場所か、もしくは危険な渡河を行わなければならない面倒な地形、である。

こちらの世界へとやって来た今、彼女とてただ気ままに遊ぶのも吝《やぶさ》かではなかった。果たして自分は水着など所持していただろうか、という懸念が頭を過《よぎ》りはしたものの、クリスが居るのだからその点は心配要らないだろうと、すぐさま頭《かぶり》を振って考え直していた。

そうして一行は海を眺めながら車を走らせ続け、途中で一度の休憩を挟み、昼を少し過ぎた頃には目的の場所へと辿《たど》り着《つ》いていた。

伊豆ダンジョンの探索者協会は、およそダンジョンという危険なモノを管理する建物とは思えないほどに、随分と綺麗《きれい》な外観をしていた。山奥に建てられている関係上、樹々《きぎ》や蔦《つた》、苔《こけ》などの所為で、何処か陰鬱《いんうつ》とした雰囲気さえ感じる京都の協会とは真逆と言えるだろう。

本日は少し汗ばむような気温だったが、協会の建物内部は冷房がしっかりと効いており、寒すぎない程度の風が汗ばんだ肌に心地よかった。

入場許可と受付をクリスに任せ、アーデルハイトと汀はそのまま食堂兼休憩所へ。全国全てのダンジョン上に建てられているこの探索者協会は、配置や部屋数こそ違えど、何処へ行っても同じ施設がある。ダンジョン配信者が配信を行う場合、この食堂で準備を行うことが殆《ほとん》どだ。配信が長時間になる場合もあるのだから、こうして落ち着いた場所で配信を行うのは理に適《かな》っていると言えるだろう。

そうして早速、汀が機材の準備に取り掛かる。アーデルハイトもまた、肩に担いだカバンごと持っていた配信用機材を汀に預ける。

食堂を見回してみれば、流石《さすが》は不人気ダンジョンと言うべきか。探索者と思われる男女二人組に、恐らくは地元の配信者であろう男女が四人。そして座敷に寝転び、サボってテレビを眺めている女性職員が一人。計七人だけであった。

しかし不人気であればあるほど、アーデルハイト達にとっては都合が良い。実際には今現在ダンジョンに潜っている探索者達も居るのだろうが、恐らくは知れた数だろう。これならば、アーデルハイトが多少本気でダンジョン内を駆けたところで、交通事故の可能性は低い筈《はず》だ。そもそも彼女は、不注意で人身事故を起こすようなヘマはしないのだが。

アーデルハイトがなんとなく食堂内を眺めている間に、受付を済ませたクリスが食堂へとやって来る。その後、カメラの調整や配信ページの設定など、汀の作業は多少の時間を要する。それらが終わるまでの間に昼食を済ませてしまおうと、アーデルハイトとクリスは食券を購入しに向かった。

「お嬢様は何にされますか？」

「そうですわね……料理名を見たところでどんな料理が出てくるのか全く分かりませんけど、気になるのはコレですわね」

そう言ってアーデルハイトが指差したのは、『生わさび丼』と書かれたボタンであった。伊豆はわさびが有名な土地であり、これは所謂ご当地グルメ的なメニューだ。日本人であれば馴染《なじ》みのあるわさびだが、異国どころか異世界からやって来たアーデルハイトが挑戦するには、中々にハードルが高い。

「だって生ですわよ？　名前に『生』や『濡《ぬ》れ』と付くものは、大抵美味《おい》しいものですわ」

「……生醤油《きじようゆ》と濡れ煎餅《せんべい》のことですよね？」

「……まぁ、そうですわね」

「ちなみに私のおすすめはコレですね」

アーデルハイトが自分の知っている食べ物で知ったかぶりをするも、クリスにはあっさりと見抜かれていた。

そうしてクリスが指差したのは『カレー』であった。別にクリスの好物がカレーというわけではないが、しかし彼女がカレーをおすすめするのには理由があった。

「カレー……ですの？」

「はい。コレは何処で食べても、誰が作っても、何と食べても何故《なぜ》か美味しい、まさに魔法の料理です。大抵の場合飛び抜けて美味しいことはありませんが、飛び抜けて不味《まず》いこともありません。普通に美味しいです。まさにこの国の料理の基本、ジャパニーズスタンダードです」

「微妙に煮え切らない言い方な気がしますわね……まぁクリスがそこまで言うのなら、わたくしはカレーにしますわ」

「英断です。私は天蕎麦《そば》にします」

「それはどんな料理ですの？」

「神々の作り給《たも》うた料理です。あとで一口差し上げますね」

「ではわたくしもカレーを分けて差し上げますわ！」

アーデルハイトが見知らぬ料理に心を躍らせ、クリスとシェアする約束を取り付ける。こちらの世界に来て以降、食事はアーデルハイトの楽しみのひとつとなっていた。食文化があまり進んでいなかった帝国とは比べ物にもならない、そんな日本の料理は彼女の心を鷲掴《わしづか》みにしている。今は配信機材の購入などによって金欠であり、そう贅沢《ぜいたく》が出来るような状況ではない。しかし収益化の申請が通り、纏《まと》まった収入が得られた暁には、彼女は一日かけて食べ歩きを敢行するつもりでいる。目標のスローライフに手が届くところまでいけば、田舎《いなか》で小さな料理屋でも始めてもいいかもしれない。そう考える程度には、彼女はこの国の食事に魅了されていた。

＊＊＊

配信が始まると同時、ＳＮＳでの告知を見て待機していた視聴者達が、一斉にコメントを投稿し始める。

：わこつ！

：来た！　アデ公来た！　コレで勝つる！

：きちゃ

：わこ！

：こんにちアーデルハイト!!

：やめたげてよぉ!!

：いや、このネタはまだしばらく擦《こす》れる

：っしゃあああ異世界無双の始まりじゃあああ

アーデルハイト達にとっては三度目の配信、そして初めての夕方スタートである。休日といえど、今はまだ配信者にとってピークの時間とは言い難い。にも拘《かか》わらず、既に視聴者は３０００人を超えていた。一回目から二回目、そして今回と、着実に同接数を伸ばしている。これから夜になるにつれ、徐々に人も増えてゆくだろう。それを考えれば、最終的な視聴者数は過去最高のものとなるかもしれない。

大喜びで挨拶《あいさつ》コメントを投稿している視聴者達の眼前、その配信画面には、しかしアーデルハイトの姿はなかった。そこに映っているのは、視聴者達が意外と見たことのなかった探索者協会の大きな扉のみ。大抵の配信者はダンジョンに入ってすぐのところから配信を始めるため、ダンジョンへと繋《つな》がる扉そのものは、それこそ探索者でなければ基本的に見る機会がないのだ。そんなダンジョンと協会の建物とを隔てる巨大な扉があるそこは、小さめの部屋となっている。

：あれ？

：おりゃん

：クソデカ扉君しか映ってないんですがそれは

：何のドアなのこれ

：そら公爵邸入り口よ

：それだったらマジでこのくらいデカそうw

：ダンジョン入り口の扉だなコレ

：マ？　初めて見たわ

口々に推測、もとい適当に思いついた想像を並べていく視聴者達。そんな中、恐らくは探索者なのであろう視聴者から答えが齎《もたら》される。不人気なのをいいことに、アーデルハイトはダンジョン内ではなく、ダンジョンへと繋がる扉の前から配信を始めていた。

そんな誰も演者が居ない配信画面の中、突如として七色の光が部屋中を明るく照らし、外連味《けれんみ》溢《あふ》れる雰囲気が漂い始める。次いで聞こえてきたのは、激しくかき鳴らされる安っぽいテクノサウンド。それらが演出する少々下品な空気は、ダンジョンという危険な場所へと繋がる部屋を、一瞬にして作り変えてしまった。もはやその姿は、クラブと言うよりも場末のスナックであった。

：⁉
：！！？？
：一体何が始まるんです⁉
：【悲報】開幕から意味が分からない
：なんやこれｗｗｗ
：うおっ、まぶしっ
：成程、ここはゲーミングダンジョンか
：ねぇよそんなのｗ

視聴者達が皆一様に混乱する中、画面の下部から何かが現れた。七色の光を浴びて判然としないが、よくよく見ればそれはアーデルハイトの頭であった。獅子《しし》の鬣《たてがみ》を思わせる彼女の美しい金髪は、下品なライトの所為で見るも無惨な色になっていた。そんな彼女は、汀《みぎわ》の私物である件《くだん》の木魚を小脇に抱えていた。

「はい。皆さん、ごきげんよう」

：はいじゃないが
：草
：あれ？　なんか……
：ごきげんよう‼
：こんアデキャンセル
：何をどうしたらこの登場になるんだよｗ

：そのやかましい球はなんなのｗ
：いや、よく見ろお前ら。あれは木魚だ
：知るかｗ
：だったらなんなんだよｗｗ意味わかんねーよｗ
車内で、彼女を圧迫してまで持ってきた無駄な玩具《がんぐ》の数々。迷惑をかけられた分、どうしても使わずにはいられなかったらしい。流れるコメントを見てみれば、どうやらつかみは悪くなかったようである。視聴者の反応をひとしきり堪能し、すっかり満足した様子のアーデルハイトがゲーミング木魚のスイッチをオフにする。
「これはうちのスタッフが持ってきた私物ですわ。道中で邪魔だった分働いてもらうことにしましたの。そして役目を終えた今、また邪魔になりましたわ……」
：草
：自業自得で草
：当たり前だよな？
：どこに売ってんだよｗ
：今日はそれ抱えていくのか……
「まぁ、手慰みには丁度良いかもしれませんわね」
そう言ってアーデルハイトが木魚を小脇に抱え直す。どうやら本当にこのまま持っていくらしい。どう考えても邪魔なだけであったが、実は汀からは『最悪壊してもいいッス。あと三つあるんで』という言葉を頂戴《ちょうだい》している。今回の探索も徒手空拳《としゅくうけん》スタートであるため、アーデルハイトは最初の武器を見つけるまで、これを魔物に投げつけようかと考えていた。

「さて、改めましてごきげんよう！　見に来て下さって感謝ですわ！　今回は以前にも言っていた通り、ダンジョンへ来ておりますわよ‼」

：待ってたぜぇ！　この瞬間をよぉ！

：マジで楽しみ

：待ってました‼

：初回の衝撃が忘れられんのよ

：初見です！　アーカイブ見ました！　ダンジョンも雑談も最高でした

：てかここ京都じゃないよね？

「初見さんいらっしゃいませ、ありがとう存じますわ。そしてどうやら目敏《めざと》い方がいらっしゃるようですわね？」

恐らくは先程の探索者だろう。コメントの中には、ここが前回と違うダンジョンであることを見抜いている者がいた。

ダンジョンの施設や作りは何処《どこ》も変わらないが、僅《わず》かな差異は存在する。扉ひとつとっても、傷や経年劣化、汚れや色合いなどはやはり違う。取り替えたばかりで新しい場合もあるし、大きさや形もダンジョンの入り口に合わせて変化するものだ。

とはいえ、探索者でない一般の視聴者は、先程の扉の件でも分かるようにそんな違いには気づかないだろう。恐らくこの者は京都のダンジョンに行ったことがあるのだ。それも細部の違いや違和感に気づく程度には、頻繁に京都ダンジョンの扉を見ているのかもしれない。そんな同業者からも視聴してもらえているという事実に、アーデルハイトは不思議と嬉《うれ》しい気持ちになった。
「御名答ですわ！　仰《おっしゃ》る通り、ここは京都ではありませんわよ‼　同じところばかりだと飽きてしまいますもの」
：マ？
：すげぇ
：よう気づいたなぁ
：あーね？
：新鮮でいいね！
「そう言って頂けると幸いですわ。ありがとう」
：アッ――！
：保存した
：破壊力ヤバ過ぎない？
：はいすき
：笑顔たすかる
：こちらこそ！
素直に感謝を述べ、少しだけ微笑《ほほえ》むアーデルハイト。
かつて帝国の社交界を崩壊させた悪女の面目躍如といったところだろうか。言葉こそ違えど、視聴者達の反応は、アーデルハイトに言い寄る貴族達が見せたそれとまるで同じであった。そうしてアーデルハイトが気を取り直し、話を本筋へと戻す。いつまでもこの小部屋で、ダラダラと長話をしているわけにもいかないのだ。
「さて……ここが何処か、という話でしたわね。それはこの扉を開ければすぐに分かりますわ！　実はわたくしも少し楽しみにしておりましてよ！」
ダンジョンへと繋がる巨大な扉を、アーデルハイトが両手で押し開ける。
彼女が最初に感じたのは、潮の香りだった。次いで光だ。太陽が昇っているわけでもないのに、どういうわけかダンジョン内は明るかった。眩《まぶ》しいというほどではない。しかし以前に潜った京都ダンジョンとは明らかに異なる、不自然なまでの光。
アーデルハイトの眼前に広がっていたのは、正しく砂浜であった。
：伊豆《いず》か!!
：海じゃあああああ
：不人気Dハンターアデ公
：おー、めっちゃキレイやん
：……？　伊豆なのに服装がジャージの奴《やつ》いね？
：たし蟹《かに》
：これはマナー違反
：ここも一応危険なダンジョン内なんですがそれは
「そう！　正解は伊豆ダンジョンですわ！　ちなみに水着は出ませんわよ!!」
：クソがあああああ！
：はー、つっかえ

：チャーハン米抜きかよ
：水着回だと思ったのにッ！！！
：アデ公が水着で戦闘したら一発ポロリでＢＡＮ確定なんだよな
：何食わぬ顔で乳が溢《こぼ》れるだろうな
「あなた方、態度が急変しすぎではありませんの？　遊びに来ているわけではありませんのよ！」
：おまいう
：前回のサッカーと木の棒無双とゴブリン轢殺《れきさつ》事件は忘れてないからな
：いやぁ、他ならともかくアデ公だしな……
：ちょっとくらい期待したっていいじゃないですか!!
：てか俺ダンジョン詳しくないんだけど、これで何で不人気なの？
：めっちゃ景色いいよね
「ですわよね。わたくしも不思議に思いますわ！　有識者の方々、どうなんですの⁉」
車内で潮の香りを嗅《か》いでいただけの時とは異なり、アーデルハイトのテンションは少し高めであった。配信中であることも理由のひとつではあるが、なんといってもやはり砂浜である。如何《いか》に『海くせぇですわ』などと言っていた彼女といえど、実際に砂浜を前にすれば気分も高揚するというものである。
そんな中、アーデルハイトが考えていたものと同じ疑問がコメント欄で挙がっていた。それは伊豆ダンジョンの特徴でもある、この光景についてだ。この光景を見るためだけでも、伊豆ダンジョンには来る価値があるのではないか。アーデルハイトはそう考えていた。しかしそこは流石《さすが》の不人気ダンジョン、不人気であるのにはしっかりとした理由があった。

：いやぁ……

：いうてもダンジョンなんて危ないですよね？

：ていうかすぐ傍《そば》に似たような砂浜ありますよね？

：しかも危なくないやつが

：おわり

視聴者達の見事なチームプレーにより、わずか五つのコメントで説明が終わってしまった。つまりはそういうことである。この美しい光景を見るためだけならば、わざわざダンジョンへ潜らなくとも、すぐ傍に海水浴場や海浜公園があるのだ。そこは魔物などといった危険なものも存在せず、思うままに観光を楽しむことが出来る。逆にダンジョンを目的としているのならば、東京まで足を延ばして渋谷ダンジョンに行く。探索者にとっては尚更《なおさら》、それが当然だった。

要するに、美しい光景を楽しみながらダンジョン探索をしようなどと考える者は居ないのだ。アーデルハイトの先の言葉を借りるのならば、ダンジョン探索とは遊びではない。そうである以上、伊豆ダンジョンの誇るこの開放的な景色は、不人気を解消する理由たり得ないというわけだ。

「……そういうものですの？　わたくしは、どうせなら一度に両方楽しめた方がお得なのでは？なんて思ってしまいますけど」

：ダンジョンをピザみたいに言うな

：ハーフ&ハーフってことかw

：わかりづれぇw

：いや、俺達は分かってるよ。アデ公が規格外だってことはね
：便乗ニキのクローン湧いてて草
：普通の探索者はお散歩フェイズでゴブリン轢《ひ》き殺《ころ》したりはしない
「ふぅん……まぁいいですわ。折角ですし、皆さんもこの景色を楽しめばよろしいのではなくて？

さぁ行きますわよ‼」

：ヒャッハー‼

：公爵令嬢のお通りやぞコラァ‼

：海と血しぶきが両方楽しめるのはココだけ！

：砂浜ジャージ女のお散歩が楽しめるのもココだけ！

：蟹捕まえようぜ蟹！

：他の探索者見つけてゲーミング木魚バレーしようぜ‼

：……気のせいか？

どこぞのモヒカンよろしく、ガラの悪い暴徒と化した視聴者達を引き連れ、アーデルハイトが砂浜へと飛び出してゆく。その姿は、これから危険な地域で命を懸けた探索を行うなどとはまるで思えないような、油断しきった姿であった。そんな他のダンジョン配信では見られない独特な雰囲気は、既にアーデルハイトの個性と言っても良いだろう。

ともあれ、通算二度目となるアーデルハイトのダンジョン探索はこうして幕を開けたのだった。

＊＊＊

アーデルハイトが海へと繰り出した時。探索者協会の食堂にて、配信画面をチェックしていた汀《みぎわ》が誰に言うでもなく、ぼそりと呟《つぶや》いた。

「これ、なんとなく気づいている人が居るっぽいッスね……いやぁ、流石というかなんというか……ファンって怖いッスねぇ」

汀が右手で頬杖《ほおづえ》をつき、グラスに挿したストローでアイスコーヒーを啜《すす》る。左手では、配信用の小型追尾カメラを弄《もてあそ》びながら。

＊＊＊

「蟹ですわ！　蟹が居ましたわよ‼」

往路のテンションの低さはどこへやら、まるで子供のように、興奮気味で砂浜を駆けるアーデルハイト。靴の中に砂が入り込もうとお構いなしである。

そんなアーデルハイトが向かう先、砂浜に生えた樹《き》の根元には一匹の蟹が居た。シオマネキの仲間だろうか。遠目に見ても右の鋏《はさみ》だけが異様に大きいことが、視聴者達の目にもよく分かった。アーデルハイトに続いてカメラが近寄れば、徐々にその姿が鮮明になってゆく。その蟹は、鋏だけが巨大なわけではなかった。

：デッッッッ！
：デッッッッッッッ‼
：（蟹が）
：いやデカ過ぎるだろ
：このタイプは初めて見たな
：にしてもデカくない？
：カルキノスの幼体じゃねぇかな

脚を畳んでいるため全長は知れないが、その蟹の頭部は優にアーデルハイトの腰元あたりまで届いていた。どう考えても普通の蟹ではない。

一般的に知られる世界一大きな蟹といえば、やはりタカアシガニだろう。鋏まで含めた全長は三メートルを超えるものも居る。それと比べれば、アーデルハイトの眼前にいる一メートルと少しの蟹など、それほど大きくはないように思える。

しかし、タカアシガニはその名の通り、『大きい』というよりも『高い』、或《ある》いは『長い』といった印象の方が、一般的には強いのではないだろうか。立った時の姿は人間と同程度かそれ以上。しかし肝心の脚や鋏は長い代わりに細く、ともすればすぐにでも折れてしまいそうに見える。

しかし目の前の蟹は、脚を畳んだ状態で既にこの大きさである。

また、鋏は当然のことながら、脚の太さ、甲羅の大きさも凄《すさ》まじい。左の腕を除き、その他全ての部位が分厚く太いおかげで、まさに屈強な蟹に見える。当然、カメラ越しに感じる圧も大きかった。『大きい』ということは、それだけで見た者を不安にさせる。身近な例を挙げるなら、身長の高い人が目の前に立っていると、それだけで威圧感を感じたりするものだ。筋骨隆々の大男ならば更に威圧感が増すだろう。そしてそれが、人間ではない得体の知れない生き物であれば尚更だ。これが魔物の持つ恐ろしさ、そのひとつなのかもしれない。

初回配信でも遭遇した魔狼《ワーグ》にしても同じことだ。人間など軽く超越した大きさを持つ魔狼は、ただそこに居るだけで恐怖心を掻《か》き立てる。流石に魔狼ほどではないにしろ、眼前の蟹は確かに同種の圧を持っていた。

とはいえ、それはあくまで一般人、或いは普通の探索者の話である。

「コレ、食べられますの？」

数々の魔物や魔族、果ては竜種《ドラゴン》とすら戦った経験のあるアーデルハイトが、この程度の蟹から圧を感じることなどなかった。京都ダンジョンでもその経験を活《い》かし——ただの力業が大半だったがい。

——見事に魔物を屠《ほふ》ってみせた。しかしそんなアーデルハイトでも、この蟹は見たことがないらしい。

：食う気かw
：サバイバル令嬢
：魔物って食えんのかな？
：魔物の中には食えるやつも居るらしいって聞いたことはある
：何処《どこ》の世界にもとりあえず試す奴はいるんだな……
：ようやるわ

この世界では、魔物を食べることはあまりない。得体が知れない所為《せい》で誰も食べたがらないこともそうだが、単純に研究が進んでいないというのが一番の理由であった。成分や栄養価も不明、安全の確証がない、食後に何が起きるか分かったものではない、そんな異質な存在の血肉など、とてもではないが口に入れる気にはならないだろう。では何故《なぜ》研究が進んでいないのか。それは、魔物の死体をダンジョン外に持ち出す前に急速に分解が始まるせいである。

角や牙《きば》、爪といった外側の部位は問題ない。それはダンジョンの主な産出資源である鉱物と並び、探索者達の主な収入源のひとつだ。世の好事家《こうずか》達がそういった珍しい部位に高値を付け、取引がされる。そして実際にそれらを加工して、家具や装飾品、ＲＰＧゲームよろしく装備品を作ることなども、今では一般的となっている。

しかし肉や内臓は違う。魔物が死んだその瞬間から分解が始まり、数分と待たずに黒い粒子となってかき消えてしまう。滅菌処理した容器に入れようと、真空状態で密閉しようと駄目だった。消滅する前の黒い粒子の正体すら依然不明なままである。そのあまりの消滅の早さから、ダンジョンの外へと持ち出すことはほぼ不可能と言われ、それが魔物の研究が進まない理由の最たるものとなっている。つまり魔物について研究するには、設備をダンジョン内に持ち込んだ上で、倒してから数分の間に行わなければならないのだ。そんなことは実質不可能である。閑話休題。

：アデ公はこの蟹見たことあんの？

「いいえ、わたくしも初めて見ましたわ。もしかしたら居たのかもしれませんけど、あちらの世界ではダンジョン専門というわけではありませんでしたから」

そう言って蟹に背を向け、カメラに向かってアーデルハイトが受け答えをしている時だった。先程まで大人しくしていた蟹が、凄まじい速度で砂浜を疾走し始めた。恐らくは好戦的な種ではなかかったのだろう。アーデルハイトの意識が自分から離れる瞬間を狙っていたのかもしれない。
「あっ、逃げましたわ！」
：はやw
：すっげぇカニ歩き
：この場合はカニ走りになるのか？
：車より速いんだが？
：すげぇ砂煙立ってんよ
アーデルハイトが蟹《かに》に背を向けていたのは僅《わず》か五秒程。しかし件《くだん》の蟹は、既に百メートル近く離れている。その速さは恐らく時速六十キロ弱であり、一般道を走る車とほぼ同程度。まさに一瞬の出来事であった。そんな遥《はる》か小さくなってしまった蟹へ向けて、アーデルハイトが小脇に抱えた木魚を投擲《とうてき》する。勿論《もちろん》、底部のスイッチを入れることも忘れていない。
「――ふんッ！！！」
振り上げた右腕がしなり、そのままアーデルハイトの手を離れた虹色《にじいろ》に輝く木魚が、まるで銃弾のように飛翔《ひしょう》する。視聴者達がコメントする間もなく、彼らが『投げた』と思った時には既に木魚が着弾していた。激しい轟音《ごうおん》と共に舞い上がる砂煙。先程までそこにあった開放的なビーチは、上陸作戦中の海岸もかくやといった光景へと変わっていた。
：草
：いやなんとなく分かってたけど、君投げる方も凄《すご》いのね
：剣聖さん……？

：何⁉　どういうこと⁉　何したの⁉
：ただ木魚を投げただけなんだが⁇
：落ち着け、このくらい異世界では日常茶飯事さ
：おっ、異世界は初めてか？　力抜けよ
初めてアーデルハイトの配信を見た者が、コメント上でも分かるほどに動揺してみせる。そしてそれを他の視聴者達が嗜《たしな》める。まだ二度目のダンジョン配信だというのに、初回からアーデルハイトの配信を見ている視聴者達はすっかり訓練されていた。初回からゴブリンの頭部でサッカー、もといビリヤードをしてみせたアーデルハイトだ。彼女の規格外ぶりはファン達へと浸透している。
「んー……当たったかどうか、あまり自信がありませんわ。というわけで早速見に行きますわよ‼」
そう言ってカメラへと手招きし、先行して砂浜を走るアーデルハイト。
：いやもうあれ当たってなくても結果同じでしょｗ
：爆散してそう
：蟹に向かって木魚を投げたら砂浜が爆発した
：意味不明で草
：ちょっと何言ってるかわかんないです
：ありのままなんだよなぁ
：爆撃木魚雷（虹
そんな呆《あき》れるようなコメントを横目に、アーデルハイトが爆心地へと到着する。砂煙の晴れたそ

こには、直径十メートルほどの大きさの穴が空いていた。そしてその周囲には、恐らくは蟹だったものの残骸《ざんがい》が無数に散らばっていた。それを見たアーデルハイトが、喜色を浮かべてカメラへと親指を立ててみせる。

「あ、やりましたわ‼　命中してましたわよ‼」

：ナイスゥ‼

：嬉《うれ》しそうで可愛《かわい》い

：あー、よいですぞ

：表情と光景が似合わなさすぎて脳がバグった

：なんだっけ、捕まえようとしてたんだっけ……？

：そういや何で投げたんだっけ……

：蟹が急に逃げたのでとりあえず殺した。動機は未《いま》だ不明

：動物が逃げる相手を優先的に追いかけるのと同じ原理だな

「粉々になってしまいましたけど、不味《まず》そうだったので良しとしますわ」

：言い分が酷《ひど》すぎるw

：蟹は犠牲となったのだ

：食えるかどうかはともかく、不味そうなのは分かる

：ズワイとかタラバみたいなタイプの蟹がいいよね、やっぱ

：タラバは実は蟹じゃないんだけどな

：そうなん⁉

：実はヤドカリの仲間なんだよ

「そうですの⁉　わたくし、まだ蟹は食べたことがありませんの。楽しみにしていたんですけど……そう聞くとなんだか食欲が減退しますわね……」

伊豆《いず》へと向かう道中にも、蟹料理の店はいくつか見てきた。ネット上でも広告を見る機会があったし、そのどれもが高価だった。あちらの世界において、蟹を食べるなどということをアーデルハイトは聞いたことがなかったが故に、蟹というまだ見ぬ食材に期待に胸を膨らませていたのだ。中でもタラバガニは、脚も太く肉厚で、非常に美味《おい》しそうだった。それが蟹ではないと言われた衝撃は、かなりのダメージをアーデルハイトに与えていた。

：元気出して

：でも美味《うま》いし

：美味けりゃなんでもいいんだよ！

：ていうか分類上そうってだけだしな

：気にせずガンガン食っていけ。高いけど

：スパチャ解禁されたら俺が奢《おご》ってやるからな！

「そうですわね！　美味しければなんでもいいですわ！　気を取り直して蟹を探しますわよ‼」

そんな温かい励ましのコメントで、あっさりと気分を回復したアーデルハイト。美味しい食材を前にした人間など、大抵こんなものである。

そうして気分を切り替えたアーデルハイトは再びダンジョン内を歩き始めた。既に配信開始からそれなりの時間が経《た》っていたが、階層で言えば未だ一階層である。初めて出会った蟹に興奮して遊んでいただけにしては、遅すぎる進行といえるだろう。
これが一般的なダンジョン配信であれば、視聴者からの急《せ》かすコメントのひとつやふたつはあったかもしれない。しかしそこはアーデルハイト、やることなすこと全てが撮れ高となる、いわば撮れ高モンスターである。彼女にかかれば、蟹を見つけてぶち殺すだけで十分すぎるほどに視聴者達を沸かせることが出来る。本人は特にそんなつもりなどないのだが。
アーデルハイトが手を後ろで組み、まるでお散歩を楽しむかのように砂浜で歩く。そんな後ろ姿を見ていた視聴者達は、『これでジャージでなければ』などと思う一派と、『ジャージだからこそ良い』派閥で、コメント欄にて熱い討論を交わしていた。
：バカが……ジャージの方が身体《からだ》のラインが出ると何故分からないんだ
：いや分かるけどさ……普段からジャージなわけで
：たまには他のも見たいじゃん！　見たいじゃん！
：隠された色気ってもんがあるんだよ！
：隠せばいいってもんじゃないんだよ！
：普通ジャージで海辺を歩く女がいるか!?　いねぇだろ？　つまりここが特異点
：この着衣尻《じり》に全ての事象は収束されて世界は再生する……
：尻の黙示録（アポカリプス）
：意味不明で草
そんな益体もない討論をアーデルハイトが眺めながら歩いていると、ひとつのコメントが目についた。それはこの馬鹿馬鹿しい議論に終止符を打つだけの力を持つ、酷く鋭いものだった。

：熱い議論中に悪いんだけどさ
：……ほう、構わん。言ってみろ
：発言には気をつけ給《たま》えよ？
：いやずっと気になってたんだけどさ
：これ多分、配信用の追尾カメラじゃないよね？
：……？
：ほう……続け給え
：カメラの位置が追尾カメラにしてはちょっと高い。あと、若干だけど画面が揺れてる。追尾カメラなら浮いてるから揺れない筈《はず》。あと蟹の時が分かりやすかったけど、被写体にカメラを向ける時の反応が良すぎる
：……？
：……？
：名探偵現る
：つまり……どういうことだってばよ
：要するに、誰かが手動でカメラ構えてるんじゃない？　ってこと

そう結論を出した視聴者に、アーデルハイトは瞠目《どうもく》していた。直截《ちょくせつ》に言ってしまえば、配信が終わるまで誰にも気づかれないと思っていたのだ。彼なのか彼女なのかは分からないが、この視聴者の観察眼は驚嘆に値する。確かに、ほんの僅かとはいえ視点が前回とは違うかもしれない。ほんの少しだけ画面が揺れているかもしれない。言われてみれば、確かにそうかもしれない。

しかし、だからといってそれに気づけるかと言われれば話は別だ。何となく違和感を持つことはあるかもしれない。しかしそれを言語化出来るということは、殆《ほとん》ど確信を得てコメントしていると
いうことだ。

正直に言えば、何も知らないいち視聴者としてこの配信を見ていたら、アーデルハイトといえども気づけないだろう。ましてや一般の者がそれに気づくなど、到底あり得ない筈だった。

「……凄いですわね。貴方《あなた》」

：!?

：！！？

：つまり誰かいるってことか？

：もしかして……？

：当たりですか!?　やりましたわ！　褒められましたわー！

：感染《うつ》ってる感染ってるw

「本当なら、もう少し後に言おうと思っていたんですけど……正解ですわ。今回はわたくしの他に、もう一人カメラマンが居ましてよ」

：何だと!?

：マジで誰や

：君らマジか？　一人しかおらんやろが

：いやいやいや……マジ？

：いや候補は二人居るはず

「もう少し引っ張りたかったですわ……そもそも今日は匂わせるだけで、出すつもりはありませんでしたのよ？　でもまぁ、もう皆さんお気づきのようですし、発表してしまいますわ。今回はアシスタントとして、クリスが同行しておりましてよ」
：やっったあああああ
：っしゃあああああクリス派の俺歓喜ィイイイイ‼
：主従コンビたすかる
：ありがてぇ……ありがてぇ……
：ワイアーカイブ民、状況が分からずに困惑
：こういう時は爆速タイピングニキが説明してくれる
：クリス（名）アーデルハイト異世界方面軍に於《お》ける、スタッフと思《おぼ》しき女性二人のうちの一人であり、アデ公の専属従者。初配信時、探索者協会にて待機していたところ、アデ公が切り忘れた配信に一瞬映ってしまい、その愛らしい容姿からコアなファンを獲得するに至る。なおアーカイブではカットされているため、現在はその姿を見ることが出来ない（再掲）
：爆速ニキって誰よｗ
：信頼と実績の速さ
　クリスがダンジョン内に同行しているという事実に、視聴者達は一層の盛り上がりを見せた。狂喜乱舞する一部のクリスファンの言葉によってコメント欄は滝のように流れ、その速さはアーデルハイトの動体視力でなければ到底読むことは出来なかっただろう。そして今回、何故《なぜ》配信用の追尾カメラではなく、わざわざクリスが同行して撮影を行っているのか。それは初回の配信の時に発覚

したある問題の所為《せい》であった。アーデルハイトが真面目《まじめ》に動くと、追尾カメラでは彼女の動きを追うことが出来ないのだ。

京都で魔狼《ワーグ》のもとへと駆けた時が顕著だった。動きを追うどころか、カメラだけが置き去りになってしまった。魔物が弱い低層ならばともかく、これからダンジョンの深部へと探索を進めるのであれば、魔物も徐々に手強《てごわ》くなってゆくだろう。そうなった時、アーデルハイトの動きを追うことの出来ない追尾カメラでは、配信として成り立たなくなってしまう。それを危惧《きぐ》した汀《みぎわ》により、今後はクリスが撮影を行う必要があるかもしれないと提言があったのだ。そして今回は練習がてら、クリスが同行することになったのだ。

自分は裏方であり、演者はアーデルハイト。あくまでもそのスタンスを貫こうとするクリスは、紹介されたにも拘《かか》わらず一言も発さない。しかし右手だけをカメラの前へとやり、そのままカメラに向かって軽く手を振ってみせた。それによって更に加速するコメント欄。そんな収拾のつかなくなったコメント欄に呆れたアーデルハイトが、一言だけ補足した。

「クリスは基本、撮影に専念する予定ですけど、もしかするとカメラに映ることもあるかもしれませんわ。ですので行儀よく配信を見て欲しいですわ」

しかしその一言はアーデルハイトの思惑とは異なり、残念ながら逆効果となってしまった。コメント欄は欣喜雀躍《きんきじゃくやく》。クリスの同行というサプライズに沸き上がる視聴者達。そんな彼らが落ち着きを取り戻すまでには、たっぷり十分ほどの時間が必要だった。

「そろそろよろしくて?」

気がつけば、アーデルハイトは既に二階層へと足を踏み入れている。そこは一階層と同じように、

ADK

どこまでも続いているかのような砂浜と海で構成されていた。ここがダンジョン内であることを考えれば、厳密に言えば海ではないのだろうが、とにかく海としか言いようのない光景だ。

ダンジョンについては未だ解明されていないことが多い。というよりも解明されていないことばかりである。その発生原因も、内部の作りも、魔物の存在理由も、その生態も。ダンジョンが現れてから数十年、未だ何もかもが分からないでいる。

では異世界の知識を持つアーデルハイトやクリスならばどうか。答えは同じく『知らない』であった。こちらの世界よりは幾分研究が進んではいるものの、解明されているとはとても言い難い。ダンジョンとはいつの間にか現れ、いつの間にかそこにあるもの。あちらの世界では誰もがそう受け入れていたし、いわば常識としてそう考えられていた。強いて言うならば、世界を司る『女神』が作り出したものだ、などと言われていた程度だ。それだって、ダンジョンの存在理由とは到底言えるものではない。

如何《いか》にアーデルハイト達が異世界からやって来たとはいえ、その異世界でも解明されていないものはどうしようもない。彼女達の知ることといえば、ダンジョン内には魔力が満《み》ち溢《あふ》れていること。そしてダンジョンで死んだ者は、体内の魔力が黒い粒子となってダンジョンそのものに接収される、ということくらいだ。先程の蟹《かに》の残骸《ざんがい》がそうであったように。

とはいえ、魔法を習得している者の居ないこの世界で、魔力がどうだのと説明をしたところで理解を得られるとは思えない。先日の雑談配信で武具契約の話をした際、魔法に関する部分を省いたように。そもそも異世界出身というのは、視聴者達からすればあくまでも『設定』なのだから。

ともあれ、アーデルハイトの呆《あき》れたような一言で、漸《ようや》く視聴者達が復活した。口々に謝罪を述べるその姿は、お調子者以外の何ものでもないだろう。

：はい！

：ごめんなさいでした‼

：ちょっと舞い上がりすぎました‼

：張り切って参りましょう‼

：俺はずっと尻しか見てないよ
：それはそれで普通にセクハラです
「まったく。時間は有限ですのよ？　気をつけて欲しいですわ」

：はい……

：反省しております……

：魔が差しただけなんです……

：蟹に故意死球ぶつけて遊んでたくせに……

「反抗的な態度が見えますわね……まぁいいですわ。話が進みませんもの。とにかく、まずは何か武器を探しませんと。武器を失ってしまいましたし」

：せやな
：木魚は武器じゃねぇんだよなぁ
：あれ武器だったのか……

：目に映るものは全て武器。異世界では当たり前
：異世界転移とかよく聞くけど、そんなハードな世界で生きていけんわ

：結果だけを見れば武器超えて兵器だったけどな
：唯一の救いはアデ公が異世界でも最強クラスだったという点だけ
：これで一般的だったら異世界終わってた

今は亡きゲーミング木魚に代わる武器を求め、アーデルハイトは周囲を見回す。しかし、見渡す限りに広がる砂浜には武器になりそうな物は何もなかった。京都ダンジョンでは早い段階で木の棒を拾うことが出来たが、ここではそれも期待出来そうにない。一般的な探索者であれば、探索者用の店や協会の購買で、何かしら武器を買ってからダンジョンに入るのが当たり前だ。標準的なロングソードやナイフ、戦鎚《せんつい》や弓矢など、如何にもといった物がそれなりの値段で手に入る。木の棒は疎《おろ》か、アーデルハイトのように何も持たずダンジョンに入り、徒手空拳《としゅくうけん》で探索に挑む者など一人も居ない。

「何もありませんわね……これは困り――はしませんわね、特には」

：異世界では
：素手で
：魔物を殺すのが
：基本戦術
：やったぜ
：いや絶対おかしいからな!?
：アデ公が未《いま》だにバズってないのはある意味奇跡
：秒読みくせぇけどなｗ

：っしゃあああ!!　異世界乳乱舞空手の出番じゃオラァ!!
「ちなみにですけど、あちらの世界でも素手で魔物を殺すのは至難ですわよ。わたくしは特殊な訓練を受けているので可能ですけど、絶対に真似《まね》はしないで欲しいですわ」
：誰がするかw
：しねぇよw
：特殊な訓練イズ何？
：そういやアデ公レベルアップとかしてないっぽいよね
：異世界人は身体《からだ》の作りが俺達とは違う説
：レベルアップなしでこれなんだからヤベェよな
：もう何処《どこ》までがネタで何処からがガチなのか俺にはわかんねぇよ
「そういえば、特に何かが変わったような感じはしませんわね……異世界人はレベルアップとやらが起きないのかもしれませんわね」
そう言って自らの手を見つめるアーデルハイト。ダンジョン内で戦いを繰り返すことにより、レベルアップと呼ばれる身体能力向上現象が発生すると聞いていた。しかし未だ、彼女の身体には何の変化もなかった。アーデルハイト自身、京都から数えれば既にそれなりの魔物を屠《ほふ》ってきたように思うのだが。
とはいえ、それは彼女にとって別段問題になるわけではなかった。あちらの世界で磨いてきた力や技術がもしも通用しなければ、レベルアップとやらに縋《すが》っていたかもしれないが、幸いにも当分先までは問題なさそうである。故にアーデルハイトはまるで気にも留めていなかった。コメントで言われるまで、その存在自体を忘れていたほどである。
そうしてアーデルハイトは武器探しを諦《あきら》め、次の階層へと向かって砂浜を歩き始めた。魔物が現れるまでの間を埋める雑談は、すっかりお手の物となっていた。もともと教養もあり、軍部でも人気の高かったアーデルハイト。更には高位貴族としての付き合いなどもあり、嫌々ながらも社交界には必要最低限顔を出していた。故に、話術に関しての問題は一切ない。稀《まれ》に突拍子もない発言をするのは、異世界人としての認識のズレから来るものであり、ある意味では仕方のないことだ。
「――というわけで、お金が貯《た》まったら田舎《いなか》に土地を買って、そこでスローライフを満喫しますわ。のんびり過ごしながら、聖女《ビッチ》へ仕返しする方法を考えようかと思っていますの」
：仕返し
：スローライフ（強
：聖女（ビッチ
：聖女と勇者への呼称がちょいちょい変わるの草
：聖女（アバズレ
：勇者（マヌケ
「――あら？　……ちょっと皆さん！　あそこに何か居ますわよ‼」
初回配信を観ていない者へ向け、配信を始めた理由を再度語っていた時だった。アーデルハイトが撮れ高に飢え始めた頃、それは訪れた。前方におよそ五十メートルほど進んだ地点。砂浜に点在する大岩のひとつ、その陰に。アーデルハイトの言う通り、確かにそこには何者かの影が動いていた。

「あっ、隠れましたわ!!」

：撮れ高が来たぞ!!

：一応他の探索者という可能性もあるからな！

：いきなり異世界爆撃するんじゃないぞ!!

：でぇじょうぶだ。投げるものがもうない
：いきなり、ふんっ!!　とか言って拳の衝撃波とか飛ばしそうだし
：ありそうで草
「ナチュラルに失礼ですわね……折角ですし、とりあえず近づいてみますわ!!」

そう言って元気よく、しかし端《はした》なさは微塵《みじん》も見せずに駆け寄るアーデルハイト。優れた武人はその所作が洗練されるものであるが、彼女もまたその例に漏れず、ひとつひとつの動作が洗練されている。一切の無駄がないその動きは、砂場を走っていることを感じさせないほどスムーズなものだった。

そうして岩場のすぐ傍《そば》までやって来たアーデルハイトが、顔だけを覗《のぞ》かせるようにゆっくりと岩陰の様子を窺《うかが》う。魔物なのか、はたまた誰かが言っていたように他の探索者なのか。先程までは茶化すようにコメントをしていた視聴者も、いつの間にか緊張した様子で画面を見守っていた。

「あ」

アーデルハイトが声を上げ、それに続くようにカメラも岩陰を覗き込む。

：いやさっきの蟹じゃねーか！

：いやまたお前かーい!!

：ビビらせやがってクソが！
：おめぇはもういいんだよ‼
：クソデカ蟹再び
：蟹さん逃げて……
：さぁ、海へお帰り……

心なしか先程の個体よりも少し大きい気もするが、種類は間違いなく同じだろう。異様に大きな右腕と太い足。アーデルハイトの胸元付近まである甲羅。そこに居たのは紛れもなく、数分前にも見たあの大きな蟹だった。アーデルハイトの声に気づいたのか、すぐに全速力で逃走を図る巨大蟹。その速さも健在で、瞬く間に遠く離れてしまった。その次の瞬間だった。

「逃げましたわ‼」

アーデルハイトの姿が一瞬でブレる。それは所謂《いわゆる》モーションブラー。カメラの画角から刹那《せつな》の内に消えたアーデルハイトの姿は、まさしくそれであった。彼女の動きをカメラが捉《とら》えきれないのだ。その場に残像を残しながら蟹を猛追するアーデルハイト。そんなアーデルハイトに遅れること数瞬。しかし見失うことなく、アーデルハイトの背中をカメラは捉え続ける。

配信用の追尾カメラであれば、まず間違いなくその場に置いてけぼりとなっていただろう。肉体派ではないクリスではあるが、まだまだ全力には程遠いアーデルハイトに付いていく程度ならば、造作もないことであった。砂埃《すなぼこり》を上げながら砂浜を駆ける巨大蟹とアーデルハイト、そしてクリス。傍《はた》から見れば非常にシュールな光景だったことだろう。

蟹の逃走からほんの数秒、まさに一瞬の出来事だった。突然の出来事に視聴者達がコメントをする暇もないまま、アーデルハイトの拳が逃走する巨大蟹の背甲を捉える。数分前に見た、木魚による爆撃の衝撃にも勝る轟音《ごうおん》。カメラを覆い尽くす、巻き上げられた白砂。
：逃げたぁ!!
：蟹、まさかの天丼
：うぉぉぉぉ！！？
：画面やべぇw
：クリスカメラ速っ!!
：追いかけてるのかコレw
：なんとなく予想はしてたけどクリスも無事規格外だった
：あかん、怒涛《どとう》の展開すぎてコメントが追いつかんw
：今度は何ですかァ!?
：殴ったw
：やっぱり拳聖じゃないか!!
砂煙の向こう、アーデルハイトが叩《たた》きつけた拳は、まるで紙でも破ったかのように蟹の甲羅を突き破っていた。一体どれほどの力を込めればそうなるのか、彼女の拳はそれに留《とど》まらず、砂浜に小さめの窪《くぼ》みを生成していた。
「仕留めましたわー!!」
：草
：めっちゃ嬉《うれ》しそう

：笑顔が眩《まぶ》しいな……
：腕に蟹の残骸がぶら下がってなかったらもっと良かった
：アデ公も凄《すご》いんだけど、クリスも凄かったな
：あの速さで画面ほぼ揺れないのどういう技術なのｗ
：もう誰もあの速さで走ってることには突っ込まなくなってきたな
：突っ込みどころが多すぎて突っ込めない
：異世界故致し方なし

嬉しそうな表情を浮かべ、腕の突き刺さった巨大蟹《がに》を掲げるアーデルハイト。既に蟹の中身は粒子となって消滅し、外側の甲殻だけとなっている。数分前、彼女が武器を探していたのは一体何だったのか。視聴者の誰もがそう思いつつも、一方では既に『異世界だしな』の一言で納得するようになっていた。

：もう異世界出身がガチなんじゃないかって思い始めてるｗ
：俺も
：アデ公が可愛《かわい》いからどっちでもいいです
：異世界を経験してきた奴らだ、面構えが違う
：また罪のない蟹さんが一匹犠牲になった
：撮れ高製造機
：故意死球木魚、爆速乳空手←Ｎｅｗ!!
「急に逃げられると、追いかけたくなりますわよね」

：殺害理由が野生動物のそれ
：追いかけたくなる↑わかる　正拳突き貫通↑？？？
：正直に言うと蟹の天丼で腹抱えてる
：俺は頭抱えてる
：今回も色々起きそうだぜ!!

「クリスもお疲れ様ですわ。撮影技術が中々に好評価ですわよ」

腕に蟹の死骸《しがい》をつけたまま、クリスを労《ねぎら》うアーデルハイト。言葉を発するつもりのないクリスは、目礼をするだけに留める。彼女達二人の間ではこれで十分に伝わるのだ。

「さて！　それでは気を取り直して――今日の開始時間は早かったですけど、先のことを考えればペースアップしたいところですわね。巻いていきますわよ!!」

そう言ったアーデルハイトが、ほんの少しだけ歩調を速める。砂の足場もなんのその、力強く、それでいて優美な歩き姿であった。ジャージ姿かつ、腕に蟹を装備していなければであるが。

：ガンガンいこうぜ
：同業者居ないかなー
：お決まりのパターンだと同業者がピンチになってるイベントが
：それもう消化済みなんだよな、京都で
：待てぇい！
：蟹持っていくんかｗｗｗ
：木魚ＯＵＴ、蟹ーＮ

：アーデルハイトは蟹の甲羅を手に入れた
：亀の甲羅みたいに言うなｗ
「どなたかいらっしゃるといいですわねー」
などと呑気《のんき》に話しつつ、誰がどう見ても怪しい装いでアーデルハイトは進んでゆく。まだ見ぬ同業者との交流を求め、伊豆《いず》ダンジョンの奥底へと。

第七章　同行者

　代わり映えのしない砂浜を踏破し、いい加減にしつこく感じるほどに巨大な蟹を倒し、そうして今、アーデルハイトは六階層に到着した。階層主が現れる周期はダンジョンによって異なり、伊豆ダンジョンの場合、階層主が姿を見せるのは十階層毎《ごと》だ。つまり丁度折返しを過ぎた辺りである。二階層の時点でアーデルハイトの右腕に装備されていた蟹の甲羅は、三階層にて敢《あ》えなく爆散した。臆病《おくびょう》な性質なのか、この巨大な蟹の魔物は襲いかかっては来ない。しかしその代わり、近づくと凄《すさ》まじい勢いで逃走するのだ。そんな巨大蟹を毎度追いかけるのも面倒になったアーデルハイトが、逃げる蟹へと向けて甲羅を投擲《とうてき》したのだ。

　中身の入っていない蟹の甲羅は、ぶつけたところで敵を仕留めるには至らなかった。しかしそれが、ある意味では丁度良かった。投げつけた甲羅は敵に当たって爆散し失われるものの、ぶつけられた蟹は衝撃で瀕死《ひんし》に。身動きの取れなくなった蟹にゆっくりと止《とど》めを刺し、新たな甲羅を手に入れる。そうして蟹から蟹へと、甲羅を受け継ぎながらアーデルハイトはここまでやって来た。何度も投擲したおかげでコツを掴《つか》んだのか、今では至近に甲羅を着弾させることで、蟹を気絶させるなどという技術を習得していた。

　そんな彼女は今、そうして生け捕った巨大な蟹を小脇に抱えている。見た目からして凄まじい重量感だが、機嫌良さそうに歩くアーデルハイトの表情からは、微塵も重さを感じない。

「とはいえ、流石《さすが》にそろそろ他の魔物も見たいですわね。正直に申し上げるなら、蟹はもう飽きましたの」

：もう十匹くらい爆殺してるしなぁ
：見てる側からしたら飽きないけどｗ
：魔物を小脇に抱えてお散歩するのやめてもらっていいすか
：いくら襲ってこないっていっても普通はやらんぞｗ
：ていうかここ他に魔物居ないんか？
：伊豆Ｄのことは分かんねンだわ
：流石不人気、情報が少ない

「協会の中にはＤＢ《データベース》のようなものがありましたわよ？　先に見るとつまらなそうなので、見てはいませんけど」

：伊豆は十階層まで行ったことあるよ
：おっ
：経験者現る
：ネタバレになりそうだから、蟹以外も居るとだけ
：配慮たすかる
：安心したわ

「それなら安心しましたわ。このまま蟹しか出ないのでは、撮れ高がありませんものね」

：いや、撮れ高は十分あるよｗ

：君はそんなこと気にしなくても大丈夫よｗ
：撮れ高モンスターアデ公
：なんならお散歩してるだけでも目の保養になるのズルいでしょ
：抱えた蟹が気になってさぁ……
アーデルハイトは蟹を地上へ持ち帰ろうと考えているわけではない。強いて言うならばゲーミング木魚の代わりであり手慰み、或《ある》いは気分的になんとなく、といった程度の理由でしかなかった。
「あら？」
そんな時、アーデルハイトが何かに気づき、不意に声を上げた。前方をじっと見つめる彼女だが、しかしカメラには未《いま》だ何も映ってはいない。周囲は砂浜であり見晴らしは良いものの、アーデルハイトが見つけた『何か』までの距離が遠すぎるのだ。
：お
：どした？
：話し聞こか？
：直結厨《ちゅう》現る
：俺は分かってるよ。どうせまた蟹だってことはね
：はいはい蟹蟹
「蟹ではありませんわ！　人ですわ‼」
：マ？
：急　展　開

：よう見えるな……なんもわからんぞw
：第一村人発見
：よーしよしよしよしいいぞー!!
「漸《ようや》くですわね……不人気ダンジョンを選んでおいてアレですけど」
：そういや何で不人気Dばっかり攻めるんや？
：薄《う》っすら分かるけど
：容姿の所為《せい》か、実力の所為か
：どっちもじゃね？
：無駄に絡まれても面倒だし、巻き込んじゃってもマズいし、みたいなことか
「鋭いですわね……概《おおむ》ねその通りですわ。まぁその辺りの話は追々するとして、ひとまずは人影のところまで行ってみますわよ!!」
探索中に誰かしらと遭遇するのは、京都で『砂猫』の面々と遭遇した時以来だ。この伊豆ダンジョンでは初となる瞬間に、アーデルハイトの期待は否《いや》が応でも高まってしまう。そしてそれは、視聴者達も同じことだ。むしろ彼らこそが、アーデルハイトと他の探索者が出会うことを最も期待していたかもしれない。
アーデルハイトがソロで黙々とダンジョンを踏破し、馬鹿げた戦いの数々を繰り広げる様も勿論《もちろん》見たい。しかしその一方で、自分達の推しが他の探索者達と触れ合い、その圧倒的な実力を見せつける、その瞬間も見てみたい。『俺ＴＵＥＥＥ』ならぬ、『推しＴＵＥＥＥ』といったところだろうか。そう意味では、前回の『砂猫』の一件は視聴者達にとって、非常に満足度の高いイベントだっ

た。

小走りで駆けるアーデルハイトと、それに追随するクリスカメラ。そうして、どこまでも続いていそうな砂浜を進むこと数十秒。カメラでも何かしらの影が確認出来る、そんな距離まで来ていた。

そこにあったのは岩場であった。

大小様々な岩が所狭しと並び、白く輝く砂の敷き詰められたこの一帯で、そこだけが異様に浮いていた。しかし、探索者が休息を取るには適しているだろう。大きな岩のおかげで日陰になり、そこで休むことも出来る。周囲よりも少し高くなっているため、魔物の接近にも気づきやすい。まるで砂浜の真ん中にぽつんと作られた休憩所のようである。といっても、周囲にはすぐに逃走する盤しかいないのだが。

そんな岩場に腰掛けていたのは、一人の男だった。

年の頃は四十から五十といったところだろうか。白髪交じりの短髪に無精髭《ぶしょうひげ》。皺《しわ》の刻まれた顔に張り付くのは、どこかくたびれたような表情。

探索者という職業は、その性質上若者が多い。肉体を酷使するハードな探索は、年を重ねれば重ねるほど辛《つら》くなってゆくものだ。そういう意味で、その男は珍しい部類の人間だと言える。所謂《いわゆる》『オッサン冒険者』のようなものだ。

その表情から見て取れるように余程疲れているのか、或いはアーデルハイトの歩法が鮮やかであったが故か。男はアーデルハイトに気づくことなく、岩に腰掛けて俯《うつむ》いたままであった。

「ごきげんよう！」

「うぉおぉお⁉」

そんな男の様子に頓着《とんちゃく》することなく、アーデルハイトが岩場へと一足で飛び乗る。礼儀正しく挨《あい》拶《さつ》をしたものの、彼女の接近にまるで気づいていなかった男は身体《からだ》を震わせ、飛び上がり、驚愕《きょうがく》の表情でアーデルハイトを見つめていた。

：めっちゃビビってて草
：いやそらビビるやろw
：いきなり美女が岩場の下から生えてきた時の、これが普通の反応です
：おっちゃん男前やな
：シブいっつーかいぶし銀な感じするな
：トゥンク……！
：オッサン専現る

慌てふためく男の様子も意に介さず、アーデルハイトは簡単に自己紹介を済ませる。

「わたくしはアーデルハイトと申しますわ。怪しい者ではなく、一応探索者ですわ。おじ様のお名前を伺っても？」

「え、あ？　なん……え？」

「動揺しすぎではなくて？　その様子では、戦場で生き残れませんわよ？」

「あ、あぁ……ビビった……いや、その、悪《わり》ぃ。まさか人が居るなんて思っていなかったから、少し驚いた」

「少しどころではありませんでしたけど」

腰が抜けたのか、岩場の上に座り込んだままの男を見下ろすアーデルハイト。不敵に微笑《ほほえ》むその

表情は、男からは逆光となってよく見えなかった。それでも、目の前の少女が恐ろしく美しいことは分かる。男が必要以上に驚いた理由のひとつは、或いはアーデルハイトの容姿の所為だったのかもしれない。

「俺は東海林《しょうじ》左《たすく》だ。一応、これでも探索者だよ」

：珍しい名字と珍しい名前のキメラ

：東海林なのか、それとも庄司《しょうじ》なのか

：音だけでは分からないジレンマ

：別にどっちでもいいんだよなぁ

：オッサンいい声してるなw

：おっと、下手《へた》なことを考えるんじゃあない。胴に穴が空くぜ？

：誰なんだよテメーはよw

第一村人、もとい、伊豆ダンジョンで初めて出会った同業者。

彼は視聴者達からも、概ね好感を得ていた。疲れ切ったその表情や無精髭で分かり辛いが、顔立ちは整っている。声もよく通る低音で、背中に纏《まと》った哀愁も含めれば、年上好きの女性には大層人気が出そうな容姿だと言える。

「よろしくお願い致しますわ、東海林さん。それで、おじ様はここで何を？」

「あぁ、見ての通り休憩中さ。ところで嬢ちゃん、その……」

「なんですの？」

「その格好でここまで来たのか？　それにその、抱えているのは――」

「蟹《かに》ですわね」

「蟹」

「蟹ですわ」

「そ、そうか……」

質問と答えが微妙に食い違った、怪しい会話であった。

現在のアーデルハイトは、ジャージ姿に生きた巨大蟹を装備した状態である。蟹以外には武器らしい武器も持たず、その蟹もまた、本能的にアーデルハイトを恐れているのか、微動だにせずに固まっている。その姿は誰がどう見ても怪しく、とても探索者とは思えないものだ。東海林の動揺も、さもありなんといったところだろう。

：いや草
：これは会話成立してるのか?
：折角名前聞いたのにおじ様呼びなのなw
：いや、これは気の毒w
：スマンなおっちゃん……ウチのお嬢様がご迷惑をおかけしております
：感覚麻痺《まひ》してたけど、こうして普通の探索者見ると我に返るわ
：異世界で麻痺した脳に一服の清涼剤
：まさか中年から癒やしを得ることになるとは
「それでその、後ろのメイド服を着た彼女は一体……?」
「わたくしダンジョン配信を行っていますの。こっちはカメラ担当ですわ」

アーデルハイトの背後からカメラを向けるクリス。最初にカメラへと手を振って以降、未だカメラには映っていない彼女。しかし事情など何も知らない東海林の、そんな何気ない一言が、視聴者達へと大きな衝撃を与えることとなった。

：ガタッ!!

：ざわ……ざわ……

：メイド服なんですか!?

：はい好き

：見てぇぇぇ!!

：何故《なぜ》俺はあの場に居ないんだろうか

：蟹抱えたジャージ女と、カメラ構えたメイド。よく考えたら怪しくない？

：よく考えなくてもクソ怪しい定期

「はいはい！　話が進まないので無視しますわよ!!」

またも沸き始めるコメント欄。そんな彼らに嫌な予感がし、アーデルハイトは視聴者達を制する。先程のように話が盛り上がってしまえば、騒ぎを沈めるのに再度数分が必要となってしまう。少なくとも十階層まで到達したいアーデルハイトにとって、それは無駄な時間以外の何ものでもなかった。

アーデルハイトによる牽制《けんせい》の甲斐《かい》もあって、コメント欄は一応の落ち着きを取り戻す。そんな視聴者達の様子に胸をなでおろし、アーデルハイトが東海林へと向き直った。

「ところで、おじ様はここに詳しかったりするんですの？」

「ん……あぁ、この伊豆《いず》ダンジョンで探索をして、もうかれこれ十年近くになるかな。ここのことなら大抵のことは知ってるつもりだ。昔は仲間達と一緒に、二十階層まで到達したんだぜ？」

「あら、凄《すご》いではありませんの。今はお一人ですの？」

「ああ、仲間は引退した奴《やつ》もいれば、ダンジョンで死んだ奴もいる。それに俺ももうこの歳《とし》だし、低層で資源漁《あさ》ってどうにか食い繋《つな》いでるってところさ」

「……見渡す限り、砂しかありませんわよ？」

東海林の言葉に、改めて周囲を見回すアーデルハイト。先程まで自らが歩いていた場所だ。換金出来そうな資源など、何処《どこ》にも見当たらないことは既に知っている。

「案外馬鹿にならないんだぜ？　この砂の中にも、ちゃんと金になるモンはあるさ。例えば……ほら、これなんて結構いい値段するぜ」

そう言って東海林が懐から取り出したのは、ガラスの小さな瓶だった。沖縄などの土産《みやげ》店で売られている、星の砂が入った小瓶によく似ていた。その瓶の中に入っていたのは、親指の先ほどの大きさの石だ。色は純白で、凹凸のないつるりとした丸い石。色が白いこと以外は、河原に落ちている丸石とそう大差はないように見える。

「『星石』っつーんだ。これも立派なダンジョン資源ってやつさ。色が砂と同じだから素人《しろうと》には見つけ辛いんだが……まぁ、昔取った杵柄《きねづか》ってやつだな」

「へぇ……綺麗《きれい》ですわね」

：アデ公のほうが綺麗やで
：ん？

：は？

：うるさ
：うるさいですね……

：辛辣《しんらつ》すぎない？

「あなた方、緊張感がありませんわね……」

：どの口が言うとんねーん!!

：おまいう
：なんだろう……蟹逃してから言ってもらっていいすか？

：オッサンの昔話に緊張感もへったくれもあるかｗ
好き勝手に投稿されるコメントに、アーデルハイトが半ば呆《あき》れながらツッコミを入れた。しかしそれはただの鋭いブーメランとなって彼女へと突き刺さった。

「ごほん!!　――――ともかく、ですわ。おじ様、もしよろしければ道案内をお願いしたいのですけれど」

「ん？　ああ、別に構わねぇぞ――と言いたいところだが、そりゃ無理だ」

「あら？　どうしてですの？」

「さっきも言ったように、俺はもう半分引退してるようなもんだ。こうしてここに居るのだって、今の俺じゃここまで来るのが精一杯ってだけの話だしな。ここから先、七階層以降からはカルキノスの幼体以外の危険な魔物も出てくる。俺じゃ役には立たないだろう。見たところ嬢ちゃんも一人……いや二人か？　まぁどっちにしろ、戦力不足ってワケさ」

そう言って肩を竦《すく》める東海林。

彼の言葉は間違ってはいない。如何《いか》に低層といえども、ダンジョンは危険な場所なのだ。通常であれば四人以上のパーティを組んで探索に潜るものだし、間違っても女性一人で潜るような場所ではない。ここまでは比較的無害な魔物しか現れなかったが、彼の話によればこの先は違うらしい。

彼がほぼほぼ戦えない以上、この先へ進むのは自殺行為となんら変わらないだろう。

そう、彼の言葉は至極真っ当なものだ。それが通常の探索者に対する助言であれば、だが。

「それなら何も問題ありませんわね。おじ様は案内だけで構いませんもの」

「……あん？」

さも当然のように、そんな懸念は必要がないと言い放つアーデルハイト。一方の東海林は、彼女が何を言っているのか理解出来なかった。訝《いぶか》しみ、視線だけでアーデルハイトに意図を問う。彼が疑問に思うのも無理はない。どちらが正しいのかといえば、間違いなく東海林の方なのだから。

：オイオイ、聞いたかい？

：聞いたさ！　まったく、勘弁して欲しいぜ！

：ハハハ！　戦力不足だって？　どうかしてるぜ！

：まるでわかっちゃあいないぜ。ああ、本当に……わかっちゃあいない
：君ら何で急に海外ドラマ口調になってんのｗ
：草
：オッサンを異世界にご招待だ！

「戦闘は全て、わたくし一人で事足りますわ。むしろお釣りが来ましてよ？　おじ様は、ただ後ろ

から付いてきて下されば結構ですわ！」
アーデルハイトがそう宣言し、怪訝《けげん》そうな表情を見せる東海林に向かって親指を立ててみせた。そんなアーデルハイトの自信に満《み》ち溢《あふ》れた声色に、何か嫌な気配を感じたのだろうか。アーデルハイトの腕の中で、蟹が僅《わず》かに震えたような気がした。
そうして新たに加わった仲間を――半ば強引に――連れて、ダンジョン内の砂浜を歩くこと暫《しば》し。アーデルハイトが持ち前の超視力で何かを発見した。
「……あら？　おじ様、アレは何ですの？」
：何か見つけたか
：お？　なんやなんや？
：撮れ高のかほり
：俺達のアデ公がこのまま素直に帰ると思うなよ!!
：俺は分かってるよ。どうせまた蟹だってことはね
：大いにあり得るんだよなぁ……
アーデルハイトが指差したのは遥《はる》か遠くの海岸沿い。波が白く輝いては消える波打ち際で、何かが動くのを彼女の眼《め》が捉《とら》えていた。あれは何か、などと聞かれたところで、当然ながら東海林の衰えた視力では到底見える筈《はず》もない。
「いや、何も見えねぇよ」
：それはそうよね
：チッ……老眼がよぉ！

：無茶言うなｗ
：遠すぎるってか全部同じ光景にしか見えん
：ただの砂浜が続いてるだけだよね
特にカメラをズームにしているわけではないため、視聴者達の目でも確認は出来ない。
「なんというか……白くて丸い、小さな動物のような魔物？　が見えますわ」
日差しを遮るように、アーデルハイトが自らの手で庇《ひさし》を作り、瞳《ひとみ》の上に翳《かざ》す。そんな彼女の言葉を聞いた東海林が、慌てたようにアーデルハイトへと問いただし始めた。
「おい嬢ちゃん！　そいつは白い毛玉みてぇな、なんつーか、大福みてぇなヤツか⁉　尻尾《しっぽ》は？　首元に何か見えねぇか⁉」
「何ですの急に……尻尾、のようなものは見えますわね。それと、何か赤い小瓶のようなものを首……？　にぶら下げていますわ。ぴょんぴょん跳ねて可愛《かわい》らしいですわ」
そんなアーデルハイトの言葉と共に、配信画面もまたズームしてゆく。クリスが撮影倍率を変えたのだろう。常人では見えない小さな目標も、彼女の持つ高性能カメラであれば難なく撮影することが可能だ。そうしてカメラが捉えたその姿はアーデルハイトの言う通り、丸々とした毛玉とでも呼ぶべき生き物であった。
：見える見える
：かわええｗ
：なんアレ
：ウサギか？

：激レア

：すげぇ、初めて見た

「そりゃ迷宮兎《ダンジョンラビット》だ！　捕まえるぞ‼」

アーデルハイトの報告を聞いた東海林《しょうじ》は、どこか嬉《うれ》しそうな高揚した声を上げた。手をわきわきとさせ、目つきを一層狡猾《こうかつ》なものに変える。元の目つきの悪さも相まってか、非常に人相が悪くなっていた。

『迷宮兎』とは、その名の通りダンジョンに現れる兎型の魔物だ。

魔物であるにも拘《かか》わらず人畜無害。発見報告はごく稀《まれ》ながらも、伊豆に限らず世界中のどのダンジョンでも現れ、ただダンジョン内を飛び跳ねているだけで襲ってくることはない。それどころか、人間が近づく気配を感じるとすぐに逃げ出してしまう。こちらを向いていなくとも気づかれてしまうために、一説によれば、人間の歩く音や地面のごく僅かな揺れを感知しているのではないか？などと言われている。

その逃走スピードは尋常ではなく、今回の探索で嫌というほど健脚を見せつけられた、あのカルキノスの幼体よりも余程早い。

そもそも発見例が極端に少なく、見つけたとしてもすぐに逃げてしまう。その所為《せい》か探索者界隈《かいわい》では迷宮兎を見つけたら幸運が訪れる、などと言われる始末である。そんな迷宮兎の価値を最も高めているのが、その首——らしき部位——からぶら下げている赤い小瓶だった。

「な、なんですの？　急にやる気を出して……」

「迷宮兎ってのは滅多に現れない希少な魔物なんだ。小瓶をぶら下げてるって言ったろ？　それが所謂《いわゆる》、回復薬《ポーション》ってやつだ」

回復薬《ポーション》とは、アーデルハイトにとっては聞き慣れた単語だ。読んで字のごとく、身体《からだ》に負った怪《け》我《が》や傷の治療に使うものであり、等級によっては病にさえ効果がある。現代の医療ではどうやっても完治しないような大きな傷も、遥か昔に負った古傷の痕《あと》も、果ては失った四肢でさえも治してしまう、まさしく魔法のようなアイテムだ。

あちらの世界ではダンジョン内からも産出される他、下級程度のものであれば普通に薬師ギルドで製造もされていたし、材料さえあればクリスの錬金魔法でも精製することが出来る。多少値は張るものの別段高価というわけでもない、ごくごく一般的な薬のような存在だった。少なくともアーデルハイトは、魔物が所持しているなどという話は聞いたことがなかった。

「何かと思えば、ただの回復薬《ポーション》ですの？　別にそんなもの珍しくも何とも――」

「オイオイ、もしかして知らねぇのか？　回復薬《ポーション》は迷宮兎がぶら下げてるアレか、誰が設置してんのかさっぱり分からん謎の箱からしか入手出来ないんだよ。少なくとも俺は他に聞いたことがねぇ。迷宮兎が激レアな以上、回復薬《ポーション》も超希少アイテムなんだよ」

「ふぅん……こちらではそうですのね……ちなみにですけど、売るといくらになりますの？」

「等級にもよるが、最低の下級回復薬《ポーション》でも３００万は確実に超える。これまでに見つかったことのある最高等級だと、上級回復薬《ポーション》がイギリスのオークションで1億以上で落札されたって話だ」

「何を呆《ほう》けていますの⁉　捕まえますわよ‼」

その金額を聞いた途端、先程まではどこか興味なさそうにしていたアーデルハイトが突如として手のひらを返した。それもそのはず、なにしろ最低でも３００万円である。

何故《なぜ》あちらの世界ではありふれたものであるはずの回復薬《ポーション》が、こちらの世界ではそれほどまでに高額なのか。先程の東海林の説明を聞いたおかげで、アーデルハイトにはその理由がある程度想像出来た。この世界には魔法という概念がない。それはすなわち、治癒魔法も錬金魔法も存在しないということだ。故に現代医学を超える治療法として、回復薬《ポーション》が最上のものとなっているのだろう。
病院の数こそあちらの世界とは比べ物にもならない数が存在するが、しかしその代わりに教会などで魔法治療を受けることが出来ない。こちらの医療技術は素晴らしいものの、いわば超常の力である回復薬《ポーション》には及ばないのだ。そんな世界であれば回復薬《ポーション》が高額なのも頷《うなず》ける。金持ちは万が一の保険にいくつか確保しておきたいだろう。そうでなくとも、現代の医学では治すことの出来ない難病や、大怪我で苦しむ患者を救うのに大きく役立つ。そんな誰もが欲する薬が希少価値付きともなれば、もしかすると1億でも安いくらいなのかもしれない。
「ここで会ったが百年目、わたくしの養分にして差し上げますわ‼」
：金の亡者令嬢
：撮れ高入りまーす
：でも近づいたら逃げるんしょ？
：何か協会のサイトによると、地面の振動とかでバレるんやとさ
：じゃあ無理じゃん。何か？　飛べとでも？
：これまでにあった報告だと、遠距離からの攻撃で仕留めるらしい
：なお距離が距離なので当然激ムズ
：アデ公の健脚なら余裕よ

‥ダッといってガッとしてギュッ！

　あぁでもないこうでもないと、視聴者達が案を出す。そう、捕まえるにしても一体どうやって捕まえるのか。その手段が問題だった。アーデルハイトが走って捕まえれば良いのでは？　という案も勿論《もちろん》あったが、しかしそれは最後の手段だろうと反論される。確度が低い方法は最後の最後にしておくべきだ、という至極真っ当な言であった。呑気《のんき》に海辺を跳ねる迷宮兎を眺めながら、そうして一同が作戦を考えている時だった。小脇に抱えていた蟹《かに》をクリスに預け、アーデルハイトがまるでウォーミングアップでもするかのように右腕をぐるぐると回していた。そうして東海林の背後から、彼の両肩に手を置いた。

「つっても方法がなぁ……――――ん？」

「おじ様、昔は鍛えていたと言っていましたわよね？　身体は頑丈でして？」

「あん？　あぁ、まぁ探索者としてはそれなりに……おい」

「それは良かったですわ。では、後は任せますわ――――ふんッ!!」

　アーデルハイトが東海林の二の腕を引っ掴《ひつか》み、力を込めて彼を振り回し始める。脚は宙に浮かび、風を切り裂きながら徐々に速度を増してゆく中年。彼はこれから自身に何が起こるかまるで分からなかった。

「オイ！　何するつもりだ!?　馬鹿か!!　待て！　やめろ!!　おいコラ待――――」

「――いっけぇッ!!」

「おおおぉぉぉ――――――ッ!!」

　アーデルハイトの手から離れた中年は、蟹の幼体などまるで話にもならない速度で砂浜を飛翔《ひしょう》した。山なりなどという生易しいものではなく、その軌道はまるで弾丸そのもの。件《くだん》の迷宮兎へと一直線に向かってゆく。そんな彼の姿を、アーデルハイトが満足気に見送っていた。

「ふー……我ながらいい投擲《とうてき》ですわ」

：大草原

：その手があったか!!（ガタッ

：クソwしかもめっちゃ速《はえ》ぇw

：いつかやるんじゃねぇかって思ってた

：中年ミサイル↑New!!

：軌道が美しすぎる　１００点

：成程なぁ。飛べばいいのかぁ

：鍛えていたことが仇《あだ》となったか……

：ありのままを話すぜ……巨乳美女の配信を見に来たらオッサン飛んでいった

：頭おかしなるでコレ

：飛べと？　とは確かに言ったけど、別にいいアイデアを出したわけじゃないんだよなぁ

「あ、着弾しましたわ。早速見に行きますわよ!!」

見れば視界の遥か先で、大きな大きな砂煙が巻き起こっていた。波打ち際で水を吸った重い砂が、それでも空高く打ち上げられている。流石《さすが》にアーデルハイトも加減はしているだろうが、もしも砲弾がそこらの新人探索者や一般人であれば死んでいるだろう。そうしてアーデルハイトとそれに続くクリスが小走りで着弾地点へと向かえば、そこには盛大に砂浜を滑走した東海林の轍《わだち》が残ってい

た。その轍の先には、まるでヘッドスライディングを敢行したかのような姿勢で砂浜に倒れている東海林の姿があった。
「おじ様ー？　どうでしたの？」
：お、おう……
：最近どう？　みたいな気軽さで草
：アデ公と一緒に探索出来て羨《うらや》ましい、そう思っていた時期が俺にもありました
：なんかちょっとカッコよくね？
：人使いの荒さで悪役令嬢感を出してきたな
：現代アートみを感じる
そんなアーデルハイトの言葉に東海林が右腕を掲げて親指を立てた。サムズアップだ。ピクピクと小刻みに震える東海林の、その左腕の中には小さな毛玉が抱え込まれている。迷宮兎は死んではいないようだったが、驚いて気を失っているのか、東海林と同じように小刻みに震えていた。
「流石ですわおじ様‼　やはりこういう時は年の功ですわね！　あぁ、屋敷に住んでいた頃の爺《じい》を思い出しますわね……」
：回想始まったw
：待てぇい！
：おっちゃん助けてあげてw
：いやでも見た感じ怪我してねぇなコレ
：おっさんが頑丈だったのか、アデ公の加減が完璧《かんぺき》だったのか

……探索者って結構大変なんやなって

……なにはともあれ、レアアイテムゲットだぜ!!

その五分後、漸《ようや》く東海林も起き上がることが出来た。流石に怒っているかと思われた彼の顔には、意外にも喜色が浮かんでいる。そんな様子を淡々と撮影していたクリスだが、アーデルハイトから渡された蟹が生臭かったのだろうか。彼女にしては珍しく、どこか嫌そうな顔をしていた。

「ひでぇ目にあったわ」

砂まみれの姿となった東海林がボヤきつつ、身体中の砂を払い落としゆっくりと立ち上がる。彼の腕の中には既に迷宮兎の姿はなく、遥か遠くを凄《すさ》まじい速度で逃げてゆく後ろ姿が見えるだけだ。アーデルハイトもそんな人畜無害な魔物を追いかけるつもりはないらしい。

「無事に捕まえられて良かったですわね！」

「良くねぇよ！　見ろ！　ちょっと擦りむいてるだろ！」

そう言って東海林が見せつけた肘《ひじ》、そこには確かに擦過傷の痕が見られた。とはいえ、探索者としてダンジョンに潜っていればこの程度の傷は日常茶飯事だ。むしろもっと酷《ひど》い大怪我を負うことだって珍しくはないのだから、怪我のうちにも入らないだろう。半ば引退している東海林とてそれは承知の上で潜っているし、何も本気で怒っているわけではない。しかしそれはそれ、これはこれ、だ。クレームはしっかりと入れておくに限る。そうしなければまたいつ飛翔することになるか分かったものではない。

「まぁまぁ。結果的に作戦は成功したんですし、良いではありませんの。終わり良ければ全て良し、ですわ」

説明もなしにいきなり東海林を投擲したことを流石に悪いと思っているのか、アーデルハイトは眉尻《まゆじり》を下げながら苦笑いをしていた。まるで悪戯《いたずら》を咎《とが》められているかのような気まずげな表情だ。

しかしあの時即断即決が求められていたのは事実で、東海林にも代案はなかった。それ故、なにも投げなくてもいいだろうと思いつつも強く責められずにいる。

「まぁ……いい、のか……？　とにかく、せめて先に言ってくれ」

「あら、また投げてもよろしいんですの？　それなら任せて欲しいですわ！」

「そういう意味じゃねぇよ‼」

にっこりと、誰もが目を奪われるような眩《まばゆ》い笑顔で答えるアーデルハイト。

：草

：守りたい、この笑顔

：なんだ、美人にぶん投げられて何か不満なのかね？

：我々の業界ではご褒美ですけどねぇ？

：中年業界では褒美ではない、と？

：中年業界……？

：唐突に謎のクソデカ界隈作るのやめろ

：そんな怪しい界隈に俺達を入れるな！

：そんなことよりポーションは？　ねぇねぇ

そんな視聴者達のコメントを横目にしたアーデルハイトが、思い出したように声を上げる。そう、本来の目的は東海林を投げることではない。彼女が東海林を投擲したその理由は、３００万円のためである。

「はっ！　そうですわ‼　おじ様、回復薬《ポーション》は⁉」

「ああ、そっちは問題ない。ホレ」

そう言って東海林が差し出したのは、小さな手のひらサイズの小瓶だった。特に何の装飾もない簡素なガラス瓶で、中には赤い液体が入っている。粘性もないサラサラとしたそれは、アーデルハイトがあちらの世界で見ていたポーションとまさに同じものだった。

「ナイスですわ‼　これでこのクソみたいな蟹さんの甲羅以外もお金に換えられますわ！」

「おぅ……実はその蟹、気に入ってなかったんだな……」

「当然ですわ‼　探索は遊びではありませんのよ⁉」

：クソみたいな甲羅は草
：お嬢様！　口が汚くってよ⁉

：遊んでたよなぁ？

：投げたりしてたよなぁ？

：オッサンも投げてたよなぁ？

：おまいう
：遊びが何だって⁇

大喜びのアーデルハイトだが、コメント欄にはツッコミが飛び交う。誰がどう見ても遊んでいたのだから当然だ。彼女はそんなツッコミを全て無視し、東海林が差し出す小瓶をそっと受け取った。

（……同じ、ですわよね？）

小瓶の蓋《ふた》部分をそっと指先で摘《つま》み、しげしげと眺める。やはり何処《どこ》からどう見ても、彼女が慣れ親しんだ回復薬《ポーション》そのものだった。あちらの世界では回復薬《ポーション》の入手方法がいくつかあったが、人間が製造したものは当然、製造者によって全て容器が違う。それらのものと今回手に入れたものは当然違うが、しかしあちらの世界のダンジョンから見つかる回復薬《ポーション》には酷似している。

あちらの世界のダンジョンとこちらの世界のダンジョンには共通点が多い。無論、迷宮兎《ダンジョンラビット》のようにアーデルハイトの知らない魔物も存在するし、そういった細かな違いはある。しかし大まかなシステムで言えば、殆《ほとん》ど同じものだと言えるだろう。

何もかもが異なる世界で、ダンジョンだけがふたつの世界で共通している。これが意味することは何なのか、今のアーデルハイトには分からない。ただ、ふたつの世界を結ぶ鍵《かぎ》はダンジョンにあるような、そんな気がした。

いつかはあの憎き聖女《ビッチ》に制裁を下すため、あちらの世界へと戻る手段を見つけておきたい彼女としては、これはとても重要なことだ。スローライフを目指す傍らでダンジョンの謎についても調べていこうと、アーデルハイトは心の片隅で新たな目的を設定する。

ともあれ、今はあれこれ考えても仕方がない。まずは目先のことから片付けようと考え、アーデルハイトは東海林に問いかける。今ここにある回復薬《ポーション》は一体何等級なのか。あちらの世界基準で言えば、赤色の回復薬《ポーション》は最下級だ。先程の東海林の話によれば、３００万円といったところだろうか？

「それで、これはいくらで買い取ってもらえますの？」

「……それなんだがな。嬢ちゃんは持ってるぜ」

「……？」

「俺も実物を見たのは初めてだが……赤色は中級回復薬だ。３００万どころか、桁《けた》が変わるかもしれん」

「‼」

口角を上げ、興奮を抑えられないとでもいうように、笑みを浮かべながらそう告げる東海林《しょうじ》。彼の長い探索者人生の中でも見たことがないような、そんなお宝を前にすれば落ち着いてなどいられる筈《はず》もない。

彼は既に引退しており、毎日惰性だけでダンジョンに潜っていたのだ。そんな彼がいつものように一人で探索を行い、そうしてひょんなことからアーデルハイトと出会い、早々に豪運を見せつけられた。人生の転機というわけではないが、燃え尽きかけていた彼の心に再び火をつけるには、既に十分すぎるほどの出来事だ。

：い、いっせんまんえんですかぁ⁉

：うぉぉぉぉ！

：おめでとう！

：これでウインナーが買えるゥゥゥゥ‼

：おかわりもいいぞ‼

：やっぱ探索者は夢あるなぁ

：いや、宝くじレベルだろ

：二回目で引き当てたアデ公が異常ってワケ

‥そもそも、見つけても実力がないと手に入らないワケで
下級かと思っていた回復薬は、こちらの世界では中級として扱われているらしい。３００万円でも十分だと考えていたアーデルハイトだったが、望外の結果に喜び飛び跳ねる。そしてそれを祝福する視聴者達。二回目のダンジョン探索で早々にコレなのだから、彼女は確かに何かを持っていると言えるだろう。

「やりましたわー!! 最低でも５００万円の収入になりますわ!! スローライフへの大きな一歩ですわ!!」

京都では収入になるようなものはひとつもなく、ここ伊豆《いず》では蟹《かに》の破片しか換金出来そうなものがなかった。配信を始めるにあたり、撮影用カメラや移動の費用など、それなりに大金を消費している異世界方面軍としては、このまま収入なしが続けば徐々に苦しくなっていただろう。それもクリスと汀《みぎわ》が身銭を切って出した資金だ。漸く彼女達の期待に応えられたことを喜ぶアーデルハイトだが、しかし東海林には気になった点があった。

「……ん？ オイ、嬢ちゃん」

「なんですの!? 今は大変気分がよいですし、投げて差し上げてもよろしくてよ!!」

「やめろ!! ……じゃなくて、５００万っつーのは？」

「……？ おじ様と折半したら５００万円ですわよね？」

「……あ？ 俺にも分けるつもりか？」

「二人で手に入れたのだから、当然ではなくて？」

さも当たり前のようにそう言い放つアーデルハイト。東海林の感覚で言えば、今回の回復薬《ポーション》を手

にする資格があるのはアーデルハイトだ。東海林では迷宮兎に気づくことすら出来なかっただろうし、よしんば見つけられたとしても捕獲する手段がない。つまりこの回復薬《ポーション》は、アーデルハイトが居なければ手に入れられなかったものだ。確かに自分も空を飛んだとはいえ、言ってしまえばただそれだけだ。いわば最後にそっと手を添えただけであり、少なくとも折半してもらえるほどの活躍はしていない。

一方アーデルハイトからすれば、東海林の言葉の意味が分からなかった。あちらの世界では、迷宮探索で手に入れたものは基本的に山分けだ。そうでなければ角が立つし、何より貢献度がどうだのを一体誰が決めるというのか。そもそも彼女は、二人で協力して迷宮兎を捕まえたのだと本心で考えている。

無論、手に入れたアイテムを必要としている者が仲間内に居るのならば、優先して回したりといったことはある。しかしそうでない場合は、トラブルを避けるためにも均等に配分するのがあちらの世界での暗黙のルールとなっていた。本業が冒険者ではなかった彼女とて、それくらいは知っている。アーデルハイトはそのルールに則《のっと》っただけである。

「わたくしが投げて、おじ様が捕まえた。簡単な作業でしたわね」

「いや、だが……」

「まさか半分では足りませんの⁉」

「違《ちげ》ぇよ‼　俺は嬢ちゃんの全取りでも文句ねぇって話だよ！」

「あら、それこそあり得ませんわね。パーティで手に入れたアイテムは全て山分け。これはダンジョン探索のルールですわ。というわけで折半でよろしいですわね？　では、これでこの話はお終《しま》いですわ。分配で揉《も》めると面倒ですのよ？」

「……そう、か……いや、分かった……ありがとよ、嬢ちゃん」

「こちらこそ、ですわ」

迷宮兎を捕まえてから何度目かになる、アーデルハイトの笑顔。そのあまりにも美しい表情に、視聴者達もコメントを忘れてしまう。笑顔を向けられた東海林が今更ときめいたりするようなことはなかったが、しかしアーデルハイトがファンを一人増やした瞬間でもあった。そしてそれを誤魔化すかのように、東海林はこれからのことへと話題を変える。

「それじゃあ……ああ、そうだ。コイツは直接オークションに出すんじゃなくて、協会に売却でいいんだよな？」

「あら？　それは何か違いがありますの？」

こちらの世界に疎いアーデルハイトには、その違いが分からなかった。どうやらクリスもアーデルハイトと同様らしく、彼女の方を見てもただ黙して首を振るだけであった。クリスとて配信活動をするにあたって色々と下調べはしていたが、流石《さすが》にベテランの東海林と比べれば知識量では劣るらしい。

「協会主催のオークションに個人が出品するのは、結構な時間がかかるんだよ。出品費用や各種手続きなんかでもかなり取られるし、物が売れたあとも手数料で売値の10％ほど持っていかれる。あとは……高く売れる場合もあれば、予想より安くなる場合もある。メリットは楽なところだな、全部任せて後は待つだけでいい」

「まぁ、競売とはそういうものですわね」

「協会に売った場合は、売値自体が多少落ちる。その代わり面倒な手続きはないし、金になるまでが早い。よっぽどのことがなきゃ即日だな。あとは売値も安定してる。オークションだと予想より安くなる場合もあるから、そこはメリットとも言えるしデメリットとも言えるだろうな」

東海林の話によれば、どちらを選んでもメリットとデメリットがあるようだ。オークションの場合、凄《すさ》まじい高額で売れることもあれば、あまりにも安い値が付く場合もある。手数料のことも考えれば、ある意味でギャンブルのようなものだろう。

一方協会で換金した場合、期待値としてはオークションを下回るものの、大きく崩れることもない。いわば安全策と言えるだろう。何よりも、即金で手に入るというのは大きい。

「協会で換金するなら任せてくれ。これでもそこそこ顔が利くんでな、多少は値を上げられる」

「では、お任せしますわ！」

「おし‼　決まりだな！」

特に迷うこともなく、アーデルハイトは東海林に任せることにした。出会ってからこれまで、ごく短い時間の付き合いとはいえ、彼が悪人だとは思えなかった。そもそも悪人や無能の類《たぐい》であれば、アーデルハイトはすぐに見抜く自信があった。あの聖女《アバズレ》にしても、出会った当初から嫌な気配は感じ取っていたのだから。任務でなければ、誰があんな悍《おぞ》ましい女と旅路を共になどするものか。

：途中でおっちゃん拾って良かったな

：こういうとこはベテランの強みやなぁ

：飛翔《ひしょう》以外にも見せ場があって良かった

：飛翔（弾丸ライナー）

：擦りむいただけの見返りはあったな
：もしかしたら分配で揉めるかもとか思ったけど杞憂《きゆう》で良かったわ
：あとは高値がつくことを祈るのみよ
：たのんだぞオッサン……!!
そうして思わぬ収穫を手に、アーデルハイトとクリス、そして東海林は再び歩き出した。

＊＊＊

伊豆ダンジョン七階層。そこは先程までの砂浜とは打って変わって、仄暗《ほのぐら》い洞穴と化していた。薄《う》っすらと濡《ぬ》れた岩肌はよく滑り、気を抜けば足を取られて転倒してしまうだろう。また岩だけではなく、岩壁の所々が珊瑚《さんご》らしきもので彩られている。地面の所々には小さな水溜《みずたま》りが見られ、覗《のぞ》き込めば怪しげな藻草が小さく揺れている。階層内をあれほど照らしていた明かりはすっかりと鳴りを潜め、怪しく光を放つ苔《こけ》が洞穴内を仄かに照らす程度だった。

ヒカリゴケとは、苔自身が発光するわけではない。周囲の僅《わず》かな光を反射し、光っているように見えるだけだ。周囲に光が一切存在しなければ、彼等《ら》は輝くことが出来ない。つまり今ここで自ら光を放ち洞穴内を照らしている苔は、一般的なヒカリゴケとは別種のものである。

「オイ！　別嬪《べっぴん》の嬢ちゃん！　マジで行くのか!?」

「マジもマジの大マジですわよ？」

洞穴とはいえ、道幅自体は広く天井も高い。そんな滑る岩肌をものともせずに、アーデルハイトはずんずんと進んでゆく。クリスがその背中を黙々と撮影し、そして最後に困惑した様子の東海林が続く。自らの忠告などまるで聞く様子のないアーデルハイトを、しかしそれでも心配し、渋々ながらもその背中を追いかける。道案内としては立ち位置が違う気もするが。

「少なくとも、階層主とやらを倒すところまでは進みますわ！」

「正気かよ⁉　回復薬《ポーション》も手に入ったし、もう帰った方が良くねぇか⁉」

：ところがどっこい、正気です

：気持ちはわかるぞおっちゃん……

：前回を知ってる俺から見ても、若干の不安はある

：安心感と不安が入り交じるのが異世界配信よ

：前回のゴーレムとワーグもなんだかんだで怖かったしなぁ

：せめて装備さえ、と思うけど手ぶらだしなぁ

：装備ならあるだろ

：蟹じゃねーか‼

薄暗い洞穴の雰囲気がそうさせるのか、視聴者達からも若干の緊張感が見られる。つい先程までは大騒ぎしていたというのに、今ではコメント欄もすっかりと勢いを失っていた。一部の視聴者は、アーデルハイトの抱えた蟹に絶大な信頼を置いている様子だったが。

「京都でも十階層までは進みましたもの。二回目の配信だというのにそれ以下となれば、視聴者が楽しめないではありませんの。撮れ高は全てに優先する、これがダンジョン配信の鉄則ですわ」

「命の方が大事だろ！　いやマジなら凄《すげ》ぇけどよ！」

：考え方が迷惑系配信者のそれと同じで草
：意味合いはだいぶ違うけどなｗ
：だからこの撮れ高への執着はどっから来てるんだよｗ
：観てる側からすればありがたい限りではあるな
：そもそも一階層あたりの難度はダンジョンによって変わるんですがそれは
：怪我《けが》だけはしないでくれよな……
東海林の言葉は、善意からくる本心だった。彼もいい歳《とし》であるし、まるで無茶をする娘を見守る父親のような心境なのかもしれない。そもそも回復薬《ポーション》を手に入れた時点で、彼はてっきり地上に戻るものだと思っていたのだ。しかし当のアーデルハイトはといえば、そんな彼の心情などどこ吹く風。歩調こそ東海林に合わせているものの、一切の危なげがない足取りでただ歩き続ける。
そうしてしばらく、アーデルハイトは遂に蟹以外の魔物と遭遇した。
大きさは二メートルほどだろうか。平均的な人間よりも少し大きい程度だった。円筒状のスライムとでも言えばいいのだろうか。その身体《からだ》は粘性の高い組織で出来ており、目や口などの部位は存在せず、濃緑色の頭部——らしき部位——が動く度にぷよぷよと弾んでいる。そして最も目を引くのは、足元から伸びる無数の触手だ。一本一本が別の意思を持っているかのように、まるで虚空を舐《ねぶ》るかのように揺れている。
「あら、ローパーですわ」
：ガタッ!!
：知っているのかアデ公！

：っしゃあああ！　待ってたぜェ！　この瞬間をよぉ！

：転生したい魔物ランキング、オークに次ぐ第二位の、あの⁉

：そうなの？ｗ
：言うほどなりたいか？

：一瞬だけ良い思いして次のシーンで死んでそう
「アレはあちらの世界でも何度か見ましたわ。危険度が低くて弱い癖に、やたらと生命力だけは高い。動きが遅い割に触手だけは素早くて気持ちが悪い、放置すると増えて面倒、等々。基本的にいい話を聞かない魔物ですわね。そして確か――――」

「エロモンスター、とか言われているな」

「そう、それですわ。まぁそういうわけで、あちらでも大層嫌われていた魔物だったと記憶しておりますわ」

自らの記憶を遡《さかのぼ》り、そうして辿《たど》り着《つ》いたローパーに関する情報を、視聴者達に聴かせるようにして口にするアーデルハイト。彼女の言うように、ローパーとはあちらの世界でも、こちらの世界でも、何処《どこ》へ行っても嫌われている魔物である。そういった嫌われ者の魔物は数多く存在するが、とりわけローパーは、女性探索者達から低評価の嵐を頂戴《ちょうだい》している。

ローパーは触手の射程内に入った者を獲物と認識し、それが何であれ見境なく巻き取り、捕らえてしまう。そしてそれが男性・女性に拘《かか》わらず、それはそれはあられもない姿にされてしまうのだ。

そんなローパーと遭遇したというのに、アーデルハイトは嫌悪感を顔に出すようなことはなかった。

その表情は今までと変わらず至って平静で、初めて蟹を見た時と何ら変わることはない。

「これがおじ様の忠告の理由ですの？」

「全部ってワケじゃねぇが、まぁそのうちのひとつだな。嫌だろ？　コレと戦うの」

「ご心配は痛み入りますけど、特に嫌でもありませんわよ？」

「……戦ったことがあるのか？」

「それなりには、ですけど。まぁおじ様はそこでゆっくりしていて下さいな」

「……マジで一人でやる気か？　さっきの迷宮兎《ダンジョンラビット》とはワケが違うぞ。なんかあっても助けらんねえからな？」

「心配ご無用ですわ」

東海林《しょうじ》の方へと、背中越しにひらひらと手を振りながら、アーデルハイトが前に進み出る。まるで気負う様子もなく、ちょっとそこらのコンビニへ買い物をしに行くかのような態度である。

：それを倒すだなんてとんでもない！

：水着回を奪われた俺達にとって、彼は最後の希望なんだぞ！

：勝つのは希望か、それとも絶望か
：ろーぱーがんばえ～

：頼んだぞローパー君……ッ！

：急に緊張感なくなってきたな
視聴者達が気持ちを束ね、あろうことかアーデルハイトではなくローパーの応援をし始めた、まさにその時だった。足を踏み出したアーデルハイトの気配に気づいたのか、眼前のローパーが身体を震わせ始める。振動は徐々に大きくなり、遂には半液体状の身体が泡立ち始める。そうして数秒後、突如としてローパーが爆発した。

「……え、一体何ですの？　流石《さすが》にキモいですわ」

ローパーと遭遇しても不快感を見せることのなかったアーデルハイトだが、急変したローパーの様子には流石に狼狽《うろた》えたのか、眉《まゆ》を顰《ひそ》めて口元をひくひくと震わせた。爆発四散して動かなくなったローパーの残骸《ざんがい》に、アーデルハイトが困惑していた時だった。背後から警告が齎《もたら》される。

「嬢ちゃん‼　ただのローパーじゃねぇ‼　変異種だ‼」

東海林がそう叫んだ直後、アーデルハイトの眼前に散らばっていたローパーの肉片が、地面を這《は》いながら一箇所へと集まり始めた。ひとつひとつの肉片がまるで意思を持っているかのように、ゆっくりと元居た場所へと戻ってゆく。濃緑色だった肉片は徐々に変色し、より濃く、黒く染まってゆく。黙って見ている場合ではないのだろうが、しかしアーデルハイトは様子を見ることにした。小脇に抱えた蟹《かに》がもぞもぞと身じろぎするが、指先で甲羅を軽く叩《たた》けば再び大人しくなった。

そうして数十秒が経《た》った時、アーデルハイトの眼前には、先程までとは異なる姿形をしたローパーが現れていた。大きさは優に三メートルを超え、或《ある》いは四メートル近くまで巨大化しているかもしれない。身体は漆黒に染まり、その身に纏《まと》う粘液も心なしか多くなったように感じられる。滴る液体の粘度もねっとりと濃く、なにやら湯気まで漂わせる始末である。触手の数は先程までと比べておよそ二倍近くに増えている。それに加えて長さも伸び、より一層不快な動きで獲物を求め虚空を彷徨《さまよ》っていた。

「ええ……？　流石にコレは触りたくないですわ……」

：オイオイオイオイ、キモいわコレ

：まさか俺達の思いが……？

：俺達の煩悩がローパー君に届いた……？

：キモいのはさっきから定期
：冗談言ってる場合かコレ？

：コレは殴って倒せるんか……？

「言わんこっちゃねぇ‼　逃げるぞ‼」

　想定外の遭遇となった変異種のローパーに、慌てた東海林がすぐさま引き返すように提言する。ローパーは動きも遅く、触手の射程内に入らなければ逃げることは容易だ。逃げるだけならば今からでも十分に間に合う。そもそも彼は最初から進みたくはなかったのだから、当然と言えば当然の主張と言えるだろう。

　アーデルハイトは知る由もないことだが、この変異種のローパーは探索者協会からも警告が出されている魔物である。遭遇した場合は交戦を避け、協会へと報告するように呼びかけられているのだ。なんとなれば、十階の階層主よりも危険な魔物として扱われているほどである。アーデルハイトは大きく溜息《ためいき》をついた後、踵《きびす》を返してカメラの方へと近づいてゆく。しかし彼女は、東海林の警告に従って後退しようとしたわけではなかった。

「流石にアレは気持ち悪くて触りたくありませんので、少しズルをさせて頂きますわ。皆様には申し訳ないですけど」

：なんだと！　クッ……ズルいぞ‼

：いうて戦いはするんだなw

：正々堂々勝負しろー!!
：俺達の煩悩が勝つのか、それともアデ公のズルが勝つのか
：俺達が伊豆《いず》に行った時も協会から警告出てたよコイツ
：さっきの経験者ニキじゃないか！
：心配な反面、どうせアデ公があっさり勝つという信頼もある

この階層にやって来た当初、洞穴の雰囲気に呑《の》まれて勢いを失っていた視聴者達。しかし彼等も徐々に慣れてきたのか、やいのやいのとコメントで野次を飛ばし始めた。そんな調子の良い視聴者達の野次を無視しつつ、アーデルハイトが小脇に抱えた蟹を持ち上げる。そうしてカメラにも聞こえないほどの小声でクリスに何かを伝え、クリスがそれに応じる。クリスが小声で何かを呟《つぶや》き、指で蟹の甲羅を何度か叩く。視聴者達に見えぬようカメラの画角外で行われている何事かの準備は、ものの十秒もしないうちに完了していた。

「では、今回はこちらの『聖女ちゃん』に活躍して頂きますわ」

そう言ってアーデルハイトが両手で持ち上げた巨大な蟹は、足を丸めて大人しくしていた。心なしか甲羅が――というよりも、身体全体が薄っすらと白く発光しているようにも見える。

：草
：名前草
：草　名前つけてたんか
：聖女ちゃんは草なんよ
：まさか聖女ちゃんを囮《おとり》に……!?

：ははぁん……読めたぞ？

：ローパーが蟹に気を取られている隙に脇を抜ける作戦か
：鬼畜過ぎるだろその作戦
：聖女ちゃんちょっと光ってね？

「おい、一体何する気だ嬢ちゃん達」

「まぁまぁ。悪いようには致しませんわ」

アーデルハイトが『聖女ちゃん』を地面に下ろし、甲羅をそっと押さえる。そうして一度ローパーを見やり、『聖女ちゃん』の甲羅を撫《な》でる。その間にクリスと、そして事態を呑み込めないままでいる東海林が後退する。

「まだですわよ……クリス!!　よろしくて!?」

距離にしておよそ五十メートルほど離れたクリスが、カメラを保持していない左手でアーデルハイトへとサインを送る。それを確認したアーデルハイトが、『聖女ちゃん』の甲羅を軽く叩いた。

「聖女ちゃん！　お行きなさいな!!」

次の瞬間、『聖女ちゃん』が持ち前の逃げ足を遺憾なく発揮して飛び出した。これまでアーデルハイトという圧倒的な強者に捕らわれ、為《な》す術《すべ》もなく連れてこられた巨蟹だ。漸《ようや》く訪れた逃走の機会を逃すようなことはしない。勢いよく走り出した『聖女ちゃん』は、アーデルハイトから逃げるよう脇目も振らず――元より蟹歩きではあるが――前方へと駆け抜ける。そうして『聖女ちゃん』がローパーの射程圏内に入った時、無数の触手が襲いかかった。如何《いか》に『聖女ちゃん』が素早いとはいえ、流石にローパーの触手を掻《か》い潜《くぐ》ることは叶《かな》わず、そのまま捕らわれてしまう。

そうして捕らえた『聖女ちゃん』をローパーが引き寄せたその瞬間、『聖女ちゃん』が大爆発を起こした。轟《とどろ》く爆破音は洞穴内に反響し、アーデルハイトは勿論《もちろん》のこと、遠く離れていたクリスや東海林の鼓膜をも震わせる。爆発に伴う熱波が通路を吹き抜け、アーデルハイトの髪を激しく靡《なび》かせていた。後方からは何やら東海林の叫び声が聞こえるが、クリスが傍《そば》にいる以上は問題ないだろうと判断。そのまま目を僅《わず》かに細め、爆炎の中をじっと見つめる。

：うぉおおお!?
：どういうことなんですかぁ！！？
：大音量視聴者ワイ、耳が死にました
：聖女ちゃぁあぁぁぁぁあん！！！
：聖女逝ったｗ
：なんでやねんｗｗｗ
：クソｗ腹痛いｗ
：原理は分からんがとにかく笑った
：誰だよ囮にするとか言ったやつ！　鉄砲玉やないかい!!
：木魚雷↓故意死球↓蟹ミサイル↓自律機動型蟹爆弾↑Ｎｅｗ!!
：情報量が俺の脳の許容量を超えた

激しく揺れる洞穴通路と、天井から落ちる岩の欠片《かけら》。その中には、いくつもの粘質な肉片が交ざっていた。飛び散る肉片を、アーデルハイトは自らに降りかかる分だけ回避する。煙と炎、そして揺れが収まった頃、そこにはローパーであったものの残骸が地面や壁に張り付いていた。

「仕留めましたわ‼」
ぐっ、と拳を握りしめ、笑顔でガッツポーズを見せるアーデルハイト。
：草
：いや草
：なんか分からんけど明日も頑張ろうって気持ちになったわ
：何わろてんねん!!
：突っ込みどころが多すぎる
：俺達の希望が木っ端微塵《みじん》に爆破された
：煩悩退散！
敵の消滅を確認したアーデルハイトは、クリス達の待つ後方へとゆっくり戻ってゆく。クリスは相変わらず無言であったが、その目線からはアーデルハイトを労《いたわ》るような態度が感じられる。今回働いたのは『聖女ちゃん』とクリスで、アーデルハイトは特に何もしていないのだが。
そしてそんなクリスの後方には、腰を抜かして地面に尻《しり》もちをついた東海林の姿があった。彼は目を丸くし、大口を開け、お手本のような驚きを顔に浮かべている。戻ってきたアーデルハイトを見つめ、まるで鯉《こい》のように口をぱくぱくと開閉しながら、しかし声は出せない様子である。
「怪我《けが》はありませんの？」
「え……あぁ、だ、大丈夫……」
「そうですの。それなら先に進みますわよ」
「い、え、あ……いやいや!?　今の何だよ!?」

「内緒ですわ」

「ぐ……いや、まぁそうだろうけどよ……」

探索者はそう簡単に他人に手の内を見せたりはしない。それは配信者であっても同じことだ。普段から視聴者に向けて自分達の戦闘を見せつけてはいるものの、本当の奥の手は秘する者が多い。その理由は様々ではあるが、最も多い理由としてはやはり同業者への牽制《けんせい》だろうか。

飲食店がレシピを公開しつつも、ソースや出汁《だし》などの配合比率を秘匿するように。同業者は同類であり仲間であると共に、ライバルでもあるのだ。戦闘のみならず、ダンジョンの構造や隠し部屋、見つけ辛《づら》い通路や近道。本当に大事な情報は自分達で握っておくのが普通で、それがダンジョン攻略に一役買う情報であれば尚更《なおさら》だ。故に東海林もまた、先程の蟹爆弾が一体どういうものなのか深くは追及出来なかった。

：これから先、聖女と名付けられた者は爆散する

：悲しい事件だったな……

：鬼畜囮作戦の方がよっぽど健全だった

：罪のない蟹さんが犠牲になっただけで済んだわ

：聖女故致し方なし

：協会に伝えて懸賞金もらおうぜ!!

「スッキリしましたわ！　この調子でどんどん進みますわよ！」

こうしてアーデルハイトは再び歩き始めた。さも当然と言わんばかりに顔色ひとつ変えることがないクリスと、この数分ですっかり老け込んだように見える東海林を引き連れて。

第八章　聖剣ローエングリーフ

伊豆ダンジョン十階層。

撮れ高を求め、アーデルハイトが当初から目指していた階層だ。伊豆ダンジョンの歴代踏破記録が二十階層であることを考えれば、それほど深く潜ったとは言えない。しかし階層主の出現するこの階層は、区切りとして丁度よかった。伊豆ダンジョンを訪れる数少ない冒険者達も、大半がここで引き返してゆく。それも、階層主に挑むことすらないままに。

「今回の探索も、いよいよ大詰めですわー！」

：頼むで！

：しゃあお前ら気合入れろコラァ！

：遂にここまで来たか……

：つってもここまで相当早かったけどなw
：なんとここまで五時間である
：一般的な探索者で、平均が大体一層につき一時間なことを考えると……

：倍速で草
：あんなに遊んでたのにな……

アーデルハイトが声を上げれば、視聴者達の気分も否応《いやおう》なく盛り上がる。道中ですらあれほどの撮れ高があったのだ。これから始まるのが階層主との戦いともなれば、期待値が振り切れるのも無理ないことだろう。

「それで、巨大な蟹《かに》さんとやらは一体何処《どこ》におりまして？」

「この先に開けた場所がある。そこにいる筈《はず》だ」

経験者である東海林《しょうじ》の案内は、探索者としては新米であるアーデルハイトにとって、非常に役立つものだった。大まかな道案内は勿論のこと、換金額の高い資源の情報や魔物への対策など、そのどれもが豊富な経験に裏打ちされた確かなものだった。アーデルハイトが遭遇次第にぶちのめしてしまうため、魔物への対策は何の役にも立たなかったが。

そんな東海林曰《いわ》く、十階層の階層主はカルキノスと呼ばれる巨大な蟹であるらしい。これまでの道中で度々遭遇し、アーデルハイトが投げたり爆破したりして遊んでいた、例の蟹の成体だと言われている。とはいえ、所詮《しょせん》は蟹である。現代でどういった扱いをされているのかは知れないが、アーデルハイトにとっては物足りないと言わざるを得ないだろう。撮れ高に取り憑《つ》かれた彼女としては、もっと強力な魔物が出てくれた方が嬉《うれ》しいとさえ思っていた。

もしかすると、そんなアーデルハイトの願いが届いたのかもしれない。

気の抜けるような雑談を視聴者達と交わしつつ、一行が広場に出た時だった。真っ先に異変に気づいたのは、アーデルハイトでもクリスでもなく、意外にも東海林であった。或《ある》いは、それは過去の経験から来た予感だったのかもしれない。壁や天井に生えたヒカリゴケがほんのりと照らす、ともすれば幻想的とも言えるようなその広場。そこには、本来あるべきものがなかったのだ。

「あら、綺麗《きれい》な場所ですわね――おじさま、一体どうしまして？　そんな、まるで買っておいた筈のウインナーがいつの間にかなくなっていた時のような顔をして」

「そんな顔してねぇよ！　つーかどんな顔なんだよそれ」

「それで？　というより、件《くだん》の階層主とやらの姿が見えませんわよ？」

「いや、それなんだがなぁ……俺の記憶じゃあ、クソでけぇ蟹が広間のド真ん中で蹲《うずくま》ってた筈なんだがな」

そう言って東海林が見つめる先、広場の中心部には一切の影も見当たらない。そればかりか、魔物の気配といったものすら感じられなかった。それは東海林のみならず、アーデルハイトとクリスを以《もっ》てしても同様だった。少なくとも、話に聞いていた階層主と思しき気配は、ここには存在していない。

訝《いぶか》しみ、目を細めて広場を見渡す東海林。すると広場の奥の方、水溜《みずたま》り――殆《ほとん》ど地底湖と呼んで差し支えのない大きさである――のあるあたりに、何かの残骸《ざんがい》が散らばっているのを見つけた。薄暗い環境故に今ひとつ判然としないが、それは東海林のよく知る魔物の一部に似ていた。

「……あぁ？　ありゃ階層主の死骸《しがい》か？　つーと……直前に誰か探索者が通ったってことか？　いやいや、朝一で俺しか居なかったろ……なーんか妙な感じがしやがる」

そこに散らばっていたのは、確かに階層主の死骸であった。まだこの場に死骸が残っているということは、倒されてからそれほど時間が経《た》っていないことの証左でもある。様々な疑問が浮かびはするものの、兎《と》にも角《かく》にもまず調べてみなければ始まらない。そうして東海林がふらふらと広場に足を踏み入れた時、アーデルハイトが俄《にわか》に声を上げた。

「匂いますわ‼」

「うおっ！　何だよ嬢ちゃん、いきなりデカい声出して。匂う……？　え、もしかして俺、汗臭いか？」
アーデルハイトの言葉を受け、東海林は鼻を鳴らしながら肩口の匂いをチェックする。如何に身体能力に優れる探索者といえど、長時間ダンジョン内を動き回ったとあれば、多少汗臭いのは当たり前である。だがアーデルハイトほどの美少女に『匂う』などと言われては、東海林でなくとも気にしてしまうことだろう。そもそも、当のアーデルハイトは汗ひとつかいていないのだから。
：どんまい、おっちゃん……
：空飛んだりいろいろしたもんな……
：まぁオッサン飛ばしたの、そこの令嬢なんですけどね
：っていうか、そこの汗ひとつかいてないお嬢様がおかしいわけで
：蟹追い回して砂浜爆走してた筈なんだけどな
：これが異世界クオリティ
：異世界フィジカルモンスター令嬢
：数分毎《ごと》に属性盛るのやめーやｗ
親近感でも湧いたのか、流石《さすが》の視聴者達も東海林に対しては同情的であった。しかしアーデルハイトの言葉は、どうもそういう話ではないらしい。
「違いますわ！　いえ、多少汗臭くはありますけれど、そうではありませんわ。これは――そう、撮れ高の匂いですわ！」
どこか瞳《ひとみ》を輝かせながら、アーデルハイトが嬉々《きき》とした表情で、声高に宣言したその刹那《せつな》。今の

今まで静寂に包まれていた大広間が、突如として大きく揺れ動いた。まるで地震でも起きたのかと思うような、激しい揺れだった。

「うぉぉぉぉ⁉　何だ⁉　何が起こってる⁉」

それと同時に、東海林の目の前にあった地底湖が、大きな水飛沫《みずしぶき》を上げながら弾《はじ》けた。振動と轟音《ごうおん》、降りかかる飛沫《ひまつ》。それら全てを至近で受けた東海林が、よろめきながらも目を開く。

得てして、ダンジョンとは不測の事態が起きるものだ。そういった探索の基本を、長年の経験から東海林はよく知っている。発生した異変から目を逸《そ》らすことの危うさを、彼はよく分かっていた。

そんなベテラン探索者である東海林の目に映っていたものは、彼を以てしても見たことのない巨大な魔物の姿であった。否、見たことがないといえば少し語弊があるかもしれないが――それはあまりにも有名で、誰もが知っていて、しかし僅《わず》かな報告例があるだけで、実際には見たことのない魔物。

人間はおろか、強固な岩壁でさえ容易《たやす》く切り裂いてしまえそうな鋭い爪。全身を覆うのは、生半可な攻撃など一切通じないであろう硬質な鱗《うろこ》。水を滴らせる飛膜は、本来のそれが空の住人であることの証《あかし》。地の底から響いてくるかのような低い唸《うな》り声が、鋭い牙《きば》の隙間から漏れ出していた。爬《は》虫類《ちゅうるい》を思わせる不気味な眼光が、東海林を飛び越えてアーデルハイトのもとへと注がれる。

「……嘘だろ、オイ」

地底湖の中から姿を現したもの。その正体は紛れもなく、竜種《ドラゴン》であった。

：ドラゴン来たァァァ！

：撮れ高来たァァァァ！

：蟹のデカいやつ食われてて草
：どゆこと……どゆこと!?
：あかん、もう理解が追いつかねぇ
：ドラゴンってマジで存在したんすねぇ……
：一応、どっかの国で報告は上がってた筈

竜種。

現代は勿論のこと、あちらの世界に於《お》いてもそう出くわすことのない魔物だ。その強さは言わずもがな、数多く存在する魔物の中でもトップクラス。現代ではアメリカとドイツのダンジョンにて、僅かに二件の報告例があるのみ。当然ながら、ここ伊豆《いず》での発見報告はない。

まして、ここには本来カルキノスの成体が居る筈であった。だが現実はどうだ。巨大な蟹は無惨にも食い散らかされ、そこらに骸《むくろ》を晒《さら》すのみ。それが意味するところはひとつ。

「異常事態《イレギュラー》かよ！　ツイてねぇな、クソッ！」

東海林が悪態をつきながら、すぐさま後方へと飛び退《の》く。ロートルとは思えない、見事な身のこなしであった。経験豊富な東海林であったが、しかし彼とて竜種の情報など流石に持ち合わせてはいなかった。その強さも、攻撃方法も、何もかもが未知数。東海林の経験から言えば、他の何を差し置いてもすぐに撤退するべき状況だ。何より、この異常事態を協会へと知らせる必要があった。

「おい嬢ちゃん！　さっさと逃げるぞ！」

どっと吹き出した冷や汗を拭《ぬぐ》いつつ、背後へと振り返る東海林。竜種は姿を見せたきり、どういうわけか攻撃をしてこない。撤退するにはこれ以上ない好機であり、今を逃せば撤退すら難しくなる可能性もあった。故に東海林は、急いでこの場を離れるようアーデルハイトに促したのだ。
「僥倖《ぎょうこう》ですわ！」
「は⁉」
だが振り返った東海林が見たものは、それはそれは美しい、溢《あふ》れんばかりの喜色を浮かべるアーデルハイトの顔であった。それればかりか、ぱつぱつに張っていたジャージのファスナーを解き放ち、いそいそと戦闘の準備を始めている。
「相手は幼体、しかも閉所。折角の撮れ高をみすみす見逃すなんて、わたくしには出来ませんわ！」
「何言ってんだ⁉　幼体⁉　いや、アレはどう見ても無理だろ！」
アーデルハイト曰く、相手は幼体であるとのことだが――どこをどう見ても、ファンタジーでお馴染《なじ》みのドラゴンそのものである。アーデルハイトが異世界人であることを知らない東海林からすれば、彼女が何を言っているのか、何を知っているのかがまるで分からない。故に、東海林の言葉は尤《もっと》もであった。仮にこの場に居たのが彼でなくとも、普通は撤退を選ぶだろう。
：思考が迷惑系配信者のそれで草
：ばいんっ
：再生数目当てで危険なことばっかりするアレなw
：問題は迷惑系配信者と比べて、危険の度合いがレベチなこと
：見てる側からすると嬉しい反面、流石に心配が勝つなぁ……
：枝でゴーレム割断する女ぞ？　いけるいける

‥流石にゴーレムとは比べられんだろ……

その一方で、視聴者達の反応は半々といったところ。当然ながら心配の声も多いが、しかしこれまでのアーデルハイトの戦いを思えば『もしかするとやり切るのでは？』という期待の声も多かった。そんな視聴者達のコメントを確認することもなく、アーデルハイトは既に駆け出していた。

「おいッ！　待──」

「まずはひと当て、いざ！」

転がり込んできた撮れ高を前に、東海林の制止などまるで聞こえていない様子。東海林から借り受けたボロの剣を片手に、アーデルハイトは殆ど飛ぶような動きで広場を疾走する。蟹を追いかけて遊んでいた時の比ではない。東海林も、そして画面に齧《かじ》りついていた視聴者達でさえも、その動きを捉《とら》えることは出来なかった。唯一、アーデルハイトへとカメラを向け続けているクリスを除いて。

そんな神速の接近に、竜種も漸《ようや》く反応を見せた。流石は上位の魔物と言うべきか、今まで動かなかったのはアーデルハイトを警戒してのことだったのだろう。虚を衝《つ》かれた、というような動きではない。アーデルハイトの動きをしっかりと捉えた、明らかに準備していた迎撃反応であった。

待ち受ける竜種の初撃は、意外にも長い尾による叩《たた》きつけだった。振るわれた尾がしなり、あっという間に最高速へと加速する。硬質で鋭利な鱗に覆われた尾は太さだけでも大の大人、数人分はゆうにある。そんな太く重い尾が、竜種特有の強靭《きょうじん》な筋肉によって高速で振り下ろされるのだ。有する衝撃力は計り知れない。

「あら、随分と悠長ですわね？」

だが、そんな単純で直線的な攻撃など、アーデルハイトにとっては脅威たり得ない。駆ける勢いをそのままに、半身になってくるりと身体《からだ》を捻《ひね》るアーデルハイト。たったそれだけで、殺意に満ちた凶撃は空を切り、虚《むな》しく地を穿《うが》つ。たとえどれだけの力が込められていようと、どれだけの速度であろうと、どこから迫ろうとも。その程度の単調な攻撃を避《よ》けられないようでは、剣聖など名乗れはしない。

ファンタジー作品に慣れ親しんだ現代人が『ドラゴン』と聞いた時、最初に思い浮かべる攻撃方法は、やはり『息吹《ブレス》』だろう。いわば竜種の代名詞であり、誰もが知る最強の攻撃手段だ。アーデルハイトを警戒し、迎撃の準備をしている暇があるのなら、いっそ息吹の準備でもしていればよかったのだ。

何かしら攻撃の一手を打つということは、すなわち、それが外れた際に一手遅れるということだ。戦いに小手調べの一撃など必要ない。相手が格上であるなら尚更《なおさら》だ。彼女が『悠長』だと言ったのは、つまりそういう意味だ。

尾による一撃をあっさりと回避し、敵の足元へと肉薄するアーデルハイト。そしてそのまま、いつぞやのゴーレム戦でも見せた斬り上げを放つ。舞い踊るような動きから振るわれたそれは、視聴者達のコメントすらをも置き去りにする。

「――ふッ！」

僅かな気合と共に放たれた斬撃は、しかし硬質で耳障りな音に阻まれる。魔物を斬ったとは到底思えない、金属同士が軋《きし》るような音だった。

――否《いや》。アーデルハイトが振るったボロの剣は、斬りつけた箇所で実際に火花を散らしていた。

「ちッ――やはり腐っても竜種、流石に硬いですわね！」
アーデルハイトの剣を阻んだのは、体表を覆い尽くす鋭利な鱗だ。ひとくちに竜種と言っても、アーデルハイトが知るだけでも十を超える種類が存在する。大きさや攻撃方法など、種類によって様々な違いがあるが、しかしそんな竜種には共通する特徴があった。生半《なまなか》な武器では傷ひとつつけることすら叶《かな》わない、圧倒的な防御力だ。ある意味、これが竜種の最も厄介な部分といえるだろう。

　繰り出される爪撃《そうげき》を軽やかに回避しつつ、一撃、二撃とアーデルハイトが剣を振るう。しかし強固な鱗は鈍《なま》らの刃を通さない。如何《いか》に幼体といえど相手は竜種だ。異次元の技量を誇るアーデルハイトを以てしても、得物がこれではどうにもならない。

　同様に、激しく繰り出される竜種の攻撃もまた、アーデルハイトには掠《かす》りもしない。鋭い爪を振るえば、粗悪な剣で簡単に受け流されてしまう。牙を剥《む》き出《だ》しに噛《か》みついてみれば、鼻面に手を当てられ『ひょい』と回避されてしまう。肉薄されているが故に、尻尾《しっぽ》による攻撃は使えない。

　一方は得物の不備により。一方はその力量差によって。両者ともに、決め手を欠いているのが現状であった。これでは埒《らち》が明かぬとばかりに、アーデルハイトが後方へと飛び退《すさ》り大きく距離を取る。激しい攻防の中に生まれた一瞬の空白。そこで漸く、視聴者達のコメントが追いついた。

：うぉぉぉぉぉ！
：何してんのかよく分からんけど、とにかくすげぇ！
：ＡＤＫ！（アデ公）ＡＤＫ！（アデ公）
：薄々気づいてたけどやっぱやべぇわこの女ｗ
：異世界出身がガチみを帯びた瞬間である

：最初からガチ定期
：いうても武器がなぁ……

：遂にアレを使う時が来たようだな……使うよな？

これまで数多くのダンジョン配信を見てきた彼等《ら》は、装備の重要性をよく知っている。そもそも、今までジャージと徒手空拳《としゅくうけん》だけでやってきたことが異常なのだ。なればこそ、彼等の期待感は否応なく高まってゆく。攻撃が通用しない敵が現れた今、例の装備を遂に使ってくれるのでは、と。

撮れ高に取《と》り憑《つ》かれているアーデルハイトが、そんな彼らの期待に気づかない筈《はず》もなく。事実、今のままでは手詰まりなのだ。如何に幼体といえど、舐《な》めプレイを続けて勝てるほど竜種は甘くない。そう考えたアーデルハイトはいよいよ決心する。まだもうしばらくは引っ張る予定であった『聖剣』の使用を。

「むぅ……致し方ありませんわね」

アーデルハイトはそう呟《つぶや》き、そっと胸に手を当てる。するとどういうわけか、彼女の身体を光が包み始めた。燐光《りんこう》は徐々にその強さを増し、あっという間に激しい光を放ち始める。無論、これは撮れ高のための演出だ。初回配信時や雑談回でも見せたように、このような演出は本来必要ない。

「皆様、刮目《かつもく》して下さいまし！　これがわたくしの正装ですわ！」

金色の光が薄暗いダンジョン内を眩《まばゆ》く照らす。竜種が大きく身体を仰け反《の》《ぞ》らせ、口を開いているのが遠くに見えたが――そんなことはもはやどうでもよかった。視聴者達の見つめる画面が激しい光で明転する。数瞬後、クリスの構えるカメラの先。そこには、美しいドレスアーマーに身を包んだアーデルハイトの姿があった。

＊＊＊

聖剣・ローエングリーフと聖鎧《せいがい》・アンキレー。それはアーデルハイトの所有する、彼女本来の装備。華美でありつつも、しかし下品な派手さは一切感じられない。全身から溢れる気品は、まさにアーデルハイトを体現しているかのようで。彼女の容姿も相まってか、それはただただ美しい。手にした長剣は神々しい輝きを放ち、見る者に畏怖《いふ》を覚えさせるほどであった。先程まで使用していた東海林《しょうじ》のボロ剣など、比べることすら烏滸《おこ》がましく思えてしまう。そんな装備に身を包んだアーデルハイトは真実、ファンタジーの世界から飛び出してきた姫君そのものであった。

：剣聖フォーム来たァァ!!
：待ってたぜェ！　この瞬間をよォ!!
：うおっ、まぶしっ
：あああああ!!　てぇてぇぇぇぇ!!
：遂《つい》にアデ公の真面目《まじめ》な戦いが見られるのか……
：あー、駄目ですコレ。すこ……

アーデルハイトが前を向き、今にも息吹を吐かんとしている竜種を睨《ね》めつける。そうしてジャージ姿から一転した彼女は、これまでと変わらぬ態度でこう言った。
「それでは皆様に、簡単なトカゲの倒し方を教えて差し上げますわ！」
装備の換装を終えたアーデルハイトが、今にも息吹を吐かんとする竜種を視界に収める。先程まではアーデルハイトが肉薄していたが故に使えなかった、竜種《ドラゴン》にとっての必殺の一手。竜種はアーデルハイトの変身を、アニメの悪役よろしく待っていたわけではない。ただ息吹を吐くのに必要な溜めを行っていただけだ。

そも『息吹』とは、ただの炎を吐き出す攻撃ではない。竜種とは高度な魔力操作技術を保有する魔物であり、彼らはそれを様々な行動に使用するのだ。いわば『魔法』に近い。あちらの世界ではこうした魔力操作に長《た》けた魔物は何種も確認されており、一部では、この魔物の技術を真似《まね》たものこそが『魔法』であるとさえ言われている。

竜種が飛ぶ時、彼らは翼を使っているわけではない。翼はあくまでも補助的なものであり、実際にはこの優れた魔力操作技術によって飛んでいるのだ。そしてそれは息吹も同じだ。炎を吐き出しているわけではなく、口から火炎魔法を放っていると言えば分かりやすいだろうか。一見同じように聞こえるが、しかしこの二つには決定的な違いがある。ただの炎と、魔力を用いて生み出された炎では、圧倒的に火力が違うのだ。

「とまぁ、これが竜種と戦う際の注意点ですわね」

今にも放たれようとしている息吹を前に、アーデルハイトは呑気《のんき》に解説――魔力云々《うんぬん》の部分は適度に誤魔化しながら――をしていた。どうやら本当に『簡単なドラゴンの倒し方』とやらを実践するつもりでいるらしい。だが、視聴者達からすればそれどころではない。

：知るかw
：まず戦わねぇんだよ！　普通に逃げるわ！
：そんなことより装備かっこよすぎない？

：マジですこ。現在進行系で視力回復してる
：ふつくしい……姫騎士モードたすかる……

：ていうか眩《まぶ》しくてよく見えなかったぞ！　いい加減にしろ！

：変身する時は一回全裸になるの‼

：それが変身のルールでしょ⁉　やり直せ！

煌《きら》びやかな装備への換装に続き、息吹の脅威、そして謎の解説《レクチャー》。漸く見ることが叶ったアーデルハイトの正装に喜ぶべきか、或《ある》いは、攻撃が迫っていることを心配するべきなのか。矢継ぎ早に襲いかかる情報の波に、彼らは些《いささ》か混乱気味であった。その所為《せい》か、わけの分からないことを口走る視聴者も少なくなかった。

「おい嬢ちゃん！　前見ろ、前‼」

そんな緊張感のないやり取りをしている内に、いよいよ息吹は放たれた。東海林の警告がアーデルハイトへと飛ぶが、しかし彼女はどこ吹く風。焦る様子など微塵《みじん》も見せず、ただ右手に握った聖剣を構えるのみ。

「ふふっ──この程度、心配ご無用でしてよ」

そう言って不敵に笑うアーデルハイト。こうして聖剣《ローエングリーフ》を握った以上、彼女は時間をかけるつもりがなかった。何度か斬り結ぶ姿を見せてもよかったが、しかしそれでは折角の聖剣が無駄になってしまう。聖剣の強さを知らしめるためには、やはり一撃必殺が望ましい。そんな溢《あふ》れるエンタメ精神の下、アーデルハイトは聖剣を握った腕を引き絞った。

「聖剣《このこ》を手にしたわたくしに、こんな火遊びは通じませんわ！」

ただの炎とはまるで違う、指向性を持って放たれた魔力の塊。襲い来る熱波が水分を一瞬で蒸発させ、轟音《ごうおん》と共にそれは迫る。そんな視界を埋め尽くすほどの大火の正面に、アーデルハイトが立ち塞《ふさ》がる。そうして目一杯引き絞った右腕を、叫びと共に解放する。それすなわち、必殺の一撃。

「高貴スラーッシュ‼」

アーデルハイトの右腕がぶれ、カメラの前から消え失《う》せる。圧倒的な速度で放たれたその突きは、視聴者達の目に追える筈もなく。高度な魔力操作？　魔法のオリジナル？　そんなものは関係ないとばかりに、神速の一撃は炎を巻き込み、かき消し、荒れ狂う風のうねりと共に竜種のもとへと到達する。そうしてフロア全体を揺るがした刺突の衝撃が収まった時。腹に大穴を空けた竜種の姿が、静かに佇《たたず》んでいた。限界まで見開かれた瞳《ひとみ》は、何か信じ難いものを見たかのようで。

「と、まぁこんな感じですわね」

：は？

：うおおおおおお！

：出来るかボケェ！

：技名ダッッッッッッサ‼

：てかそれスラッシュじゃねーから‼

：高貴スラッシュ（刺突）は意味不明で草

：すーぐ情報量の圧で誤魔化そうとする

：何が起きたのかよく分からんが、コレは倒したんか？

滝のように流れるコメント欄を眺めつつ、アーデルハイトはふんす、と鼻を鳴らしドヤ顔を披露する。その数瞬後、大きな地響きと共に絶命した巨体が崩れ落ちた。それにより漸《ようや》く、視聴者達も状況を把握し始める。アーデルハイトの目論見通り、たった一撃でのド派手な幕引きであった。

：すげぇぇぇぇ！
：マジで倒しやがった！
：ね？　簡単でしょう？　じゃないのよｗ
：マジで遊び半分でやり切ったったｗ
：これだけは言える。さすアデ！
：やっぱアデ公しか勝たん！
：薄々気づいてはいたけどやっぱ強すぎィ!!
：マジでアデ公が探索者界で最強なんじゃね？
：仕方ねぇから一生推します！

「大変気分がよろしいですわー！　もっと褒め称《たた》えてもよくってよー！」

称賛の声を浴び、余韻に浸って高笑いをするアーデルハイト。視聴者達も、こんな光景は今まで見たことがなかった。それこそトップランカーの配信であっても、だ。そんな殆《ほとん》ど現実離れした戦闘を見せられたのだから、彼等の興奮は当然だと言えるだろう。とはいえ竜種を倒したこと自体は、アーデルハイトにとってはそう大した戦果でもない。彼女はあちらの世界に於《お》いて、それこそ成体の竜種を討伐したこともあるのだから。だが思惑通りの撮れ高と、それを喜んでくれる視聴者コメントの数々。それを見て上機嫌にならないほど、彼女はひねくれた性格をしていない。

しかしその背後では、たった今倒したばかりの竜種の死骸《しがい》が、既に黒霧となって消え始めていた。

倒した魔物が消えること、それ自体は通常通りだ。だが、今回はそれがあまりにも早すぎた。本来であれば、素材を剥《は》ぎ取るだけの時間が十分にある筈なのに。そんな想定外の事態にいち早く気づいた東海林が、未《いま》だ上機嫌な高笑いを続けているアーデルハイトへと声をかける。

「おい嬢ちゃん！　後ろ！」

「あら？　どうしまして？　一体何を慌てて……あああ────っ⁉」

漸く気づいたアーデルハイトが急ぎ死体へ駆け寄るも、時既に遅し。あれだけの巨体を誇っていた竜種は、砂上の楼閣がごとく消え去っていた。

「折角の竜種が……わたくしのお金が……」

がっくりと項垂《うなだ》れ、地面に跪《ひざまず》くアーデルハイト。竜種は捨てる部位がないと言われており、その素材は非常に高値で取引される。それはこちらの世界でも同じことだ。否《いや》、報告例が二例しかないことを考えれば、その価値はあちらの世界と比べ物にならないかもしれない。そんな一攫千金《いっかくせんきん》の獲物は、しかし露と消えてしまっていた。

「うぅ、どうして……あら？」

黒い霧となった竜種が、ダンジョン内に流れる微《かす》かな風に乗って消え去った、丁度その時。ふと、アーデルハイトは僅《わず》かな引っかかりを感じた。死骸が変化した黒霧とは、つまるところ生前その者が保有していた魔力の残滓《ざんし》だ。そんな魔力の残り滓《かす》の中に、どういうわけかアーデルハイトのよく知る気配が混ざっていたのだ。

それは、こちらの世界では感じる筈のない気配だった。よもや見紛《みまが》う筈もない。そうと気づけば否応なく鼻に残る、アーデルハイトにとっては忌まわしい香り。付き合いこそ短かったものの、しかし幾度となく身近で感じた魔力の波長。

「コレは一体どういうことですの？　どうして、あの聖女《おんな》の魔力がここに――」

刹那《せつな》、様々な推測がアーデルハイトの脳内を駆け巡る。まさか、あの女もこちらの世界に来ているのだろうか。或いは、自分がこちらの世界に飛ばされたように、この竜種もまたそうなのだろうか。何故《なぜ》、どうやって、何のために。考えたところで分かるはずもない事柄が、彼女の頭をぐるぐると泳いでいた。そうして思索に耽《ふけ》り始めたアーデルハイトを現実へと連れ戻したのは、彼女が最も信頼する従者の声だった。配信に声が入らないよう注意を払った、酷《ひど》く小さな声である。

「お嬢様？　どうかしましたか？」

「……あ、ええ。いいえ、なんでもありませんわ」

一瞬、クリスにも今感じたことを話そうかと考えた。しかし、語るにはまだ情報が足りない。あの女の気配を見紛う筈《はず》もないが、アーデルハイトの勘違いという線もなくはないのだ。確度の低い話を聞かせて混乱を招くのは、クリスの主人として望むところではなかった。故にアーデルハイトは先の引っ掛かりを、今はまだ胸に仕舞っておくことにした。それにアーデルハイトの考えが正しければ、恐らくはこの先も――

そこまで考えたところで、アーデルハイトは頭《かぶり》を振る。今は配信中なのだ。余計な考えに拘泥している場合ではない。そうしてアーデルハイトが立ち上がると、そこへ漸く東海林もやって来た。つい先程まではクリスの前に居たというのに、どうやらあっさりと抜かれたらしい。もしも彼が探索者でなければ、今頃は激しく息を切らしていたことだろう。

「……滅茶苦茶強いじゃねぇかよ嬢ちゃん。あんなの今まで見たことないぜ……目ん玉飛び出るかと思ったよ。つーか、実際に腰は抜けたしな」

すっかり気持ちを切り替えたアーデルハイトへと、東海林が労《ねぎら》いの言葉をかける。高い実力を持っているであろうことは察しがついていたが、まさかコレほどだとは思っていなかったのだ。しかし当のアーデルハイト本人は、まるで当然だとでもいった様子だった。

「あの程度、余裕も余裕の大余裕ですわ！」

「お、おう……マジか。しっかし、アレは何だったんだかな……あんなもん、ハッキリ言ってそこらの探索者じゃ歯が立たねぇぞ。イレギュラーにしたって度を超えてるぜ」

「ここに居たのがわたくしで良かったですわね！」

「はっ、違《ちげ》ぇねぇな。よっし、そんじゃあさっさと帰ろうぜ！　俺はもう疲れた」

探索者とはいえ、どうやら中年の身体《からだ》には今回の探索が堪《こた》えたらしい。東海林は歯を見せながら笑顔を作り、アーデルハイト達を先導するかのように元来た道を戻ってゆく。その足取りは、アーデルハイト達の後をおっかなびっくり付いてきていた往路よりも、どこか軽やかであった。

「全然元気ではありませんの……クリス、わたくし達も行きますわよ」

「はい」

そう言って、二人がゆっくりと歩き出した時だった。アーデルハイトの足元で、硬質な何かがコツリと音を立てる。示し合わせたかのように二人がそちらへと視線を向ければ、そこにはあるものが転がっていた。それはガラスのように透明で、中を覗《のぞ》けばその中心部では鈍い輝きを放つ漆黒が渦を巻いている、そんな拳大の球体だった。

「あら？　コレは……」

手に取ってみれば、それは間違いなくアーデルハイトもよく知る物体であった。クリスの方へと顔を向ければ、彼女もまた黙して頷《うなず》いている。

「『魔石』……でしょうか？」

クリスが呟《つぶや》いた『魔石』とは、その名の通り魔力の塊である。それは魔物の死体から採れるものであり、あちらの世界ではよく知られたアイテムだ。魔導具の稼働に使用されたり、或いは、即席の魔力回復薬としても使われたり、その用途は幅広い。帝国のみならず、世界中の至る所で広く使われている、人間の生活と切っても切り離せないもの。それが魔石だった。

アーデルハイトの頭が再び回転を始める。

まさかこちらの世界にも魔石が存在するなどとは、アーデルハイトは思ってもみなかった。こちらの世界に来た当初にクリスから聞かされた話によれば、こちらの世界には魔法を使える者が居ないとのことだった。故に、魔法や魔力と密接な関係にある『魔石』も、存在しないのではないかと思っていたのだ。

しかしよくよく考えてみれば、元から魔法を習得していたクリスはこちらの世界でも魔法を行使することが出来ている。つまり魔法の行使に必要な魔力それ自体は、こちらの世界にも存在するということだ。

これまでは、異世界からやって来た自分達だけが、自分達だからこそ、こちらの世界でも魔法を使えるのだと思っていた。いわば特例であると。魔法のない世界だと思っていたからこそ、魔石もないのだろうと思っていた。しかし今ここに『魔石』があるということは。

こちらの世界には魔法が存在しないのではなく、ただ『魔法』という技術が認識されていないだけなのではないか。何故気づかなかったのだろうか。死んだ魔物が魔力に変換されてダンジョンに吸収されているのも、魔力が存在することの証明に他ならないではないか。それはアーデルハイト達にとって見慣れた光景であったが、視聴者や東海林《しょうじ》は魔力について何も知らない様子であった。それどころか、未だ解明されていない謎のひとつだと言っていた。つまり魔力という存在をこちらの世界の人間が知らないだけなのだ。

こちらの世界にも、『魔力』と『魔法』は存在するというのであれば。もしかするとこちらの世界の人間も、『魔法』を使えるようになるのでは——そこまで考えたところで、既に随分と先を歩いていた東海林から声がかかった。

「おーい！　何してんだー！　早く帰ろうぜー！」

アーデルハイトとクリスは互いに顔を見合わせ、視線を交わすことで意思疎通を行う。すなわち、『詳しい話はまた後で』である。

「そういえば、帰路用の武器がありませんわね……」

当初借り受けていた東海林の剣は、既に持ち主へ返却済みである。とはいえ、そこらの有象無象《うぞうむぞう》に聖剣を振るうつもりは毛頭ない。故に、現在のアーデルハイトはすっかり武器を失った状態であった。

：オッサン

：オッサンがおるやん

：投げるなり振り回すなりしてもらって

：爆破もあるぞ！

：どうにかして七色に光らせられないか？
：お前らオッサンのこと好きすぎだろｗ
：今どき珍しい渋おじだったからな
：くたびれ感がよかったよ
「おじさまがコメントを見られないからって、好き放題言ってますわね……」
：知らなかったのか？　ここが最強のポジションだと
：ゲームでも動画勢は無敵だろ？
：演者は煽《あお》る、コメントは盛り上げる、両方やらなくちゃあならないってのが視聴者の辛《つら》いところだな
「まったく……この国では『帰るまでが遠足』だと聞きましたわよ。というわけで、帰りも油断せず撮れ高を探しますわよ！」
思い思いにコメントを飛ばす視聴者達を焚《た》き付《つ》け、アーデルハイトはクリスと東海林を連れてダンジョンを引き返す。前回は駆け足での帰路となったが、今回はそれほど急ぐ必要もない。撮れ高を求めて多少うろついたところで、時間的には余裕があるだろう。そうして気持ちを切り替えたアーデルハイトが、ポケットに仕舞った魔石をそっと撫《な》でる。
「……とりあえず汀《みぎわ》あたりで試してみましょうか」
マイクに拾われない程度の小さな声で、アーデルハイトが独り呟く。そんなアーデルハイトの思惑などまるで知る由もない汀は、地上で配信を確認しつつアイスコーヒーを啜《すす》っていた。そして不意に、なんとも言えない悪寒を感じるのであった。

第九章　帰還

「じゃあ、ちょっくら行ってくるぜ」

「よろしくお願いしますわ」

　帰路でも撮れ高を求めて走り回ったものの、しかし特別何もなく、ただ気まぐれに蟹《かに》を蹴散《けち》らしながら地上まで戻ってきたアーデルハイトとクリス、そして東海林の三人。そうして戻るや否や、東海林は探索者協会の買い取りカウンターへと向かっていった。そんな彼にひらひらと手を振りながら、アーデルハイトもまた汀の待つ食堂へと向かう。

　既にカメラは回っておらず、配信は終了している。視聴者達からの労いのコメントは多く、また、希少なアイテムを手に入れたことへのお祝いの言葉も多く寄せられていた。『クリスではない方のスタッフも出せ』などというコメントも散見されたが、アーデルハイトは華麗にスルー。そうして視聴者達に丁寧な礼を述べ、ついでにチャンネル登録とサブスク登録のお願いをしたところで配信を終えた。

　今回のダンジョン探索では、様々な出来事があった。成り行きとはいえ、こちらの世界に来てから初めての臨時パーティ結成。迷宮兎《ダンジョンラビット》なる未知の魔物との遭遇に、回復薬《ポーション》の入手。そして想像もしていなかった竜種《ドラゴン》との遭遇に、魔石の存在。

　臨時パーティを組んだことはともかくとして、魔石と回復薬《ポーション》については、少し考えなければならないことが出来てしまった。だからだろうか、肉体的には特に疲れたというわけではないのに、アーデルハイトは何処《どこ》か気疲れしているようであった。

「はぁー……考えることが多いですわね……」

そんな言葉を呟きながら、アーデルハイトが食堂の扉を開く。そこには、机に頬杖《ほおづえ》をつきながら片手で機材を操作する汀の姿があった。いくつかの小皿と空いたグラスがいくつも並んでいるところを見るに、どうやらすっかり寛《くつろ》いでいたらしい。彼女は食堂から配信のチェックを行っていたわけだが、実際に潜っていた二人と違って、配信に特別問題がなければ基本的にすることがない。本日の配信時間は七時間と少しといったところで、食堂で待機していた汀からすれば随分退屈だったことだろう。

「あ、お疲れ様ッス。今回も良かったッスよー！　チャンネル登録者もサブスクも、しっかり増えてたッスよ。お嬢人気は当然として、凛《りん》──クリスの人気も大きいッスね」

「貴女《あなた》を出せ、という声も多かったですわよ？」

「いやいや、ウチはそういうあれじゃないんで。二人と並んだら公開処刑じゃないっスか」

「そんなことはないと思いますが……というより、お嬢様と並ぶと誰でも公開処刑ですよ？」

「まぁそれはそうなんスけど」

自らを卑下するとまではいかずとも、謙遜《けんそん》の態度を見せる汀。しかし彼女の容姿は悪くない。というよりも整っている方である。どちらかと言えば美人系であるアーデルハイトとクリスの二人とは違い、汀は愛嬌《あいきょう》のある可愛《かわい》い系だ。系統こそ違うものの、彼女もまた人気の出そうな顔立ちだと言える。というよりも実際にそれなりの人気を獲得している。それもほんの一瞬映っただけだというのに、だ。演者にとって容姿は大きな武器となることは言うまでもないが、そういう意味では、汀にも演者の適性はあると言えるだろう。

「ともかく、今回の配信終了時点で登録者数はなんと5000人を超えたッス‼　前回の雑談枠から2000人近く増えてるッスよ！　まぁ雑談配信からの間でジワ増した分も含めてッスけど、これは順調そのものと言えるッス」

「有名配信者の登録者数が数百万人であること考えると、遠すぎてよく分かりませんわね」

「上を見たって仕方ねーッス。それにこういうのは、登録者が増えれば増えるほど徐々に加速していくものッス。大丈夫、心配ないッスよ」

「それならいいんですけど」

アーデルハイトは一瞬だけ、今ここで『魔石』に関する話もしてしまおうかと考えた。しかし頭《かぶり》を振り、旅館の部屋に着いてからにしようと考えを改めた。不人気で名高い伊豆《いず》のダンジョン、それもすっかり日の沈んだ時間帯だ。京都と同じように、ちらと見ただけでも人気《ひとけ》がないことは分かるが、やはり何処に耳があるかは分からない。真偽はともかくとしても、魔石に関する話は出来れば誰にも聞かれたくはなかった。そんなアーデルハイトの何か言いたげな表情を察したのか、汀が胡乱《うろん》げな表情でアーデルハイトをじっとりと見つめる。

「……なんか怪しいッスね」

「な、何がですの⁉」

「何か企《たくら》んでないッスか？」

「なっ⁉　何も企んでなどいませんわ‼　貴女であれこれ実験をしようだなんてまさかそんな‼」

「お嬢様……」

「またベタな……まぁいいッスけど、後でちゃんと話してもらうッスよ」

呆《あき》れるように息を吐くクリスと、ひとまずは見逃してくれるらしい汀。何を隠そう、アーデルハイトは腹芸が苦手だった。実に貴族らしからぬことだが、軍部に入り浸り、社交界方面には殆《ほとん》ど顔を出さなかった彼女だ。ある意味では仕方がないことなのかもしれない。基本的には聡明《そうめい》で思慮深い彼女ではあるが、ふとした時にポンコツと化すのはご愛嬌といったところだろうか。

汀の追及をどうにか逃れ、あとは換金の結果を待ってから旅館へと移動するだけとなった三人。飲み物を注文し、雑談をしながら東海林の報告を待つこと数十分。扉が開き、二人の人物が食堂へと入ってくる。他に誰も居ないこともあって、迷うことなく一直線にアーデルハイト達のもとへとやって来た。

片方は勿論《もちろん》東海林だ。緩みが抑えきれていないその表情を見るに、どうやら良い結果が出たらしい。なにやら不審者のようにきょろきょろと周囲を警戒し、落ち着きがない。そしてもう一方は、アーデルハイトの知らない人物だった。しかしその服装を見れば、探索者協会の男性職員であることは一目で分かる。暗めのブラウンの髪に垂れ気味の目尻《めじり》は、見る者に優しそうな印象を与える。少し背は低めで、百六十センチに届かないくらいだろうか。ほっそりとした腕や脚から華奢《きゃしゃ》な印象を受ける、一瞬女性と見紛《みまが》うような職員だった。そんな男性職員が、にっこりと微笑《ほほえ》みながら口を開いた。

「こんばんは。私はここ、探索者協会伊豆支部の職員をしています、四条《しじょう》饗《きょう》と申します。先程受付にいらした、そちらの来栖《くるす》さん以外は初めましてですね。どうぞよろしくお願い致します」

自己紹介とともに深くお辞儀をする饗。確かに国家公務員扱いである探索者協会の職員は、基本的に真面目《まじめ》で礼儀正しい。配信前にこの場所でサボっている職員を見たように、例外は勿論いるのだが。しかしそれにしても彼の態度は流石《さすが》に丁寧が過ぎる。そのオーバーなほどの慇懃《いんぎん》な態度に、アーデルハイト達はそれぞれ三者三様の反応を返す。

「あら、これはご丁寧にどうもですわ」

「何か丁寧すぎて逆に怖いんスけど？」

「受付の時もこんな感じでしたよ？」

雑に挨拶《あいさつ》を返すアーデルハイトと、何やら疑い始めた汀。人によっては失礼だと取られかねないが、しかし饗はそんな二人の態度などまるで気にした様子もなく、ただニコニコと笑っていた。

「あはは、実はよく言われるんですよ。これはもう性格みたいなものですから、気になさらないで下さい――――と、挨拶はこのくらいにして本題に入りましょうか」

「……？　わざわざ職員の方が来るということは、何か問題でもありまして？」

アーデルハイトは、回復薬《ポーション》と金銭のやり取りをして終わりだと思っていた。しかしこうして職員が出張ってきた時点で、若干のきな臭さを感じていた。そんなアーデルハイトの訝《いぶか》しむ視線を受けた饗は、ひとつ呼吸を置いて、言葉を続けた。

「いいえ、問題などありませんよ。提出して頂いた中級回復薬は、査定の結果1186万円、端数はサービスさせて頂きまして1200万円で買い取らせて頂きます。明細は東海林さんにお渡ししております。分配に関しても話はついているとのことですので、この件に関しては我々協会が口を挟むことはありません。また、半分塩漬けとなっていたローパー変異種の討伐報酬についても、多少色を付けさせて頂きました」

「……あら？　あらあらあら？　……おじ様‼」

「おう！　コレがベテランの力よ！　伊達《だて》に何十年もやってねぇぜ！」

「流石ですわ！　空を飛ぶことしか出来ないと思っていましたが、わたくしが間違っていましたわ‼」

「……いや、どうやら今現在も間違ってるっぽいぞ。実は空を飛ぶのは俺の能力じゃなくて嬢ちゃんの筋力なんだわ」

　当初の予想では恐らく１０００万円ほどの値が付けば上々だろう、と言っていた回復薬《ポーション》。しかし蓋《ふた》を開けてみれば、予想より２００万円も上乗せされた１２００万での買い取りとなったらしい。

顔が利くなどと言ってはいた東海林だが、まさか二割も増やすとはアーデルハイトは勿論のこと、クリスも、配信を見ていた汀も、誰も想像していなかった。喜びを露《あらわ》にし、飛び跳ねながら東海林とハイタッチを交わすアーデルハイト。クリスもほっと胸をなでおろし、汀でさえも口の端をひくひくと震わせていた。

「あはは、皆さんご存知の通り伊豆ダンジョンは不人気です。そんな中、東海林さんは昔からずっとここで探索して下さっていますから。多少の色くらいは付けても良いでしょう？」

「良いですわ！」

「なによりも、この伊豆ダンジョンで回復薬《ポーション》が見つかったのは初めてなんです。そうでなくても、全世界的に見て非常に希少なアイテムですから。もしかするとこれを機に、回復薬《ポーション》を求めて探索者達が集まってくるかもしれません。いえ、そうなるよう最大限利用するつもりです。いわば広告費用分の上乗せだと思ってもらえれば良いかと」

「よくってよ！　よくってよー！」

上機嫌でくるくると小躍りするアーデルハイト。探索者が一山当てて上機嫌。そんな微笑ましい光景に饗もまた水を差すことなく、笑顔でアーデルハイトが落ち着くのを待っている。そうして漸《ようや》く彼女が落ち着き席についたところで、饗の話が続けられる。

「さて、実はこれは前置きのようなものでして、ここからが本題なのです。今回私が皆さんに会いに来たのは、買い取りの件ではございません。実を言うと私、貴女方——異世界方面軍さんのことは以前から存じておりました。『姉』からもいくつか話は聞いていますし……ふふ、実は私リスナーなんですよ」

「あら！　それはそれは、いつもお世話になっておりますわ！　……ところで『姉』というのは一体誰のことですの？」

「アーカイブで拝見したのですが……京都で怪我《けが》人を連れ、ダンジョン内を疾走しましたよね？実は、姉が京都支部で職員をやっておりまして、当時その場に居たそうで。その時の話をいくつか伺っていた、というわけです。四条宴《うたげ》と言うんですけど、覚えはありませんか？」

「……？」

アーデルハイトが記憶を遡《さかのぼ》る。

そう言われてみれば、コメント欄で視聴者達が何か言っていたような気がした。そうだ、確か迷子と勘違いした小さな職員が居た気がする。いや、居なかっただろうか。曖昧《あいまい》ながらも少しずつ思い出してきたところで、クリスから助け舟が出された。

「お嬢様、ほら、ダンジョンから戻ってきたお嬢様達の様子を見に来た、あの小柄な女性職員がそうです」

「やっぱりあの時の彼女で合ってましたわ！」

思い出しそうで思い出せない、そんな気持ちの悪い感覚。しかしクリスの言葉で漸く確信を得たアーデルハイトが、スッキリした表情でぽんと手を打った。

「思い出して頂けたようで何よりです。さて、それでは本題に入らせて頂きます。実はアーデルハイトさんの実力を見込んで、お願いしたいことがあるんです」

「お願い……？　まぁ、一応最後まで聞きますわ」

あくまでも笑顔は崩さず、しかし何処か慎重な雰囲気で語り始めた饗。配信のリスナーでもあるという彼は、当然ながらアーデルハイトの圧倒的な実力を知っている。未《いま》だ認知度の低いアーデルハイトではあるが、『跳ねる』のも恐らく時間の問題だろう。故に、今ならばまだ、といったところだろうか。

「ありがとうございます。先程も申し上げたように、ここ伊豆ダンジョンは非常に人気が低いです。ほぼゼロと言ってもいいでしょう。しかし今回お二人が持ち帰ってくれた回復薬《ポーション》、これを宣伝に使えば一定数の人を呼び込めるのではないかと我々は画策しております。そこでアーデルハイトさんには是非、伊豆ダンジョンの広報大使を担って頂けないかと思いまして、こうしてお願いに参った次第です」

「……？」

「これは……予想していない角度でしたね」

「ウチもてっきり、攻略してくれ系かと思ってたッス」

　一同の予想に反して、饗の語った『お願い』とは、まさかの容姿方面であった。無論アーデルハイトの容姿が飛び抜けていることは重々分かっているが、しかし『実力を見込んで』と言われればやはり戦闘方面だろうと考えていたのだ。横で聞いている東海林《しょうじ》は容姿関係であると予想していたのか、腕を組みながら何やらうんうんと頷《うなず》いている。

「週に一度、伊豆ダンジョンでの配信を行って頂くこと。それと、いくつかの宣伝グッズ作製の許可。基本的にはそれだけで結構です。あのあまりにもぶっ飛んだ配信内容。そしてその優れた容姿。アーデルハイトさんが此処《ここ》で配信をして下されば、それだけで大きな宣伝効果が見込めると考えております」

「確かに、お嬢様の容姿と戦闘力は我々の武器ですからね」

「まぁ、ウチも配信見てて何回かコーヒー吹いたッスからね」

「わたくしの実力を認めて頂けるのは有り難いことですわね」

　饗の依頼を聞いた三人の反応は、存外悪くなかった。この依頼は、彼女達にとってもメリットがある。これはつまり、支部とはいえ探索者協会がスポンサーに付くということだ。言うまでもなく、チャンネルの宣伝にはもってこいだろう。そんな三人の反応を見た饗は、中々の手応えを感じていた。条件は緩いし、あちらにもメリットを用意している。彼としても、魅力的なプレゼンが出来たと自負している。恐らくはあとひと押しといったところだろうか。そうして彼は、最後のひと押しを決めにかかった。

「勿論報酬は毎回お支払い致します。金額に関しては後ほど相談という形になりますが。なお、この件は私のみならず伊豆《いず》支部長の許可も得ております。所謂《いわゆる》『企業案件』のようなものだと思っていただければ分かりやすいかと。如何《いかが》でしょうか？」

そう締めくくった饗の言葉に、互いに顔を見合わせる三人。時間にすればほんの数秒程度の無言の相談。言葉にする必要などなく、三人の意見は一致していた。

そうしてアーデルハイトが三人を代表し、満面の笑みで饗に答えを告げた。

「────お断りしますわ‼」

そんなアーデルハイトの言葉に、当然承諾してもらえるだろうと考えていた饗が笑顔のまま固まった。感触は悪くなかった。否《いや》、むしろ良かった筈《はず》だ。しかし答えはノー。上げて落とすとはまさにこのことだろう。そうして動かなくなった饗の隣、傍《そば》で見ていた東海林の呟《つぶや》きだけが、食堂内に響いた。

「え？　あ……今の感じでお断りなのか」

＊　＊　＊

それはアーデルハイト達としても将来に関わる問題だった。この先ずっと契約が続くなどということはないだろうが、しかし今は彼女達にとって、走り出した最初の一歩とでも言うべき時期だ。目をつけてもらえたことそれ自体は有り難い話だが、そんな重要な時期にある彼女達が今、一処《ひとところ》に縛られるのはデメリットでしかない。

契約とは双方のメリットがあって初めて成立するもの。直截《ちょくせつ》に言ってしまえば、アーデルハイトが本気でダンジョンに潜れば、制覇は可能だろう。そうなればチャンネルの話題性は勿論のこと、この世界では未だ発見されていないレアアイテムなども持ち戻ることが出来るかもしれない。饗の出した条件で伊豆に張り付いてしまったら、これから先で得られるものに釣り合わないのだ。

では何故《なぜ》アーデルハイトが本腰を入れていないのかといえば、答えは単純だ。現時点ではまだ探り、様子見の段階であるからだ。アーデルハイトの埒外《らちがい》の実力で以《もっ》てダンジョンを攻略、或《ある》いは未踏破階層を更新してしまったとして、一体どのような影響が出るか分からない。単純に実力ある新人が現れたと話題になるだけならばまだ良いが、それを超えて騒ぎが大きくなってしまえば身動きが取れなくなってしまう。若しくは今日のように、協会関係の上役が接触してくる、なんてことも考えられなくはない。そうなってしまえば、彼女達の目的であるスローライフからは遠ざかる一方だ。いずれは様子を見つつダンジョンを攻略する予定ではいるが、まだ少し先の話となるだろう。

そういった旨をクリスが説明したところ、意外にも饗はすんなりと引き下がった。とはいえ、肩はしっかりと落としていたが。

その後は世話になった東海林に礼を告げ、また共にダンジョン探索を行う約束を交わして別れた。『機会があれば剣を教えてくれ』などと頼まれもしたが、アーデルハイトは必殺の『お断りしますわ』で華麗にスルー。逃げるように車へと乗り込み、そのまま伊豆支部を後にした。

そうして汀《みぎわ》が運転する、旅館へと向かう車内でのこと。こちらの世界へ来て初めてとなる小さな旅行に、アーデルハイトの気分は昂ぶっていた。現在は車の窓を開け、海辺の夜風に髪を靡《なび》かせている。行きの道中では『ベトついて気持ち悪い』などと言っていたというのに、上機嫌である今はまるで気にならないらしい。

「よかったんスか？　あのオジサン白目剥《む》いてたッスけど」

「仕方ありませんわ！　面倒ですもの‼」

汀の問いかけにはっきりと言い切るアーデルハイト。元気の良いその返事は、そんなことよりも旅館はまだかとでも言いたげだった。

「お嬢様は昔から、あの手の申し出は断っていましたからね」

「教えること自体が嫌なわけではありませんわよ？　ただなんとなく、『教えて』と乞《こ》われれば『ノー』と言いたくなるだけですわ」

「あ、ただの天邪鬼《あまのじやく》なんスね……」

「人聞きが悪いですわよミギー。それに折角教えるのなら、可愛《かわい》らしい女の子の方が楽しそうですわ‼　そんなことよりも、まだ宿には着きませんの⁉」

「ふふ。お嬢様、個室に露天風呂《ろてんぶろ》がついているそうですよ？」

「楽しみですわー‼」

「もうちょっとで着くんで落ち着いて欲しいッス。あと揺らすのやめろ」

今のアーデルハイトを見て、彼女が元高貴な身分の令嬢だと一体誰が思うだろうか。ダンジョン探索の疲れなどまるで見せず、後部座席から汀の座る運転席をゆさゆさと揺するアーデルハイト。そうして一行の乗る車は、ぐらぐらと車体を揺らしながら夜の海岸沿いを走り抜けてゆくのだった。

＊　＊　＊

「ふぉぉおぉ……‼」

部屋に案内されると同時、アーデルハイトは素早い動きで畳の上を駆け抜け、あっという間に外へと続く扉を開いていた。そうして部屋外のベランダ部分に作られた露天風呂を見た、その第一声が先のものである。アーデルハイトのあまりにも軽快なその身のこなしには、ここまで案内してくれた仲居も目を丸くしていた。

そんな仲居から諸々《もろもろ》の説明を受けるのはいつものごとくクリスの役目だ。汀は既に座椅子に座り、早速お茶を淹《い》れて寛《くつろ》ぎ始めている。

彼女達が予約していた旅館は、全ての部屋に露天風呂が備え付けられている。部屋数は少なめで、総客室数は十部屋しかない。しかしその分一部屋毎《ごと》の質は高く、少数精鋭とでも言うべきだろうか。アメニティも充実しており、各種洗面用具からドライヤーに浴衣《ゆかた》、果てはバスローブまで完備されていた。

「あぁ～……こんなにゆっくりするのは久しぶりッスね……」

東海林のものが感染《うつ》ったというわけでもあるまいに、汀は二十代とは思えないような声と息を吐き出した。彼女は就職してからこれまで、仕事の傍らで趣味の同人活動に勤《いそ》しんできた。年に二度ある大きなイベントは勿論《もちろん》のこと、クリスと出会ってからは、比較的規模の小さいイベントにも積極的に参加するようになった。ページ数が少ないとはいえ、本を一から自作するのは想像以上に大変なことだ。仕事の合間を縫って少しずつ作業を進め、そうして専ら薄い本を制作して販売、或いは同好の士と自作の本を交換する。楽しくもあるが、それなりに忙しくしていたのだ。

これは勿論ただの趣味であり、彼女が好きでやっていることなのだから、それも仕方がないと言えば仕方がないのだが、しかしこうしてのんびり旅行に来る時間などなかったのも事実だ。数年ぶりの小さな旅行に、汀は自身の心身が癒やされてゆくのを感じていた。

ちなみに彼女は普通のOLとして某企業で働いていたが、先日退職願を出している。勿論配信業に専念するためではあるが、先の見えない計画に全ツッパするあたり、彼女の肝の据わり方も相当なものだ。なお現在は年休消化の真っ最中である。そんな汀の向かいへと、仲居との話を終えたクリスが腰を下ろした。

「もう、オッサンみたいな声を出さないで下さいよ」

「お、話は終わったんスか？　凛《りん》──クリスもお茶飲むッスか？」

「どうも。ところで、協会で話している時も気になったのですが、私を凛と呼ぶのはやめるのですか？」

汀が淹れたお茶を受け取りつつ、クリスが問いかける。そう、つい先程協会で話をしていた時にも気にはなっていたのだ。あの時も汀は、一度凛と呼びかけてからクリスと言い直していた。

「んー……まぁそうッスね。お嬢もクリス呼びだし、統一した方がいいかなーって。本名はクリスなんスよね？　だったら、そっちに合わせた方が分かりやすいッスから」

「本名というか、愛称ですけどね」

「お嬢も何度か配信でクリス呼びしてるし、お嬢の従者ってことも浸透しつつあるッスからね。異世界からやって来た『アーデルハイト』の従者が『来栖《くるす》凛』っていうのは、違和感あるッス」

「そうかもしれませんね」

「おや？　もしかしてもう凛と呼ばれることがないから、寂しいんスか？」

「まさか。私にとって『来栖凛』はただの偽名です。思い入れも何もありませんよ」

そう言ってゆっくりと湯呑《ゆのみ》に口を付けるクリス。

思い入れは何もないと言う彼女だが、その表情は少し、ほんの少しだけ名残惜しそうだった。クリスがこちらの世界に来てからこれまで、時間にすれば二年ほどというそれほど長くもない時間を共にしてきた『来栖凛』は、今ここで役目を終えた。

通訳の仕事では来栖凛と名乗っていたが、これは不定期に入る依頼をクリスが承諾する形での仕事であり、どちらかといえばフリーランスに近いだろうか。汀のような正社員扱いではないし、いつでも辞められる程度の仕事である。つまり、来栖凛が消えても問題はない。

勿論、この先で偽名を使うことがあれば再び『来栖凛』を名乗ることにはなるだろうが、それでも積極的に名乗るようなことはなくなる。

幼少の頃よりエスターライヒ公爵家に仕え、アーデルハイトと共に十五年近くを駆け抜けてきた、誇りある自分の名前だ。仕えるべき主《あるじ》が再び戻ってきた以上、クリスティーナ・リンデマンに戻ることには何の躊躇《ちゆうちよ》もない。ただ、この二年間を支えてくれた『彼女《りん》』へ礼を言いたくなった、それだけのことだ。そんなクリスの心中を察してか、それとも気づいていないのか。汀が特別な何かを言うことはなかった。

「ところで夕食はいつ頃になるんスかね？　お腹《なか》すいたんスけど」

「ああ、一時間後にしてもらいましたよ。えっと……大体二十時頃ですね」

「んげ、結構あるッスね」

「まず間違いなく、お嬢様がお風呂《ふろ》に突撃するでしょうから。というかホラ、既に」

そう言ってクリスが指差す方へと、汀もまた視線を向ける。露天風呂のある外へと繋《つな》がる、一面ガラス張りの窓と扉。その向こうには、既に全裸となったアーデルハイトの後ろ姿があった。

鍛えているからだろうか、スラリと引き締まった脚線美。であるというのに大きな尻《しり》や太腿《ふともも》など、あるべきところにはしっかりと柔らかさを残しているのが見ただけで分かる。剣士として数多《あまた》の戦場を駆け抜けながらも、しかしその玉肌には傷のひとつも見受けられない。

ぷるりとした二の腕は、一体どこにアレだけの筋力が眠っているのかと問い詰めたくなるほどに細く靭《しな》やかで。身じろぎする度に揺れる巨大な双丘、否、双山は言うに及ばず、その圧倒的な質量は、髪が邪魔をしなければたとえ背後からでもその存在が分かるほどだ。汀の視線を釘付《くぎづ》けにして離さない、そんなわがまま異世界ボディを惜しげもなく晒《さら》したアーデルハイトが、何故か準備体操をしていた。

「デッッッッッッッ‼」

「お嬢様は昔から入浴好きでしたからね。しかしあちらの世界には室内に小さな浴槽があるのみで、露天風呂などといったものはありませんでした。屋外かつあれほど広々とした浴槽です。お嬢様が飛びつかないはずもありません」

「エッッッッッッッ‼」

「……語彙《ごい》力下がりすぎでは？」

「いやいやいや、分かってたつもりだったッスけど、実際に見ると破壊力ヤバいッスよアレ！　美人は三日で飽きるなんて言うッスけど、アレはずっと見てられるッス。あ……あーあーあー！　揺れてる揺れてる！」

「概《おおむ》ね同意見です。夕食までは、アレで目の保養が出来ますよ」

「ビール！　……いや、日本酒ッスかね？　お嬢見ながらちびちびやりたいッス」

クリスと汀が下らない話をしていることなど、初めての露天風呂を前にしたアーデルハイトが知る由もない。謎の準備体操を終えたアーデルハイトは、浴槽に飛び込みたい気持ちをぐっと堪《こら》え、ぺちぺちと足音を立てながら小走りで洗い場の方へと向かう。

浴槽に入る前にまず身体《からだ》と髪を洗うこと。こちらの世界にやって来た初日、クリスから口を酸っぱくしてそう言われていたのだ。いつの間に用意したのか、小脇に抱えた風呂桶《ふろおけ》の中からタオルを取り出し、ボディソープを使ってしっかりと泡立ててゆく。全く関係はないが、アーデルハイトは左腕から身体を洗うタイプらしい。

「あ、ちゃんと身体から洗ってる。エロ――――偉いッスねぇ」

「初日にしっかりと仕込みましたからね」

「犬の躾《しつけ》じゃないんスから……」

二人のアーデルハイト観察はこの後もしばらく続く。彼女が湯船の中で恍惚《こうこつ》とした表情を浮かべているところも含め、入浴シーンの一部始終を肴《さかな》に酒ならぬお茶を愉《たの》しんでいた。この怪しげな観賞会は結局、夕食が運ばれてくるまでの間、小一時間ほども続いた。

そんな怪しい時間の後、三人が旅館の料理に舌鼓を打ち、お茶を飲みながら食休みをしていた時のこと。

「とっても美味《おい》しかったですわ……こちらの世界の食べ物は恐ろしいですわね」

「私もこちらに来たばかりの頃は、口に入れるもの全てに驚いてましたよ」

「ここの料理が美味しかったのには同意ッスけど、逆に異世界がどれだけ食文化進んでないのか気になってきたッス」

他愛《たわい》のない雑談もそこそこに、クリスへと断りを入れた汀《みぎわ》が露天風呂へと向かおうとしていた。

そんな汀を、しかしクリスが呼び止めた。

「じゃあクリス、また入ってきてもいいッスか？」

「それは構いませんが、その前に少しお話があります。このままではお嬢様が寝てしまうので、先に済ませてしまいましょう」

「むっ！　寝ませんわよ‼　子供じゃあるまいし！」

「む……それはさっきの、怪しい企《たくら》みについての話ッスか？」

「まぁ、そうですね」

クリスの用件とは、先程協会で一度問い詰めたものの、はぐらかされてしまった話の続きらしい。

クリスの言葉に反論するアーデルハイトを無視し、汀が浮かせた腰を再び座椅子へと戻す。どうやら汀もずっと気にはなっていたようである。

「あー……なんか今になって、聞かない方が良い気がしてきたッス」

「別に怖い話ではありませんよ。協会で話さなかったのは、単に誰にも聞かれたくなかっただけですから」

「その導入が既に怖いんスよ」

語るクリスの声色は平静だが、しかし内容は少し不穏な気配。クリス本人にそのようなつもりは毛頭なかったが、少なくとも汀にはそう感じられた。自然と汀の背筋が伸びてしまうのも、そんなクリスの雰囲気を感じ取ったからだろう。

「お嬢様」

「ええ」

汀の態勢が整ったことを受け、クリスがアーデルハイトへ話の先を促した。どうやらここからはアーデルハイトが説明を行うらしい。

「実は今回、回復薬《ポーション》の他にもうひとつ取得物がありましたわ」

「あれ？　配信ではそんなの映ってなかったッスよ？」

「映らないようにしましたの。それがコレですわ」

そう言ってアーデルハイトが取り出したのは、一見するとガラス玉のような拳大の球体であった。言わずもがな、ダンジョンの中で発見した例のアレである。

「なんスか、それ？」

「あちらの世界では『魔石』と呼ばれていましてよ」

「『魔石』ッスか……なんかよく聞くというか、ある意味こっちの世界でも聞き慣れた単語ではあるッスね。主に創作の中で、ッスけど」

「あら、そうですの？　では話は早いですわね――――単刀直入に言いますわ」

一体何を言われるのかまるで想像も出来ないが、しかし汀は息を呑《の》んだ。アーデルハイトの口から出た言葉は、現実にはあまり使われない言葉だが、小説や漫画などではよく使われる表現だ。そんな『単刀直入に言う』などという前置きの後に出てくる言葉など、古今東西ロクな話であったためしがない。

俄《にわか》に緊張を見せる汀と、普段通り真顔のアーデルハイト。そうしてひとつ呼吸を入れ、アーデルハイトが至極真面目《まじめ》な顔で汀に告げる。

「貴女《あなた》、魔法を覚えるつもりはなくって？」

【撮れ高の】異世界方面軍専用スレ 3【化身】

1:名無しの下男
ここはアデ公こと、アーデルハイト・シュルツェ・フォン・エスターライヒ公爵令嬢が率いるダンジョン配信チャンネル、『異世界方面軍』について語るスレですわ

煽り・荒らしはスルー・NGですわ
マナーを守って仲良く語りなさいな
★汝、蟹を愛せよ
★聖女、死すべし

35:名無しの下男
いやぁ今回も良かった
開幕レインボー木魚演出の時点で激アツだったわ

36:名無しの下男
毎度毎度撮れ高に取り憑かれてるのは何なんだろうなw

37:名無しの下男
配信通知来てから音速で退社した
初回と変わらず今回も良い夜だった

38:名無しの下男
オッサンぶん投げた時は腹よじれるかと思ったわ

39:名無しの下男
ドラゴンが凄かった（小並感

40:名無しの下男
簡単なトカゲの倒し方を教えて差し上げますわー!
なお凄すぎて何も分からなかった模様

41：名無しの下男
俺のお嬢様フォルダが潤った

42：名無しの下男
>>36
やっぱ配信者である以上はな
問題は別に何もしなくてもお散歩してるだけで撮れ高MAXなところ

43：名無しの下男
あ＾～今日も眼と耳が幸せなんじゃぁ

44：名無しの下男
配信3回目にしてもうお嬢様成分がないと息出来ない身体にされたわ

45：名無しの下男
今回は色々あったなぁ
でも一番はやはりオッサンそこ代われ

46：名無しの下男
いやぁ、やっぱドラゴンでしょ
マジで口開きっぱなしだったわ

47：名無しの下男
>>38
俺は蟹に聖女ちゃんって名前つけてたところで死んだ
蟹も死んだ

48：名無しの下男
【朗報】伊豆で中級回復薬が見つかる

49：名無しの下男
>>39
いやアレまじで凄かったよ
動きはさっぱりわからんかったけどとにかくスゴかった（語彙力
>>46
クリス登場（してない）を忘れるな

50：名無しの下男
>>45
言うほど羨ましいか？
アデ公と遊べたのは素直に羨ましいけど一般人なら普通に死んでたぞw

51：名無しの下男
>>39
実際アデ公ってどのくらいの実力なの？
ドラゴン倒したってのは凄いことなんか？

52：名無しの下男
>>51
多分国内では初討伐
海外を含めても報告例は少ないし、ソロかつ無傷はあり得ないレベル

53：名無しの下男
>>51
普通に全一クラス
全国一じゃないぞ、全世界一だぞ

54：名無しの下男
>>51
戦闘　SSS　知能　A　外見　SSS
撮れ高　SSS　尻　ASS　乳　SSS

55：名無しの下男
>>52 >>53 >>54
バケモンやんけ草

56：名無しの下男
>>54**は適当に言ってるだけだと思うけどあながち間違ってもいない**
実際未知数すぎて分からんよな

57：名無しの下男
君ら忘れてると思うけど
アデ公はまだ変身を2回残してるんだぞ

58：名無しの下男
鎧と剣がな

59：名無しの下男
>>54
ん？　今なんかしょうもないこと言わなかった？

60：名無しの下男
お前らも気づいてると思うけどクリスもアレ相当ヤバいぞ
あの速度についていける時点で身体能力バグってる

61：名無しの下男
>>48
伊豆で見つかったのは初だろ？
明日の朝にはネットニュースになってそう

62：名無しの下男
クリスも見たかったな……

63：名無しの下男
>>55
そうだよ

64：名無しの下男
今回はマジで情報量多かったな
蟹が爆発した仕組みも謎だったけど、突然のドラゴンも余裕でしたわ

65：名無しの下男
>>62
俺はもう1人のスタッフっぽい娘が見たかったよ……

66：名無しの下男
>>43
俺も声めっちゃ好きだわ
音声作品作って欲しいよね

67：名無しの下男
これがまだ新人なんだから笑えるわ

68：名無しの下男
現役探索者の俺が来たぞ

69：名無しの下男
>>68
素人目に見たら明らかに強すぎるんだけど、現役から見てアデ公どうなん？

70：名無しの下男
お、経験者来た
配信中に伊豆行ったことあるって言ってたニキかな？

71：名無しの下男
>>70
そうです
>>69
他の配信見ても分かると思うけどレベルが違うわ
お嬢が蟹で遊んでるの見てみんなゲラゲラ笑ってたけど俺は戦慄してたよ
あの蟹はみんなが思ってるほど弱く無いし、ドラゴンなんか言わずもがな

72：名無しの下男
ゲラゲラ笑ってたわ俺

73：名無しの下男
ワイも

74：名無しの下男
俺もです

75：名無しの下男
見ててわかったとおもうけど、まず速度が尋常じゃない
普通は逃げた幼体をあんな簡単に捕らえられないよ
ついでにあの蟹は攻撃してこないとみんな勘違いしてそうだけど普通に襲ってくるよ
お嬢にビビって大人しくしてただけだと思う

76：名無しの下男
>>75
マ？　オッサンも大したことないって言ってたから襲って来ないと思ってた

77：名無しの下男
嘘だろ……うちのお嬢様はしばらく小脇に抱えてたぞ

78：名無しの下男
>>76 >>77
まずあの人（オッサン）が伊豆では有名な、昔かなり強かった人なんだわ
あそこまで戦闘を避けて辿り着いてるってのがまず凄い事なんよ
実際俺が伊豆に行った時は何回も蟹と戦ったよ

79：名無しの下男
衝撃の事実過ぎる
馬鹿にしてゴメンなおっちゃん……

80：名無しの下男
不人気すぎて情報が無かっただけだし
俺は悪くない　おっちゃんは強いと最初から思ってた

81：名無しの下男
おっさんいいキャラしてたし、また出てくんねぇかなw

82：名無しの下男
魅力的な投擲用中年を見られるのは異世界方面軍だけ!

83：名無しの下男
オッサンで思い出したけどポーションいくらで売れたんやろか

84：名無しの下男
折半しても最低100万は固いやろ

85：名無しの下男
問題は臨時収入を何に使うかだ

86：名無しの下男
>>85
スローライフ貯金に決まってるだろ!!

87：名無しの下男
>>85
まずは配信部屋ちゃうか?
今自宅でやってるっぽいし、個人情報とか考えてちゃんと部屋借りて欲しい
最悪でもグリーンバックくらいは

88：名無しの下男
このとき俺達はまだ知らなかった
まさか、部屋を埋め尽くす程にレインボー木魚が増えるだなんて

89：名無しの下男
>>88
スタッフがここチェックしてたらどうすんだよw
別にいいアイデア出した訳じゃねーからな!

90：名無しの下男
ドラゴンの件もそうだけど、とにかく凄いわ
これだけ凄かったんだし、協会からなんか接触あるかもなー

91：名無しの下男
俺達のアデ公が全国デビューする日も近いか

92：名無しの下男
配信者に全国デビューもクソもあるかw

書き下ろし短編　主従の平穏

「お嬢様、本日は如何《いかが》でしたか？」

金色の髪を優しく梳《と》かしながら、クリスがそう尋ねた。

入浴後、髪の手入れと共にその日の感想を聞く。帝国に居た頃から変わらぬ、しかしこの数年間は叶《かな》うことのなかった習慣だった。

「今日は公園に行きましたわ！　公園と呼ぶには些《いささ》か、緑が少ない気もしましたけど……あれはあれで素晴らしいですわね！」

アーデルハイトがこちらの世界にやって来て既に一週間。不足している現代知識を得るため、彼女は毎日周辺地域の散策を行っていた。しかし日中はクリスにも仕事があり、付き添いが出来ない。故にどうしても、アーデルハイトの単独行動となってしまう。

そういった事情もあって、現在のアーデルハイトの活動範囲は、本当にクリスの部屋の周辺だけだ。都心から離れたベッドタウンの一角、これといった施設もない狭い範囲。しかしそれでも、異世界からやって来た彼女にとっては、この散策はとても有意義なものとなっていた。

「とりあえず公園をぐるりと一周、軽く走ってみましたの。そうしたら公園で遊んでいた子供たちが集まってきて、ひっぺがすのに苦労しましたわ」

「あぁ……それはそうでしょうね」

本人は『軽く』などと言っているが、それは本人基準での話だろう。子供たちから見れば凄《すさ》まじい速度であったに違いない。『あの姉ちゃんすげー！』などと言いながらアーデルハイトを追い回す光景が、手に取るように想像出来てしまう。

「そうそう、先日行った図書館にもまた行きましたわ！　ご覧なさい！　この借りてきた本の数々を！　わたくしの図書カードが火を吹きましてよ！」

「それはそれは。真っ先に教えておいて正解でしたね」

そう言ってアーデルハイトがドヤ顔で披露するのは、クリスお手製の手提げカバンに詰め込まれた大量の書籍達。クリスの家から少し行ったところにある、区立図書館から借りてきたものだ。現代の知識を得るのならやはり図書館が一番だろうと、二日前に案内しておいたのだ。元より書物を読むことが好きなアーデルハイトだ。どうやら図書館をいたく気に入ったらしい。

「それで、どんな本を借りてきたのですか？」

「地図をいくつかと、あとはよく分かりませんわ！」

「適当に借りてきたんですね……」

その後も、アーデルハイトの報告会は続く。散歩中の犬を触っただの、知らない人からお菓子を貰《もら》っただの。楽しそうに、まるで子供のように一日の出来事を語る。そんな下らない話の数々に、クリスはただ静かに相槌《あいづち》を打つ。

クリスの知る限り、アーデルハイトのこうした姿はとても珍しかった。公爵家の娘であり、騎士団長であり、そして帝国が誇る最強の剣聖でもあった。言わずもがな、大きな力と責任のある立場だ。周囲の視線もあるため、素の表情を見せることなどそうそう許されない。

だがこちらの世界に来て以降、そうした様々なしがらみから解き放たれたが故か、アーデルハイトは実に生き生きとした表情を見せるようになっている。従者であるクリスからすれば、それが何よりも嬉《うれ》しかった。櫛《くし》を通る黄金の髪を眺め、クリスが息を吐く。数日前には少し傷んでいた髪も、今では元の輝きを取り戻していた。

そこでふと、先程まで楽しそうにしていたアーデルハイトが、いつの間にか妙に静かになっていたことに気づく。

「お嬢様？」

そう背中越しに問いかけても返事はない。その代わりとばかりに、静かで規則正しい呼吸音だけが聞こえてくる。クリスがそっと顔を覗《のぞ》き込んでみれば、アーデルハイトは瞳《ひとみ》を閉じ、すっかり夢の世界へと旅立っていた。

「おや……」

体力お化けのアーデルハイトだ。遊び疲れたというわけでもあるまいに。であれば、やはり急な環境の変化によるものだろうか。傍《はた》から見れば元気いっぱいのアーデルハイトだが、やはり精神面ではそうもいかないのだろう。

「ふふ」

すやすやと眠るアーデルハイトを起こさぬよう、クリスがそっと抱きかかえる。クリスとて異世界出身者なのだ。この程度の作業はわけもない。そうしてそのままベッドへとアーデルハイトを運び、そっと布団をかける。

「相変わらず、綺麗《きれい》な寝顔ですね」

眠りについてもなお失われることのない、アーデルハイトの輝き。それを眺めつつ、今しがた自分が手入れしたばかりの髪を、そっと撫《な》でるクリス。離れてからの二年間、ただの一度も忘れたことはなかった。そんな敬愛する主《あるじ》が、今ここにいることを確かめつつ、クリスはそっと微笑《ほほえ》んだ。

あとがき

みなさま、遂にわたくしの本が出ましたわよー！

はい。というわけでみなさま、遂に拙作が本になりました。

本作をウェブ上で書き始めてからおよそ半年。もっと多くの方々に読んで頂くため、その導線になれば……と何気なく参加したカクヨムＷｅｂ小説コンテストでした。

そうして自分でも参加していることを忘れていた頃、ふと思い出し確認してみれば、なにやら一次選考を突破しているではありませんか。そうしてあれよあれよという間に時間は過ぎ、結果として、光栄にも特別賞という有り難い賞を頂くことが出来ました。望外も望外、私自身が一番驚いていたと思います。

現代ファンタジーというジャンルは、リアルさとファンタジーの塩梅《あんばい》が難しく、展開や表現に躓《つまず》くことが多々ありました。どこまでやっていいのか、どこからが違和感になってしまうのか。そういった悩みは尽きません。しかし思い起こせば私自身、アデ公の明るさには何度も助けられました。書籍化作業の経験などもちろんなく、右も左も分からぬ状況でしたが、しかし彼女を見ていると不思議と『なんとかなるか？』と思えてしまうのです。いきなり異世界に飛ばされるなんてよっぽどですもんね。こうして書籍化させて頂くことが出来た今、これまでに異世界送りとなった全ての人物達へ、感謝と尊敬の念をお送り致します。

本作をこうして形にすることが出来たのは、偏《ひとえ》に多くの皆様からのご協力があったからこそだと思っております。

書籍化経験などなく、知らないことばかりであった私をここまで導いて下さった担当編集者様。カクヨムコン受賞に始まり、作品タイトルの変更等、様々な方面で多大なお力添えを頂いたカドカワBOOKS編集部の皆様。素晴らしいとしか表現のしようがない、魅力的なイラストの数々を描き上げて下さったゲソきんぐ様。発売までに本作に関わって下さった、大勢の皆様方。そして何よりも、この作品を手に取って下さった読者の皆様に、この場をお借りしてお礼申し上げます。本当にありがとうございました。

皆様のお力添えのおかげで、今回の刊行へと漕《こ》ぎ着《つ》けることが出来ました。もしこのまま次巻も出せたのなら、その時は是非、引き続いてのご愛顧を賜われれば幸いです。

本作を読んで下さった異世界方面軍、騎士団員のみなさま、これからも本作をよろしくお願いいたします。

しけもく

カドカワBOOKS

剣聖《けんせい》悪役《あくやく》令嬢《れいじょう》、異世界《いせかい》から追放《ついほう》される
勇者《ゆうしゃ》や聖女《せいじょ》より皆様《みなさま》のほうが、わたくしの強《つよ》さをわかっていますわね！

2025年1月10日　初版発行

著者／しけもく
発行者／山下直久
発行／株式会社KADOKAWA

〒102-8177
東京都千代田区富士見2-13-3
電話／0570-002-301（ナビダイヤル）

編集／カドカワBOOKS編集部
印刷所／大日本印刷
製本所／大日本印刷

●お問い合わせ
https://www.kadokawa.co.jp/（「お問い合わせ」へお進みください）
※内容によっては、お答えできない場合があります。
※サポートは日本国内のみとさせていただきます。
※Japanese text only

Printed in Japan
ISBN 978-4-04-075754-4 C0093

新文芸宣言

かつて「知」と「美」は特権階級の所有物でした。

15世紀、グーテンベルクが発明した活版印刷技術は、特権階級から「知」と「美」を解放し、ルネサンスや宗教改革を導きました。市民革命や産業革命も、大衆に「知」と「美」が広まらなければ起こりえませんでした。人間は、本を読むことにより、自由と平等を獲得していったのです。

21世紀、インターネット技術により、第二の「知」と「美」の解放が起こりました。一部の選ばれた才能を持つ者だけが文章や絵、映像を発表できる時代は終わり、誰もがネット上で自己表現を出来る時代がやってきました。

UGC（ユーザージェネレイテッドコンテンツ）の波は、今世界を席巻しています。UGCから生まれた小説は、一般大衆からの批評を取り込みながら内容を充実させて行きます。受け手と送り手の情報の交換によって、UGCは量的な評価を獲得し、爆発的にその数を増やしているのです。

こうしたUGCから生まれた小説群を、私たちは「新文芸」と名付けました。

新文芸は、インターネットによる新しい「知」と「美」の形です。

2015年10月10日

井上伸一郎

酒本アズサ
イラスト・kodamazon

第9回カクヨムWeb小説コンテスト プロ作家部門

特別賞&最熱狂賞受賞

傍若無人で傲岸不遜と悪名高い騎士団長ジュスタンは、自分が七人の弟を世話する大学生だったことを思い出す。このまま悪行を重ねていたら処刑ルートまっしぐらだと気づいたジュスタンは自らの行いを正し、騎士団の悪ガキたちを良い子に躾け直すことに。前世でやんちゃな弟を育てあげてきた持ち前の「お兄ちゃん力」は、部下だけでなくお偉い様など様々な方面に作用し、イメージ改善どころか正義のヒーロー扱いされはじめ……!?

Story

カドカワBOOKS

俺、悪役騎士団長に転生する。
8人兄弟の長男である
スーパーお兄ちゃんが、
横暴で傲慢な
悪役騎士団長に転生!?
部下の
躾《しつけ》をしたり
手作り料理で
餌付けしたり
前世の「お兄ちゃん力」で処刑フラグを回避せよ――!!!!